山林逸興

诗书悦心

旅行中的文学课

卢桢 —— 著

GUANGXI NORMAL UNIVERSITY PRESS
广西师范大学出版社
·桂林·

旅行中的文学课
LÜXINGZHONG DE WENXUEKE

图书在版编目（CIP）数据

旅行中的文学课 / 卢桢著. --桂林：广西师范大
学出版社，2020.9
（悦心）
ISBN 978-7-5598-3075-3

Ⅰ . ①旅… Ⅱ . ①卢… Ⅲ . ①游记－作品集－
中国－当代 Ⅳ . ①I267.4

中国版本图书馆 CIP 数据核字（2020）第 143284 号

广西师范大学出版社出版发行

（广西桂林市五里店路 9 号　邮政编码：541004 ）
网址：http://www.bbtpress.com
出版人：黄轩庄
全国新华书店经销
广西广大印务有限责任公司印刷
（桂林市临桂区秧塘工业园西城大道北侧广西师范大学出版社
集团有限公司创意产业园内　邮政编码：541199）
开本：890 mm ×1 240 mm　1/32
印张：11.125　　字数：255 千
2020 年 9 月第 1 版　　2020 年 9 月第 1 次印刷
印数：0 001~5 000 册　　定价：69.00 元

如发现印装质量问题，影响阅读，请与出版社发行部门联系调换。

献给我的父母

目
录

欧陆光影

法国·巴黎	雨果先生的中国梦	3
	谁是死后最幸福的男人	11
	波德莱尔的坟茔	18
德国·莱比锡	有家餐厅叫浮士德	23
德国·不来梅	童话之路上的音乐家	33
冰岛·雷克雅未克	冰与火的歌者	43
意大利·维罗纳	朱丽叶的右胸铜光闪闪	52
英国·哈沃斯	勃朗特的哈沃斯	59
英国·伦敦	在伦敦寻找老舍故居	75
	伦敦桥怎么老塌呢?	82
	悲情长湖	92
	济慈的古瓶	99
	查令十字路 84 号的"不二情书"	106
爱尔兰·都柏林	尤利西斯在脚下生根发芽	114
乌克兰·普里皮亚季	切尔诺贝利的提线木偶	122
罗马尼亚·布拉索夫	探秘吸血鬼城堡	135

俄罗斯·圣彼得堡｜ 普希金走过的最后一级台阶   148

塞尔维亚·贝尔格莱德｜ 世间最美的证书   156

波黑·萨拉热窝｜ 瓦尔特到底是谁？   163

斯洛文尼亚·卢布尔雅那、布莱德｜ 阿尔卑斯的眼睛   175

瑞士·迈恩菲尔德｜ 海蒂小屋之旅   183

塞浦路斯·帕福斯｜ 泡沫与玫瑰   190

亚非土地

格鲁吉亚·第比利斯、戈里｜ 斯大林的文青岁月   201

亚美尼亚·埃里温、埃奇米阿津｜ 挪亚方舟的残片   216

阿塞拜疆·巴库｜ 疯子才懂夜的黑   225

黎巴嫩·卜舍里｜ 为纪伯伦读一首诗   236

伊朗·设拉子｜ 哈菲兹的夜莺   244

伊朗·帕萨尔加德｜ 居鲁士大帝的头颅   252

缅甸·仰光｜ "乔治·奥威尔号"列车   259

老挝·琅勃拉邦｜ 慢下来，慢下来，琅勃拉邦   268

摩洛哥·马拉喀什、瓦尔扎扎特｜ 谛听撒哈拉   283

南美天空

秘鲁·利马｜ 略萨是朵水做的云   295

阿根廷·布宜诺斯艾利斯｜ 博尔赫斯的迷宫   308

智利·圣地亚哥、黑岛｜ 致敬巴勃罗船长   320

秘鲁·马丘比丘｜ 每一粒玉米都是马丘比丘   336

抵达，只有抵达（代后记）   345

欧陆光影

雨果先生的中国梦

"老天哪！整个中国在地上跌得粉碎!"

这是雨果1877年创作的《跌碎的花瓶》的头一句诗，他喜爱的花瓶被女仆不慎打碎，引发诗人产生如此惊人突兀的感叹。

有些版本会把"整个中国"译成"整个花瓶"，以配合诗文表达的原意，可我认为还是"整个中国"听起来更带劲，更能

雨果速写《热情的中国人》

表达雨果瞬间爆发的怀疑、心疼、愤怒的复杂情绪，你甚至能感受到诗人的白胡子都气得一根根竖立起来了。按照雨果的描述，那花瓶又白又细，像一滴闪光的水，瓶身绘满了花草和虫鸟。对于这类代表中国风尚的器物，雨果往往怀有一颗比中国人还热爱的心。

庆幸的是，热爱中国文化且好收藏古物的雨果，淘到的中国花瓶绝不止碎掉的这一个。逃亡暂居在根西岛期间，雨果先后48次购买了中国艺术品，粗略估算，他为此一共花费了3000

雨果与朱丽叶在古董店购买的家具

多法郎。这是个什么概念呢？要知道，雨果给情人朱丽叶买下的公寓，也才花了14000法郎，而他几年间购买中国器物的花费，足以买下四分之一座公寓了。不会当设计师的诗人不是一个好情人，雨果花了近一年的时间，亲自为朱丽叶的寓所"高城仙境"（Hauteville Fairy）设计装修，还特意把自己收藏的中国物件都一股脑汇入其间，比如花瓶、乌木家具、宫灯、佛像等等。他还亲自为市集上淘来的文艺复兴风格的二手家具进行改造，将它们的柜门抽屉板拆下，漆绘上花鸟人物等中式花纹。终于，雨果为朱丽叶打造出一间富有奇异东方元素的"中国客厅"（Salon Chinois）。面对雨果的这件"中国风"礼物，朱丽叶感受到她从未体会过的、繁复夹杂陌生的华丽感，她完全被迷倒了，并由衷赞叹道："这是一首真正的中国诗。"

　　身为中国人，肯定会对这首"中国诗"非常好奇。从20世纪初开始，朱丽叶"中国客厅"里的大部分物件和装饰品，连同雨果在其他住所的一些重要收藏品，都源源不断地被转移到巴黎的雨果故居博物馆。这所故居位于孚日广场（Place des Vosges）6号，1832年10月，雨果和妻子阿黛尔租下二楼一套280平方米的公寓，一住就是16年。正是在这栋宽敞的公寓里，他完成了《悲惨世界》的构思和初期篇章的写作。1902年，作家百年诞辰之际，巴黎市政府将公寓辟为雨果纪念馆，免费向文学游客们开放。

　　故居纪念馆共分三层，目前仅开放雨果当时居住的第二层。因百年间房主更替频繁，变动颇多，早已难见雨果夫妇最早在此居住时的原貌。现在游客们看到的家具和艺术品，都是从雨果的其他住所搬迁而来，还有一些来自他人的捐赠。比如，当年雨果妻子阿黛尔和孩子们的卧室，现在则修缮成雨果与情人朱丽叶当年淘来的家具大展厅。那些中世纪风格的桌椅，竟然被雨果装上了中国风格的彩绘镶板，视觉冲击力极强。但真正能把你的眼睛照得疼痛，把你的头脑闪得眩晕，同时还让人产生中国人的自豪与感动的，还是那间"中国客厅"。

　　"中国客厅"位于纪念馆的第三展厅，大厅中央悬挂着中式宫灯，上绘仕女图。墙体及天花板布满深涂暗绿色油漆的木质嵌板，两幅四尺中堂，绘制着东方面孔的人物，仿佛是《西游记》的故事。《跌碎的花瓶》里说的"绝无仅有的""难得一见的奇迹"的花瓶在这里却有许多，都是主人当年在根西岛的古董店里淘换来的。除去花瓶，像杯碗碟盘、麒麟狮子之类瓷质摆

中国客厅

件，都被巧妙安放在雕刻着兰、竹、梅、凤等吉祥如意图案的橱柜上，想来这些图案也出自雨果之手。最让中国人惊叹的是，雨果把大小、形状相近的大约60个瓷盘通通镶在了板壁上。任何人到达展厅，首先跃入眼帘的便是这面盘子墙，它们如排山倒海之势，积聚起足够的能量，使人领略到"密集"本身的冲击力。暗绿色的墙体，构成一片深层的夜空，贴合其上的洁白瓷盘，如群星般光芒闪烁。这美丽摄人的夜空，大概承载了雨果先生的中国梦吧。

实际上，那些真正被中国客厅震惊的游客，大都还是咱们的同胞，因为雨果先生对中国的理解和再现，与我们熟稔的中国古典艺术风格却大相径庭。可西欧游客来到这间展厅时，反而不像中国游客那般大惊小怪：这暗色调的墙板，绘有花鸟的

财神爷、仙鹤、龙：都是中国风物

深色壁布，雕刻着繁复花纹的家具，以及把盘子贴满客厅墙壁的手法，其实都属于他们习以为常的欧式审美风尚。在雨果自己看来，他设计的盘子墙是完美的"中国—荷兰"氛围，中国的瓷器技法，荷兰的装饰特色，极大愉悦了诗人的身心；而中国器物的神采与气韵，恰恰是包括诗人在内的欧洲人很难完全理解，也很难通过自我的想象再现的。

西方作家中对中国情有独钟的应该为数不少，但到雨果这般境界的，恐怕也不多见。从17世纪开始，欧洲曾狂热地流行起"中国风"审美，甚至还有一个法语单词 Chinoiserie 专门为之命名。中国风和洛可可艺术结合在一起，构成当时的西方人对装饰美的一种新认知。在他们的眼界里，中国风就是不对称的图案，自然的风景，闲适的人群，清浅的趣味，五颜六色的鸟，乌木和象牙的饰物，不能反光的壁纸等等。实际上，这种想象与真实之间的偏离程度不言而喻。到了雨果的时代，装饰艺术上的中国风已然退潮，但诗人依然坚守着他的东方情调，甚至打造出这间"中国客厅"定格他的梦想，这与他的美学观念是分不开的。在《致巴特勒上尉的信》中，雨果总结了艺术的两种起源：一是理想，理想产生欧洲艺术；一是幻想，幻想产生东方艺术。而世界上最高趣味的艺术，一端在太阳神的居所希腊，另一端则在龙的故乡中国。充满神秘色彩的中国，化为雨果头脑中美的渊薮，也是经过诗人主体情感浸润之后的诗歌意象，他对于中国的热爱，已然超出了真实存在的那个东方故国的所有现实。

巧合的是，尽管没有到过中国，也从未接触过中国画，但

满墙的烙画（请注意左边的《杂耍少年》：椅子与少年的影子正好组成维克多·雨果的首字母缩略词"V.H."）

雨果竟然发明了一种泼咖啡作画的方法，这简直就与泼墨山水异曲同工。作为画家的雨果还创作了57幅"中国题材画"，其中的38幅木板烙画，就如瓷盘一样，密集悬挂在"中国客厅"的墙上。雨果画了各种各样的中国人，比如当官的、乘船的、杂耍的、遛狗的、挑担的、做梦的……种种样态，都被雨果以可爱的喜感呈现，这些人物往往是洋葱一般的头、倒八字的眼睛、天真开朗的笑容、神秘莫测的表情……大概这就是雨果对充满新奇而纯真的东方趣味的理解吧。我注意到雨果绘制的一幅"中国人吃鱼图"：一位肥胖的中国男人左手拿着叉子，喜笑颜开地准备大快朵颐。先不管叉子这个细节，画面右上端刻有一行字，醒目地写着"SHU-ZAN"，我猜想这大概是雨果虚

表情怪异的和尚

大官人

吃鱼的大财主（注意 SHU-ZAN）

抽象风格的狗

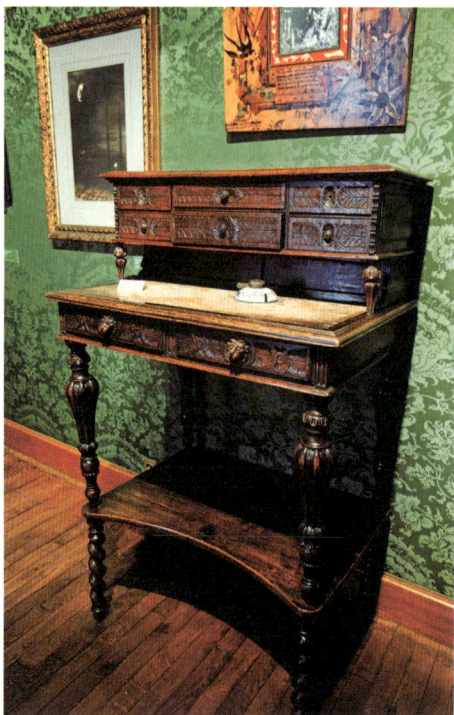

雨果站着写作时用的写字台

构的这个吃鱼者的姓名，不料讲解手册上写着：幽默的雨果给画中人起了个中文拼音式的名字，其实暗指朱丽叶的厨师苏珊。毕竟，雨果的这些画都是为了给朱丽叶装修房子做搭配的，适当取悦一下情人的厨师，也是含蓄地吐露感情的一种方法。

很多中国游客都表示说他们并不喜欢雨果"中国风"式的大厅，认为它太幽暗、太琐碎，不易清理，还扰动人心，让人产生眩晕感。可是，当今人不断追求欧美风的时候，我们自己的中国风到底是什么，谁又能说清呢？

谁是死后最幸福的男人

　　巴黎市内的大型公共墓地主要有两块，一是蒙帕纳斯公墓，另一个是拉雪兹神父公墓。前者埋葬着萨特、波伏娃、杜拉斯以及波德莱尔，后者则定格着"女人的瑰宝"王尔德，以及巴尔扎克、肖邦、普鲁斯特、比才、阿波利奈尔这些曾经的星芒。乘地铁3号线在 Pere Lachaise 站下车，沿着青灰色的墓园围墙稍行数步，便能抵达规模最大的拉雪兹神父公墓。如巴尔扎克说的，这是一个按影子、亡灵、死者的尺度缩小了的微型巴黎。

　　拉雪兹神父公墓的名字来源于路易十四的神父，他曾居住于此。1804年，巴黎市买下了这片私人属地，将它改建为公墓。墓园周边多为陈旧的老房屋，虽不破败，但也无关繁华。在两百年前的巴黎人眼中，这里距离塞纳河畔过远，简直算得上是乡野远郊了，很少有人甘愿长眠于此。为了改善墓地销售不力的局面，市政府搞了一次诚意十足的宣传行动，把已经安葬在其他墓区的两位文学家——拉封丹与莫里哀的遗体迁葬拉雪兹，一下子提高了墓地的文化品位，也拉升起墓地的营销业绩。很多追慕先贤、热爱文学的巴黎人趋之若鹜，纷纷购买墓位，希望和文学家成为邻居。

　　两百年来，很多巴黎人都希望死后能葬在拉雪兹，也有清高的人对此表示不屑，说看不上跟死去的名人攀邻居的做法。一

墓园雕塑

位墓地购买者的话更加实在，他说："死了就是死了，如云消散，有那些诗人做邻居又有何用。他们活着，我尚且不知道他们写过什么；他们死了，我更不想去知晓那些文字。我想陪在他们的身边，是因为我觉得只有与名人相伴，这片墓地才不会被拆迁，或者晚一些拆掉，这样我的尸骨便能安静地睡一段时光了！"

与这位实在人抱有同样想法的人，恐怕不在少数。公墓分为几十个墓区，绝大部分埋葬着平民，如果想去特意拜谒某位名人的坟茔，只需花不到2欧，买一张墓地导游图便能按图索骥。在被标明的100余位墓区名人中，最受欢迎，特别是受女性青睐的有两位，其中之一是爱尔兰诗人及剧作家王尔德。对墓地比较忌讳的中国游客来说，想要激发他们来拉雪兹一逛，恐怕也只有请出王尔德了。

王尔德墓

1900年11月30日，王尔德死于脑膜炎。1909年，他的遗体由最初埋葬的巴黎郊野迁入拉雪兹神父公墓。王尔德的同性恋人罗比·罗斯支付了2000英镑，聘请英国人雅各布·爱泼斯坦爵士为诗人设计墓碑。爱泼斯坦在德比郡选中了一块重达20吨的霍普顿石作为雕刻材料，或许是受到了大英博物馆中拉玛苏石像（亚述古迹中常见的人面、鹰翼、牛身的复合神祇）的启发，也可能是依照王尔德在诗歌《斯芬克斯》中的狮身人意象，他将墓碑设计为一个巨大的正在飞行的信使，以此象征诗人的文字飞跃寰宇。

花了十个月的时间，爱泼斯坦终于完成了雕像，当他把这座纪念碑由伦敦运抵巴黎时，却遇到点小麻烦，眼盲的海关警察固执地否定眼前的艺术雕塑，而坚持认为这就是一块大石头，需要按进口石材的税率交税。当雕像安置好后，保守的法国警察又认为雕像的阴茎部位有伤风化，他们用一块类似蝴蝶形状的青铜牌匾，为飞翔信使的生殖器作了遮挡。可是在1961年，生殖器被人为折断了，据说是墓园管理者所为（有人看见管理人员把它们当作镇纸使用）。直到2000年，一个银制生殖器才重新被安放在雕像上。可不知为什么，当我访问雕像时，它的生殖器又不见了，被折断的痕迹依然清晰。

墓碑的石头基座上充满了粉丝倾注的涂鸦——口红、爱心和各类留言。有两件事与此相关且颇为有趣：一为听闻，因为崇拜王尔德而亲吻他墓碑的女人过多，造成墓地管理员不得不定期清洗墓碑，如同擦黑板一样；二为亲见，一个胖胖的女孩拿手机屏幕当镜子认真地涂抹口红，然后深情地把"印章"盖在墓石上，这一定是王尔德的忠实信徒。于是，传说和现实在这里实现了互相印证与完美融合，男人为此而嫉妒，女人为此

飞翔信使的生殖器仍然残缺

而伤感。而王尔德依旧用他那迷离而充满魅力的眼神，将世界叼在他的唇边。不过，这则浪漫的童话还是有了终曲，2011年，为了避免墓碑被口红腐蚀，墓区为雕像建造了玻璃的隔离屏障，这样一来，钟情于王尔德的女士们只有把热吻献给玻璃了。在阳光的斜射下，玻璃幕墙上的唇印渐次浮现，仿佛在相互交谈：原来你也在这里，也来到了王尔德的身边。如果这些唇印的主人相聚在一起，和声诵读石碑上方的墓志铭，一定会非常震撼，那是王尔德《雷丁监狱之歌》(*The Ballad of Reading Gaol*) 中的一段：

And alien tears will fill for him
Pity's long-broken urn,
For his mourners will be outcast men,
And outcasts always mourn.

在地铁车票上印上口红印，
再放置在墓碑上

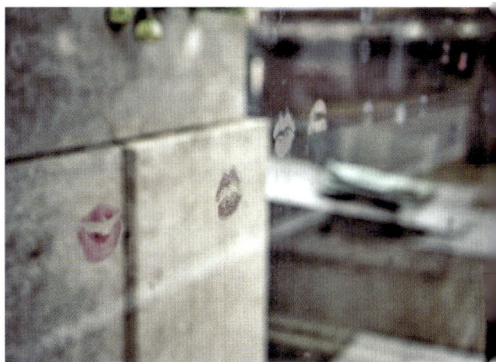

玻璃罩子上的口红印

有文言译本，意蕴尤佳：异乡异人泪 / 余哀为残瓮 / 悼者身孑然 / 悲歌长久远。

另一位受女性欢迎的人物是巴黎记者维克托·诺瓦尔（Victor Noir）。1870年1月，他被法皇拿破仑三世的侄子枪杀，激起国民极大的愤慨。作为"反抗暴政"的英雄，他被隆重安葬在拉雪兹神父公墓。死者本可从此安息，然而真正的故事才刚刚开始。1891年，雕塑家茹尔·达鲁（Jules Dallou）为诺瓦尔的墓碑精心制作了一尊青铜雕像，以现实主义技法再现记者临终的样貌——他沉重地摔倒在巴黎潮湿的大街上，帽子被丢在身旁，仰面朝天，痛苦地闭上了双眼……这本是一首悲情之歌，却被很多女性带偏了调子。因为诺瓦尔的裤子上有一个非常明显的凸起，那是年轻人蓬勃的性器官，这使得巴黎逐渐有了传言，说亲吻雕像的嘴唇并摩擦那片突起部位，再把一束鲜花放到诺瓦尔丢弃的帽子里，就可以实现求子的愿望，至少能够提高性生活质量。于是，很多根本不了解诺瓦尔事迹的女人纷至沓来，将他视为有求必应的塞纳河畔送子观音。雕像那片尴尬的凸起，经过百年的摩擦再摩擦，早就变得油光锃亮，甚至有人测量，发现凸起部位较之一百年前，已经变薄了好几毫米。也有一些听闻此事的男人来凑热闹，因为关于雕像的另一重传说是，男性摸一摸诺瓦尔，准能在一年内当上丈夫。

2004年，为了保护雕像，避免游人做出不文明举动，墓区管委会在诺瓦尔雕像周围树立起围栏，可是在女权主义者的反对声中，围栏旋即被拆除了。于是，任何时候来到拉雪兹神父公墓，我们都能看到手持地图，寻找诺瓦尔或是王尔德的女

橡果掉落在
王尔德的墓碑上

诺瓦尔的铜像

人们。能够获得如此多的异性怀念，两位文化人物身处彼岸世界，也能感到安慰与幸福吧。所不同的是，诺瓦尔的墓雕是写实主义风格的，他的"业务范围"主要在法国国内，面向那些求子心切的女性；而王尔德墓碑上那位展翅飞翔的现代主义天使，早已成为世界各地游客印证浪漫的圣物。女人们更是把王尔德看作美的引路者，她们在献上热吻的时候，或许并不曾想到，在浪漫诗人的墓中，合葬着陪伴他走完最后的生命路程的罗比·罗斯。也许，他们正拥抱在一起，宁静地端详着你的唇彩。

波德莱尔的坟茔

　　与王尔德相比，波德莱尔的墓地并不好寻找，因为蒙帕纳斯墓园实在如同一座迷宫。我到达这里的时候已近黄昏，二月的天气依然寒冷，但阳光却余韵未消，青灰色的墓石笼罩在金黄之中，静谧便也有了活力。如果是有备而来，希望拜谒先贤，那么在进入墓园之前，可以在入口处查阅一下墓区导览图。地图上标示着一些名人的职业信息、墓地位置和具体编号，按照这个编号去对应墓园的平面图，基本就可以确定墓主的方位。在奔向波德莱尔墓地的路上，我竟然与杜拉斯、波伏娃和萨特等先贤不期而遇，曾经的一个个思想巨人，如今安详地栖息在这片都市里的墓园，感觉难以名状。

　　1867年夏天，波德莱尔平和地病逝在星形广场附近的杜瓦尔医生诊所里，在圣奥诺雷教堂举行完葬礼，他的灵柩被安葬在蒙帕纳斯墓地，与继父奥毕克将军葬于一处（1871年，波德莱尔的母亲也葬在这里）。大理石的墓碑上关于波德莱尔的叙述只有三行：夏尔·波德莱尔，奥毕克的继子，1867年8月31日，46岁死于巴黎。波德莱尔生前曾喊出过"枪毙奥毕克"的口号，如今却与他朝夕相处，难怪萨特不无揶揄地讽刺说："想想看吧，波德莱尔居然永生永世就躺在奥毕克将军身下！"这真是一次让人无可奈何的握手言和。让波德莱尔的拥趸庆幸的是，他的墓

杜拉斯的墓碑

萨特和波伏娃的墓地

碑周围缀满黄色的小花，那是代表安宁的雏菊，诗人的灵魂大概早已卸下语言的装甲，《恶之花》中那些充满躁动与不安的紧张感，此时已化为永恒的平静。也许真如其诗句所说，他可以如占星家一般躺在天堂身边，边做梦边谛听风儿送来的庄严的赞美钟声。

喜欢波德莱尔，是因为他对于诗歌和旅行的钟爱。这位孤独的天才看重对旅行的幻想，认为旅行是一种标记，它代表了那些高贵的追索者的灵魂，而这些追索者，正是他心目中的"诗人"——一群现有生活的背叛者。他视自我为沃土，对巴黎的街道、酒吧、交通工具进行着巨细无遗的观察以及无比繁复的描写，将平淡无奇的日常经验点石成金，构筑起高雅的波氏孤独。他用《旅行》一诗启示我们要"到未知世界之底去发现新奇"，在深渊的底部，无论它是地狱还是天堂，那种经验垄断的快感，正是我们不断追逐旅行的动力。当我们遁入巴黎的黑夜，

波德莱尔的墓碑

窥测城市角落里捡拾垃圾的弱小者，或是端坐于伏尔泰咖啡馆的露天茶椅，凝视街道上飞速行进的人群时，我们是否想过，旅行家要想有所收获，就必须尽力从旅行手册的操纵性中挣脱出来，充分调动自己的感受能力建立起专属自己的节奏。我们向波德莱尔致敬，就是向所有未知世界的新奇表达敬意。在精神漫游的层面，他成为后代诗人竞相膜拜的一尊圣像。

墓碑的碑石上堆满了地铁车票，这是巴黎人的习惯，他们喜欢将车票轻轻地放在先贤的墓碑之上，以此表达祝福。1861年，波德莱尔在给母亲的信里这样写道："我会留下很大的名声，我知道……"一百多年之后，这些花花绿绿的地铁车票堆成一座座小山，无言地证实着诗人的预言。借助对他拜谒的仪式，我们的精神也经受了一次文学的洗礼。

除了拉雪兹神父公墓和蒙帕纳斯两大公墓，有心的旅人往往也不会放过先贤祠。这座1791年建成的宏伟建筑原是一座教堂，现改为埋葬"伟人"的墓地，以永久纪念为人类做出重大贡献的人物。从波德莱尔的坟茔绕出墓园，向北行走大约十五分钟，便能抵达先贤祠。沿着石头台阶，步入地下墓室，会看到伏尔泰与卢梭的木棺如门神一般相对而置，仿佛审视着游客一般。穿过两位大贤，拜谒这里的其他伟人，他们的石棺均以四到五人一间的"住宿标准"，均匀地陈列在各个小房间内，比如雨果、左拉和大仲马三位文豪，便共居在狭小的寝室内。墓室空洞无声，但空气中仿若有先贤的灵魂互相诉说衷肠，你甚至能够听到三人之间的争执，说放眼今天的世间，究竟谁才能

把地铁车票放到墓碑上是巴黎人的习俗

够成为他们的下一位室友。他们必然无视你的存在，也不会感激你的探访与拜谒，但你能够真切地感受到那些高雅、敏感的灵魂徜徉于思想周遭，这已令人震颤。来到巴黎，到左岸喝杯文化人的咖啡，很可能就是为了附庸风雅；而身至先贤灵魂的栖息之所，才有机缘觅得城市的神髓，这是地下的巴黎，亦是文学的居所。

先贤祠

有家餐厅叫浮士德

对于歌德的生平，我所知有限，除了听闻他八十岁时还在和一位少女谈恋爱外，便是他的名作《少年维特之烦恼》与鸿篇巨制《浮士德》。一次偶然的机会，我访问了歌德青年求学时的城市莱比锡，在此收获颇丰。

那一日，我在

绘于1844年的木版画《阿尔巴赫餐厅》，作者已无从考证

德累斯顿一家人气餐厅吃午饭，这里原是索菲亚教堂的地下室，教堂主体尽毁于二战末期苏军的炮火，地下室则得以保全，后来被改造成餐厅。服务生告诉我，德国城市中心遍布着地下饭店，历史最为悠久的一家位于莱比锡，德国人称之为"浮士德"餐厅，两城相距不远，如有时间，可以绕路一探。

餐厅入口处的浮士德与梅菲斯特铜像

按照导航设计的路线，从德累斯顿乘车西行一百余公里，便可抵达莱比锡城。望到莱比锡宏伟的火车站大楼，意味着你愈发接近了歌德。此刻已近傍晚，灯光渐次燃起，匆匆穿过车站外向南延伸的尼古拉大街，步行大约十五分钟，很顺利就找到了 Grimmaische 商业街上的梅德勒拱廊。与冷清的冬日街道相比，拱廊里仿佛一下子聚集了莱比锡所有的居民，满眼的棕黄色头发搭配黑色的外套，顿时感觉温暖起来。

拱廊街是欧洲常见的商业建筑形式，大多装饰华贵，梅德勒拱廊荟萃各家名店，人来人往，一派热闹。本以为餐厅既然在地下，或许不易寻得，然而刚刚穿过宏伟的大理石拱门，就看到分立在步道两旁的铜制雕像。这对雕像以《浮士德》第一部第五场的情节为原型，左手边是浮士德博士和引诱他的魔鬼梅菲斯特，右手边则是被梅菲斯特施了魔法的三位学生。依稀记得原文中好像是四位大学生，不知为何这里少算了一人，也许是版本的差异。所有路过雕像的人们都会快速而轻柔地抚摸浮士德博士的左脚，当地流传着这样的传说：凡是摸过浮士德脚趾的人，必将在不久获得好运。或许是沾了浮士德的光，很多人摸完浮士德后（特别是那些分不清浮士德与梅菲斯特的外国游客们），梅菲斯特的脚面也会被临幸一下。在昏黄的灯光下，这两人的脚面反而显得熠熠生辉。

看到雕像，立刻能够注意到两侧的地下餐厅入口，餐厅的正式名称是阿尔巴赫地下室（Auerbachs Keller），最初是作为当地储存葡萄酒的地窖使用，后经当时的市议员海因里希·斯特罗默提议，将此地布置成了餐吧，并以他的出生地阿尔巴赫命名。

闪亮的脚面

取自《浮士德》第一部第五场的两组雕像

从1525年开业至今，这家店竟已有500年的历史，按照美国一家调研机构的报告，它的世界排名高居第五。难怪饭店的介绍页上书写着："在您之前已有成千上万的客人到此造访。歌德先生也曾来过，这很自然。但是大家要记住，我们的餐厅不是因为歌德到此而成名，而是歌德先生听说餐厅的名气才特意来访。"早在歌德之前，民间就有关于这家餐厅的歌谣：

> 假如谁来莱比锡参观博览会，
> 而未到阿尔巴赫餐厅一坐，
> 那么他就会默不作声，这证明：
> 他还未见到过莱比锡。

这通俗的歌谣如同一首诗，彰显着餐厅经营者的自信与自豪。1765年至1768年，歌德在莱比锡读书时经常到这里吃饭，并称之为他最喜欢的酒吧。回到当时的历史现场，这家餐厅对他而言，也是有200年历史的老店了！他曾多次在此听闻关于著名魔术师浮士德博士的传说，还在餐厅里留意过两幅1625年的木刻画，一幅描绘了传奇魔术师和占星家约翰·浮士德与学生们一起喝酒的场面，另一幅则刻画了浮士德借助魔鬼的力量骑在酒桶上飞出门外的情景。画面蕴含的奇特氛围与灵异情节给予歌德创作的灵感，他结合当地木偶戏剧本中关于浮士德故事的多个变文，专门书写了"莱比锡阿尔巴赫地下酒室"的专章，使之成为《浮士德》中唯一一个有现实对应物的场景，也将这里打造成一座浮士德的纪念馆。

餐厅内部

森欧外曾光临
过这家餐厅，
他也是日文版
《浮士德》的
译者

墙壁上的彩
绘，出自《浮
士德》第二部
第二场——皇
帝宫城

连餐巾纸都是浮士德元素

无处不在的餐厅 logo

莱比锡传统土豆浓汤

沿着弯曲的楼梯下楼抵达餐厅，推开一道沉重的木质大门（看到地下室的大门，我头脑中突然浮现出探索定陵那个纪录片里推开墓门的镜头，真是奇异的穿越感），我感觉进入了一个时空停滞的世界：圆拱形的屋顶保持了曾经的酒窖原貌，每个拱形的边缘都印染着深褐色的花纹，间隔起雪白的墙面。墙面上涂绘有《浮士德》中的经典场景，其他装饰画、酒杯甚至连餐巾纸都绘制着作品中的人物形象。就连通往洗手间的路上，还能在沿途的橱窗里看到关于浮士德的绘画手稿和小纪念品。细读原作可以洞悉，这个酒馆是魔鬼梅菲斯特带浮士德到达的第一个地点，魔鬼要让浮士德体会俗世生活的轻松与愉快，他们与学生们交谈、狂欢，不断地戏弄对方，最后骑上木桶离去。

虽然中午在德累斯顿吃了一只完整的煮猪手，现在尚无吃饭之念，不过为了增强自己的体验，我还是研究起菜单来。单论口味，这里的菜肴中规中矩，德国东部的人喜欢牛肉类菜品，

木质结构的餐厅大门

佐以当地特色的土豆汤，还有口感普遍坚硬的德式面包。我点了醋汁牛排，肉质柔软，酸味浓厚，可以产生红烧牛舌般的口感。前几日在柏林，我特意品尝了柏林传统土豆汤，今天中午亦尝试了德累斯顿传统土豆汤，至于莱比锡特色土豆汤，除了口味更咸、奶油味更重之外，作为一个外国人就很难体会到它的妙处了。这里还有一道招牌菜叫"碗放在桌子上"（翻译过来就是这个意思），其实就是搭配酸菜、土豆丸子、本地炖肉和奶油蘑菇汤的套餐，每人大约15欧元，性价比颇高。

结账之后，我起身离开餐厅，发现餐厅左手边摆放着一尊巨大的啤酒桶，有两个木头人骑在上面。不必多想，又是浮士德和梅菲斯特。此时脑海中突然萌动一闪念：因为餐厅的名气，歌德沉浸于此，又因为歌德的名气，餐厅开始处处贴合浮士德的文化符号，阿尔巴赫的历史成就了歌德的创作，反过来歌德又续写了阿尔巴赫的传奇，虚拟的文学与历史的现实，彼此为对方描画着轮廓，诗人与城市的机缘真是绝妙。

离开餐厅，走出梅德勒拱廊，对面是一座规模不大方方正正的广场，中立一尊铜制的歌德雕像。雕像后有一座装饰精美的巴洛克风格建筑，当为莱比锡的老证券交易所，西面狭长的建筑是老市政厅，如今充当着城市历史博物馆。试想当日歌德告别死气沉沉的法兰克福，来到这座商业气息浓郁的城市时，灵动、自由、活跃的文化气氛便直接激发起这位敏感的文学青年对于美的倾心与渴求。在"莱比锡阿尔巴赫地下酒室"一幕中，歌德借大学生之口将莱比锡称作"小巴黎"，这美丽的尘世之乐，的确值得浮士德们沉溺其间。

餐厅一角的陈设，梅菲斯特与浮士德骑着啤酒桶飞行

莱比锡老市政厅

童话之路上的音乐家

请先做一个填空——不来梅的（　　）。相信有过童年的人，都会毫不犹豫地填上"音乐家"这个答案。《格林童话》中的这一篇故事晓畅易懂，主人公们生活在乡下，分别是驴、狗、猫、鸡四种动物，它们干了一辈子活，年老后却面临被主人宰杀烹煮的命运，于是可怜的小伙伴们决心逃到北方，去不来梅实现当音乐家的梦想。路途上，它们本想用音乐换取食物，却意外地吓跑了强盗，享受了强盗们的美食，并愉快地生活了下来。

动物乐队的故事带领人们走进《格林童话》，也让不来梅这座城市镌刻在我们的童年记忆中。轻轻读起城市的名字，不来

车站前的音乐家

童话元素的广告牌

梅三个字，本身就充盈着唯美的意蕴。1975年，为了纪念格林兄弟200周年诞辰，联邦德国政府特意规划了一条南起格林兄弟故乡哈瑙，北抵不来梅的旅行路线，谓之"童话之路"。这条颇受欢迎的文学旅行线路，以"北方罗马"不来梅作为童话的终章，每年都吸引着无数的文学爱好者来此朝拜。当时我居住在荷兰，学习日程紧密，没有条件用一周的奢侈时间领略"童话之路"全貌，于是便趁周末休息之机，乘火车往不来梅窥斑见豹，找寻音乐家的足迹。

车行五小时到达不来梅，还没走出火车站，就能看到站内诸多小商店都张贴有"不来梅音乐家"四种动物主题的纪念品。一家烘焙店将面团捏合成四种动物的模样叠放，烤制成一个半人多高的巨型面包，吸引不少好奇的人们驻足惊叹。这些逃避主人烹煮命运的可怜虫们！没想到在21世纪的今天，它们还是变成了美味的食物啊！

与所有德国历史名城一样，不来梅的景点都集中在市政广场，融合罗马风格的圣彼得教堂、哥特式的老市政厅、华美的

市政厅（左）与圣彼得教堂（右）

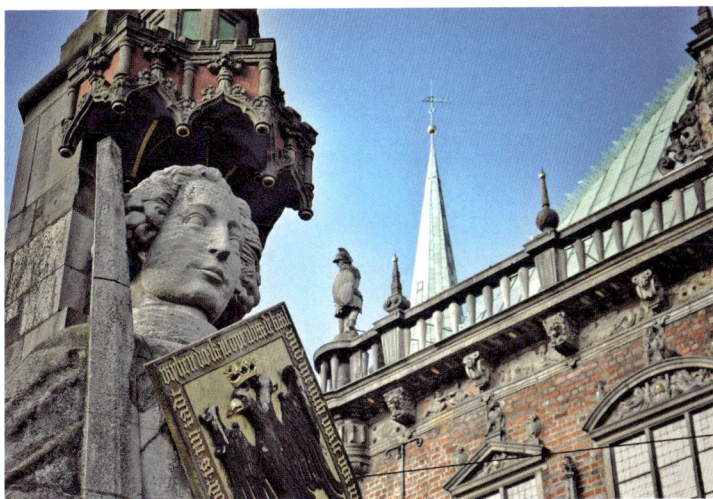

不来梅精神的守护者——罗兰雕像

骑士罗兰雕像云集于此。磨得黑亮的石砖路面，按照贝壳形的纹理扇形排列，以它反射的太阳光芒点染着中世纪的图景。踩着光滑细腻的石板路面，随意跟随任何一拨游客的脚步，在市政厅西北方向不远，就能看到不来梅音乐家的雕塑。

童话里的动物们来到强盗家窗前，驴把前蹄搭在窗台上，狗踩驴背，猫趴狗身，公鸡飞到猫头之上后，以"驴吼、狗吠、猫叫、鸡鸣"齐声奏乐，吓跑了这些没见过世面的土鳖强盗。看眼前的雕塑，动物们从下到上叠起罗汉，还原了童话中难度颇大的经典动作。特别是驴的鼻子和蹄子，它们长年累月经受游客们的抚摸眷顾，显得金光闪闪，与灰褐色的整体色调对比分明。剩余三位音乐家的腿虽不若驴子那么受欢迎，但总有胆大的人愿意登高犯险，非要触摸一下才觉得不虚此行，因此也是格外的光亮。曾读过一篇游德中国学者写的文章，讲的正是德国人的诸多小迷信，其中就提到了这座雕塑的驴蹄子。当地人相信，触摸这一特殊的部位可以带来幸运，至少不会招致厄运。

德国人的这种小迷信真是不少：慕尼黑人便笃信，只要抚摸王宫前狮子雕像的鼻子，即可获得幸运；而海德堡人则认为，摩擦海德堡内卡河桥头猴子握的圆盘，同样是幸运的来源；还有奥格斯堡铁人的鼻子、摩尔恩市梯尔·欧伦施皮格尔雕塑的大拇指，以及我们这本书里提及的，莱比锡阿尔巴赫餐厅门口那位浮士德博士的左脚……我请了一位当地学生，让她帮我拍摄手抓驴蹄的"到此一游"照时，她却扬起手，夸张地比画着，意在让我用双手抓住驴的两只蹄子。原来在当地人看来，单手抓蹄，仅仅是和驴说你好，相当于打了个招呼而已，如果想要祈福转运，就必须用双手才灵光。说实话，我并不相信这只看似悲伤的驴子能改变我生命的轨迹，也有些质疑很多游记里说的"这一风俗保持了几百年"之类的鬼话。现代雕塑家格哈德·马尔克斯在1953年才塑造出这尊雕像，至今历史也不到70年呢。

我凝视着驴子的眼睛许久，仿佛能够感到它低垂的视线所牵涉的、难以纾解的悲伤，而不是我们替它构想出的、想当然似的快乐。中国人读《格林童话》以及《安徒生童话》，仿佛找寻的都是充满童趣的正能量，比如动物音乐家的故事，多是被读解成与命运抗争、从小立大志、实现人生梦之类。可是仔细看看故事的结局，你会发现动物们的两个理想——去不来梅和当音乐家都未能实现。老骥伏枥，壮心已矣，他们安逸在平静的现实中，依旧无法摆脱死亡的轮回，这才是动物们的结局。《格林童话》中的故事隐喻意味颇多，反倒适合人生经验丰富的成人来读，小朋友则非常不适合。况且，格林兄弟整理改编之初，他们的目标读者就是成人，后来发现小朋友们更喜爱这些风格诡异的故事，才开始大规模地润色，让情节读起来更适合孩童的心理认知。

比如，我们耳熟能详的后妈陷害白雪公主的故事，在格林童话的原始手稿中，都是说那个审美取向恶俗无比的王后，其实是白雪公主的亲妈。亲妈和女儿比美，显然很难让孩子理解那位中年女人的变态心理，于是格林兄弟大笔一挥，亲妈就变成了继母，故事情节就显得顺理成章了。即便如此，《格林童话》中依然有一些"少儿不宜"的情节，比如《强盗未婚夫》中强盗们把抢来的少女砍成一块一块还撒上了盐，《菲切尔的怪鸟》中的巫师用斧头把穷姑娘的脑袋砍碎，《杜松子树》中的后妈把孩子切碎了熬汤，还让父亲喝下……和这些情节相比，《不来梅的音乐家》可真是良心佳作了——淡淡的忧伤，温暖的结局，弱者打败强者带来的畅快，足以慰藉孩子的内心。为人父母者，恐怕最大的幸福就是给孩子讲故事时，最后终于说到那句"从此他们过上了幸福的生活"吧。孩子需要清纯美丽的童梦，成人亦然。

当地人也与游客一样，他们乐于接受简洁而容易理解的知识，比如把动物音乐家读成励志的故事。让小朋友高兴起来，让不来梅的人乐观起来，以爱突破困境，或许就是艺术家设计这座雕像的初衷吧。那个为我拍照的女孩提醒我，离开雕像的位置，随她往广场方向快行数步，地面上有一块金色的井盖，中心位置有一细口。我不解其意，女孩却莞尔一笑，掏出50欧分在我眼前晃动，随即投进"井"中，继而有驴子的叫声从下面传来，博得人群笑声一片。轮到我投币，听来却是一声鸡叫，游客们先是一惊，随后又是一笑。能够给人带来快乐的小惊喜，往往最能让人心潮澎湃，动物音乐家主题的捐款箱，果真精妙。

游览完雕像，我又逛了一遍市政广场，此时突降暴雪。这在中北欧很常见，往往刚才还是阳光普照，一阵风来，便是半个巴掌大的雪片蜂拥袭来，躲都躲不开。此时几近饭点，我拖着相机，狼狈地奔入市政厅地下，这里正好有一家餐厅。本想晚上抵达汉诺威之后再吃饭，恐怕现在也没有选择了。德国最有名气的餐厅普遍在市政厅里或建筑下面的地下室内，市政厅里的餐厅其实就是政府工作人员的食堂，任何人都可以进来用餐，还能享受到游客特供餐单，包含猪手、烤肉、香肠等地方佳肴，说不定还能遇到市长或议员。而地下建筑内的餐厅往往都是老市政厅的酒窖，比如不来梅这家地下餐厅完全保持了600年前的酒窖风貌——对称延伸的半圆形拱顶，木色暗沉而厚重的桌椅，雕琢着中世纪艺术花纹的陶器酒具，瞬间阻隔了外界的风雪，将人们一下拽入静止的时空。不过，或许是我去的这类地下餐厅过多，对中世纪、哥特风、暗色调、地下城这些元素有些习以为常了。

餐厅的菜品不算丰富，除了北海炖鱼便是各种炖肉、香肠之类，我想尝试当地的特色菜 Schweinehaxen，翻译过来就是咸猪手。它并非我们常见的猪蹄，而是一整块的猪后小腿，分

会学动物叫的井盖

作为城市标志的动物音乐家雕塑

风雪中的音乐家

量惊人。德国猪手的做法颇多，南德和北德的做法也彼此迥异，人们简单概括为"南烤北煮"。不来梅这边属于北德，当地人更多地采用水煮法，烹饪方式比较像中国菜的"炖"，肉嫩软而不油腻，辅菜往往是德国酸菜或者土豆泥，一样也不可缺，配上不来梅当地苦味浓重的啤酒，最为地道。但德国餐厅也有一个问题，上菜太慢，尤其是赶上了用餐高峰，时间就难以预料。闲来无事，我便静心回归《格林童话》，在网上调查起"音乐家们"的历史来，于是发现几条有意思的信息。

动物音乐家的童话发源于中世纪，早期任何版本的故事都至少涉及一种野生、非家畜动物，比如老鼠或蜥蜴之类，但是1819年，当它首次发表在《格林童话》时，四种动物的类别正式定型，而且都是家畜。根据阿尔奈 - 汤普森（Aarne-Thompson）

铁箍街上的老房子

的童话分类系统，该故事属于130型民间故事，母题是"被遗弃的动物找到新家"。有趣的是，童话初版本中并没有提到过不来梅这座城市，所谓不来梅的音乐家，竟然是后来增加的情节，而且又分成两个版本。第一个版本中，动物们遇到的强盗不是人类，而是一只熊、一只狮子和一只狼，当驴和它的朋友们赶走这些猛兽后，正好来到不来梅，当地居民感谢动物们吓跑了猛兽，便邀请它们一起住下来。第二个版本更符合当时的文化语境，四个动物认为，一个人即使一无是处，但他至少还能够成为一个不来梅的音乐家，这其实是当时的德国人对不来梅城市文化水平低下的讽刺。即便如此，这个童话依旧受到不来梅人的喜爱。

　　阅览整理这些资料用了30分钟，查完资料正好上菜。除了视觉效果极为出色外，炖猪手的味道并不比国内的炖肉更出色。而《格林童话》里那些内涵丰富的故事，却令我在等待上菜的过程中浮想联翩，并逐渐坚定了一个不来梅音乐家般的理想，那就是未来的某一次旅行，要完整地走一遍童话之路。从莱茵河畔的哈瑙开始，穿越森林中的70座小镇，去哈默尔恩寻找吹笛子的男人，去萨巴堡唤醒睡美人，去阿斯菲尔德邂逅小红帽，去波勒城堡等待灰姑娘……直到再次抵达威悉河畔的不来梅，再来握握那头驴子的小金蹄，为下一次旅行祈福。

诸多动物音乐家周边（明信片、居民家中的小石雕）

冰与火的歌者

　　欧洲国家译名中,唯有两国采用意译,一为黑山,二是冰岛。

　　关于何时适合到冰岛旅行,向来颇有争议,有人专为追踪极光而来,因而无惧极夜的酷寒;有人迷恋夏日的瀑泉与终日的阳光,由此推荐于六七月间造访。我到达冰岛的时节正值三月,伦敦的摄政公园早已春光乍现,雷克雅未克却依然冬雪未消,白日的时光仅有六个小时,可谓光阴如金。

　　冬日游历冰岛,真是困难重重,天空始终阴沉,不时便降下一场冰片夹雪,导致相机难以精准聚焦。冰雪封路,很多景

杰古沙龙冰川湖

雷尼斯黑沙滩

飞跃冰川的鸟

盖歇尔间歇泉

点直到夏季才会开放，要不是为了极光，恐怕没有人会在令人厌烦的冬季登临此地。如果赶上一次宝贵的晴天，游客们会纷纷涌入市中心最高的主座教堂。他们登临外表朴素的建筑顶端，透过顶层的观景台俯瞰雷克雅未克。城市仿如乐高拼成的一般，又似一幅可爱而不真实的卡通地图，展开在众人面前。这个迷你的首都很可能比不上国内一个村子大，如果被风雪困在这里，能够游览的景点更是寥若晨星。

不甘于浪费时间的旅人会发掘雷克雅未克的各种博物馆，比如世界上唯一的生殖器博物馆，里面就充满了各种奇趣。而乐于收集文学地标的我，当然不会放过独树一帜的萨迦博物馆。萨迦文学的诞生与冰岛的历史息息相关，大约1100年前，维京人和凯尔特人成为冰岛的第一批探访者，然后是一些躲避王权

萨迦博物馆外观

迫害的挪威人来此定居。在每天仅有四小时光照的冬季里，冰岛人除了要忍受严寒，还要学会与漫漫长夜为伴。移民当中有一些擅长讲故事的人，他们把旅途中的经历或是听闻的传说串联整合，编织成有头有尾的故事与众人分享，以此作为冬日最大的消遣。这些故事里有冰岛人的神话传说、探险经历、征战记录、家族生活，是早期冰岛移民最重要的娱乐内容和知识来源。后来人们把这类叙事性散文统称为"萨迦"，意思就是"叙述"或是"讲故事"。

萨迦博物馆临近雷克雅未克港区，建筑外表之简朴，让人无法用文字过多形容。它就像一座涂了白漆的简陋货仓，如果没有铭牌提醒，错过也就错过了。进入馆内，里面却别有洞天，内设十七个展厅，每一展厅都有栩栩如生的人物蜡像，复现萨迦故事的主要场景。游人经过，蜡像和布景便根据故事演绎的情节发出各种声响，比如斧子的劈砍声和令人毛骨悚然的叫喊声，还原的正是几百年前的战争场面。

和我读到的一些冰岛萨迦不同，博物馆中选取的萨迦故事多与岛国千年的动荡历史相关。一千年前，维京探险者首先造访了这片土地，当时的导航技术非常原始，没有指南针，只能依照浮动的冰川导航，误差极大，很不靠谱。一位叫赫拉夫纳·福莱斯基的探险者更不着调，他带着三只乌鸦上船，然后把它们放飞到远方，希望乌鸦能带领他找到去冰岛的路。前两只乌鸦都失败了，只有第三只乌鸦一路勇往无前，真的把他带到冰岛的海岸。在第三展厅，我看到了这个"乌鸦领航员"的故事场景：赫拉夫纳正在船头放飞他的第一只乌鸦，而他的老婆

造型简朴的雷克雅未克大教堂

在大教堂上俯瞰城市

捡到葡萄的蒂尔基尔

切割乳房的弗莱迪斯

则缩在甲板的角落里编织渔网，嘴里仿佛还在嘟嘟囔囔，似乎对丈夫的举动有所不满。

第四展厅讲述了第一批在冰岛定居的人，一个身着红袍、目光坚毅的金发男人牵着妻子的手，他们的脚下是一块雕刻精美花纹的木板，这个男人就是来自挪威的英格尔夫·阿尔纳森，雷克雅未克的命名者。公元874年，他和妻子哈里维格尚未登岛时，决定向海里扔下一块从椅子上拆下的木板，发誓在木板最后漂到的海岸边建设新的家园。最后，木板驻足在一片冒着乳白色蒸汽的温泉周围，英格尔夫就给这片地起名叫雷克雅未克，字面意思就是"蒸汽海湾"。

剩下的十几个展厅展示的多是家族间互相征伐的故事，或是宗教对抗中的武力冲突。我对北欧历史几乎没有什么了解，因此除了感觉蜡像做得很棒之外，并没有太多的思想触动。当然，也有两个展厅的故事让我觉得异常有趣。先是第七展厅讲

13世纪的冰岛内战场景

述了《红色埃里克萨迦》中的"幸运儿莱弗尔的故事"，他在寻觅格陵兰岛的海上迷了路，却意外地发现了新的大陆，他让手下去探访这片土地，一位叫蒂尔基尔的随从竟然发现这里有珍贵的葡萄，从而引发众人欣喜若狂，于是这片土地被命名为维兰，意思就是葡萄岛。看看蒂尔基尔的蜡像，这个人身材矮小，前额突出，眼睛锐利，脸上有深深的皱纹，表情充盈着惊叹和狂喜，显得异常夸张。"幸运儿莱弗尔"有一个妹妹叫弗莱迪斯，还是在《红色埃里克萨迦》中，她的故事更加火爆，听了这位女强人的故事，我便觉得博物馆之旅不虚此行。

弗莱迪斯陪同她的丈夫前往维兰，意外与当地人发生了冲突，在男战士尽数跑光的情况下，怀有身孕的弗莱迪斯只身追击敌人，直到被维兰人包围。令人震惊的场面出现了，正如蜡像所展示的，弗莱迪斯无畏地抓起阵亡者的宝剑，扯开她的紧身衣，裸露出硕大的双乳，随后，她把宝剑的锋刃紧紧压在左乳下方，仿佛马上就要割掉自己的乳房一样。这一违背常理的举动顿时吓瘫了维兰人，他们觉得这是一个极其邪恶而恐怖的诅咒，于是嗷嗷叫着四散而逃；而那些来不及逃窜的敌人，弗莱迪斯找了把斧子，把他们一个个利索地宰掉了。

一个女人用割乳房的方式震慑敌人，这就是北欧人的彪悍。萨迦故事主要讲述了男人的历史，涉及的女性人物不多，但它记载的每一位女性，都给人留下了深刻印象。比如《海尔格·托尔里松萨迦》中，男青年海尔格遇到一位骑着马的俏丽贵妇，贵妇看上了海尔格，直接问他愿意独睡还是同她合睡一张床，海尔格询问了贵妇的姓名后说："我愿意和你一起睡觉。"于是，贵妇邀请海尔格上了床，他们一连睡了三个晚上。萨迦叙述爱情的段落寥寥，凡有提及，便露骨直接。连女子都如此霸道，足以想见男性英雄的不凡气势。

《萨迦》中的大多数作品都与王国或家族之间的仇杀相关，荣誉与利益高于一切，这种意识观念全然属于北欧海盗式的，就连那些被颂扬的英雄人物，往往也都是以抢劫为职业，兼具海盗的身份。《埃吉尔萨迦》的主人公埃吉尔是位著名的游吟诗人，也是大农场主，同时还当着海盗。他从生下来就有着坏脾气，六岁时和同龄小朋友玩球产生口角，就把对方的头骨打裂，那个小朋友很快就死了。这部萨迦还写到一个力大无穷的叫乌尔夫的人，他靠辛勤的抢劫为生，终于成为富翁。那里的青年过了二十岁生日，就到了出去抢劫的年龄，他们夏天在外抢劫，到了冬天就回家与父母共享家庭欢乐。掠夺、暴力、流血……在萨迦故事中都以云淡风轻、不动声色、近乎家常的叙述口吻平稳带过。活得快意，死得悲壮，不趋利避祸，多率性而为，这是多数萨迦英雄人物的性格特征，也是冰岛先民日常本真的生活状态。透过萨迦这一非凡的文化载体，冰岛的历史以一种独特的方式被带入今天的现实。

每年六月，冰岛人都要在首都附近举行盛大的"海盗节"，纪念萨迦英雄们的冒险精神和神勇气概。或许意识到宣扬"海盗"文化容易引发争议，这个节日已经被悄悄改成了"海员节"。冰岛政府还曾送给联合国大会一个颇具象征意味的礼物，那是一个用来主持会议的木槌，槌头上雕刻着一名正在祈祷和平的海盗。这些英雄啊，终于尝试着驱散头顶上的坏脾气云了。

朱丽叶的右胸铜光闪闪

　　几年前，我看过一条新闻，说中国游客在国外素质如何低下，举的例子是某高校的一位文科教授，他在意大利旅行时，专门要来维罗纳一逛，说是要追随罗密欧与朱丽叶的故事。教授研习文学，特意朝圣一次文学发生地，本也无可厚非。不过这位相貌不佳的中年男人偏偏发了张微博照片，他抚摸着朱丽叶故居院中的女主铜像，手部放在朱丽叶右胸的位置。虽是静态的图片，可教授露出了难以名状的猥琐微笑，令很多人感到他是在亵渎神圣的爱情，于是网络谩骂铺天盖地，一时成为热闻。

　　如果教授的长相稍微接近于平均值，或许人们对他的态度便会宽容许多，不至于如此上纲上线。实际上，摸朱丽叶雕像的右胸，与摸白云观庙门的猴子一样，两种行为的意义并无二致。

　　任何时候，朱丽叶故居都不缺少游客，世界各地的人们云集于此，追寻宗教一般的永恒爱情，而充满柔情的朱丽叶，早已化作凡间的小爱神，受人敬仰。从卡佩洛大街23号的门洞进入，踏着铺满鹅卵石的地面，穿过连接门口和内庭的通道，就能看到一座墙壁斑驳的三层砖楼，这正是传说中的朱丽叶故居。进入院内，导游的作用便显得多余了。朱丽叶与罗密欧相会的"文学"阳台与安放在院落正中的朱丽叶铜像，将人群自觉地分成两队。一队人等候着排队进入建筑，他们多是情侣，往往羞赧而幸福地牵着彼此的手，踏上抵达二楼的阶梯，在朱丽叶站立过的阳台上定格一张接吻的照片。其他人则自觉地在比常人略高大的朱丽叶雕像前排成一队，待到轮到自己，便无比欢快地走上前去，触碰朱丽叶的右胸。与国内舆论对那位教授的批评相比，西方游客几乎不会认为这是在亵渎朱丽叶，更遑论侮辱女性。因为当地有一个传说，说一个人摸了朱丽叶雕像的右胸，就能收获爱情和好运。于是，人们先是到阳台上拍照，随之去铜像摸胸，最后写下许愿爱情的纸条，背后粘上口香糖，把纸条贴在门洞的"朱丽叶墙壁"上。经历了这程式化的步骤之后，所有人都会坚信，朱丽叶能够听到他们的声音，借助凡间爱神的护佑，他们的爱情也会走向永恒。

站在罗密欧位置的
朱丽叶铜像

写满爱情誓言的朱丽叶故居墙壁

　　有人疑惑，为什么非要去摸朱丽叶的右胸呢，难道不能摸左边吗？有人便戏谑道，这就相当于婚姻服务中心，右边办公室是结婚登记室，左边则是离婚登记室，要是怀有极为强烈的与恋人分手的念头，你就可以大胆放心地摸朱丽叶的左胸，检测一下这位爱情天使的业务范围。其实，雕像的左胸正好被朱丽叶的左手虚掩着，如果硬要去摸，位置很难掌握不说，照相效果更是不佳，而右胸全无遮挡，摸起来就方便多了。这个不足百年的转运传说，或许最初就源于人们对自己手欠的掩饰吧。想去摸，但不好意思，有传说给你免责，而且还能祈福，人们便自由地放飞自我了。

　　通过对雕像某一部分的摩擦而获得幸运，这种小迷信在世界各国都能觅得端倪。比如在圣彼得堡，人们相信摸彼得大帝雕像的左手可以求财，摸右手则能求权；美国哈佛的学生会在考试前触摸哈佛先生塑像的左脚，保佑科目全过；在加拿大布

贴满爱情心愿纸条的"朱丽叶墙壁"

查特花园，去摸野猪雕像的鼻子，未来的事就会顺风顺水；而纽约华尔街金牛的睾丸，早就被追求金融牛市的人们摸得锃光瓦亮了……每个地方的人都有一些这样那样让生活变得有趣的习俗，而我们的网友，似乎对此还缺乏必要的幽默准备，以至于经常紧张过度，动辄上升到人品层面，显得十分无趣。

每个人的心中都有一个朱丽叶的曼妙形象，她的雕像依靠着青藤与古墙，仿佛在向天空献歌，也将我们对于女神的所有想象聚拢在一起，逐渐清晰可观——她的身材修长，头发高挽，眼神清澈，清气含芳，左手微倾颈间，右指舒缓提裙。拜倒在她的面前，如果没有罗密欧般的炽烈激情，便应当自惭形秽。日积月累的触碰，早已使朱丽叶的右胸铜光闪亮，她从不回应人们对她的特殊"问候"，而是悄然替众人珍藏着属于他们各自的爱情诺言。将爱情视为宗教的人，会把触碰朱丽叶的右胸看作一次庄严的仪式，凡人向爱神吐露心迹，祈求情感达成永恒。

的确，人需要通过特殊的形式与艺术品进行交流，方能体察到美，更通俗地讲，我们总要给自己的手欠找一个温暖无害的理由。

　　莎翁戏剧中的朱丽叶出自卡普莱特家族，她爱上了蒙太古家族的罗密欧，在中世纪的政治漩涡中，两个人的恋爱以悲剧结束，这成为莎士比亚名著《罗密欧与朱丽叶》诞生的契机。实际上，早在莎士比亚时代之前，欧洲就流传着罗密欧与朱丽叶的爱情传说，关于故事的原型，最早可以追溯到公元5世纪色诺芬写的传奇小说《以弗所传奇》，里面首次写到以服药的方式逃避婚姻。文艺复兴时期，意大利诗人马萨丘的《故事集》写到这则爱情故事，但故事的发生地位于锡耶纳，主人公也不叫罗密欧与朱丽叶。到了16世纪，故事的发生地才转到维罗纳，

英国画家菲利普·卡尔德隆（1833~1898）的《朱丽叶》

英国画家弗兰克·迪科塞尔（1853~1928）的《罗密欧与朱丽叶》

文人们把维罗纳历史上真实存在的两个家族作为背景填入故事，并不断虚构着新的细节，比如两人的阳台幽会，就是在这时增补进去的。到了莎士比亚笔下，他对前人的记述进行了完善和改编，于1597年才完成这部今人熟知的悲剧，它并非莎翁一人独创，正像维罗纳的教堂建筑一样，历经了几百年，换了三四代工程师，最终才竣工成型。

　　缘于莎翁剧作的巨大影响力，后世的粉丝们源源不断地涌入维罗纳，期待到朱丽叶的阳台下膜拜，这里面还包括了海涅、狄更斯等文豪。于是，一座历史上属于卡普莱特家族的房屋，便幸运地被"认为"是朱丽叶的家。不过根据考证，这座卡普莱特房宅虽然建于14世纪，但它的主人很可能是一个叫卡佩莱蒂的外来家族，两个家族的名称拼写起来有些相似，后人有很大可能是搞混了。然而，莎翁在全剧开场之前写的第一句话就是"故事发生在如诗如画的维罗纳"，这座城市太需要一座真实的属于朱丽叶的家了，人们便将错就错，把文学中虚构的地点逐步推衍为真实的故居，甚至按照剧本的描绘，为这座本无阳台的老宅加装上了"朱丽叶阳台"。是现实孕育了文学，还是文学重构了现实呢？

　　游客们不会顾及这么多，他们千辛万苦地来到意大利，就是为了收集所有文学的符号，享受穿透在虚拟与现实中的快意，即使景致失真，他们也乐此不疲。你质疑故居存在的真实性，他们便说你的证据缺乏证据；你问朱丽叶阳台目测都三米五高了，罗密欧是怎么不借助外力，突然出现在朱丽叶身边的，他们便说你根本不懂，是爱情的力量给罗密欧插上了飞翔的翅膀；你说朱丽

在香草广场上买的纪念品

叶的故事最初根本不在维罗纳，所谓朱丽叶墓地的那个景点，埋葬的人身份可疑，他们便说你满脑子直男思维，一点不懂得文学是高尚的谎言；你问他们既然去了朱丽叶家，那怎么放着罗密欧家不去？很多人听闻之后，就会马上查阅地图，蜂拥到不远一条街上，那里真有一个旅游部门认证的，在历史上属于蒙太古家族的"罗密欧故居"。不过，内有住户，谢绝参观。

罗密欧故居的院门右手边，雕刻着朱丽叶的呼唤：

我的罗密欧，你在哪里？

据说房主对上门探奇的游客心烦不已，于是特意在朱丽叶的话下面加上一句自己的台词：

罗密欧确实已经不在这里了。

勃朗特的哈沃斯

如果没有勃朗特姐妹，那么哈沃斯（Haworth）无非就是一座普通的英格兰村镇，它位于北约克郡的群山深处，远离城市的繁华，终日与贫瘠的荒原为伴。小镇的命运在1820年2月25日迎来了改变，那一天，七辆满载行李的马车沿着奔宁山脉（Pennines）的石板小路缓缓行进，车里坐着勃朗特一家人。就在不久前，帕特里克·勃朗特刚刚被任命为哈沃斯教堂的永久副牧师，于是他带着妻子玛利亚和六个孩子从桑顿迁居到此。哈

复古机车缓缓进站

沃斯的人们当然不会想到，这六个孩童中最小的三个女儿，将
使这座贫穷的小镇成为日后文学朝圣的中心，哈沃斯人的后代
子孙也将不断念诵着弗吉尼亚·伍尔芙曾说过的那句名言：哈沃
斯代表了勃朗特，勃朗特代表了哈沃斯，它们犹如蜗牛与其壳
那般相辅相成。

　　文学旅行者口中的"勃朗特村"，即是今天的哈沃斯镇。
起初，我并没有来此一游的计划，因为除了夏洛蒂·勃朗特的
《简·爱》和艾米莉·勃朗特的《呼啸山庄》，我对勃朗特三姐妹
中最小的那位安妮·勃朗特知之甚少。即便是夏洛蒂和艾米莉，
我对她们的了解也未曾超出文学史叙述的范畴。但是，进入勃
朗特村的方式实在是太吸引人了，英国数十条复古蒸汽机车线
路中，有一条恰恰是从北约克郡的基斯利（Keighley）到哈沃斯
的。已经30年没有坐过蒸汽机车的我，既能与自己童年的回忆
相见，又能抵达勃朗特姐妹的生活现场，这让我坚定了旅行的
决心。我迅速复习了一遍她们的文字，希望在哈沃斯的荒原望
到她们观瞧过的天空。

　　我从利兹乘车到达小城基斯利，这座火车站特意保留了一
部分复古站房，上有雕花装饰的铁艺拱顶，站台周边围着漆成
暗红玫瑰色的木头栅栏，站内的消防设备竟然是两个红漆铁桶，
从1909年起，它们就被放置在这个位置上。候车室的砖石建筑
历经一个多世纪的岁月洗礼，外表呈现出焦黑的蜜糖色，这是
英格兰老建筑的标志性颜色。室内放置着三条厚重的橡木长椅，
上面的斑驳印痕，无言地向我们祖露出它们对车站的忠诚。我
坐在靠窗的长椅上，仔细观瞧着墙上张贴的两个世纪前的宣传

海报与铁路图，独自等待列车的到来。

　　这条复古旅行线路，实际上一天中到哈沃斯的车次很少。我在候车厅内待得无聊，便推门向站台走去。英格兰北部的夏日冷风势头强劲，我在它的包围中徘徊许久，正当身体无法分辨夏冬之时，恍然发现远方有灰色的烟气冒出，随即是一列蒸

目送列车离开的老站长

身着复古工服的机车司机们

汽机车徐徐进站。在高速的城市生活中沉溺许久，偶然能有一次重温复古慢车的机会，无疑是激动而幸福的。我注意到火车头的铭牌似乎刻着"19世纪制造"和"苏格兰"的字样，而列车车厢多是木质结构，看似陈旧，实则是为了保持百年前的样貌。每个座位旁边都留有一扇门，乘客上下车，只需拉开自己手边的门便可，仿佛是在搭乘马车，颇为新奇。

1867年，这条专门为勃朗特迷到哈沃斯朝圣的铁路正式开通，全程为五英里*，设有五站，哈沃斯是倒数第二站。据说列车会经过英国最小的火车站 Damems，但因为它实在太小了，而且这班列车也没有停靠此站，所以我除了看到一个交警岗楼一样的红色房子从眼前一闪而过外，再望去便是一片荒野，随之便到达了哈沃斯。奇特的是，直到20世纪初期，来自中产阶级的文学朝圣者们还在排斥这条火车线路。因为勃朗特姐妹们的作品表现出的是步行、骑马或坐马车的"前铁路时代"，朝圣者们坚持采取走路的方式前往哈沃斯，认为唯有这样，才能抵达勃朗特文学的诗意之所在。

当然，今天的朝圣者们已经接受了火车旅行，而哈沃斯车站也成为诸多英剧中频繁出现的外景地。但如果不加说明，你很可能会把这个车站当成公厕或是小卖部，它实在很小。毕竟，就连哈沃斯自己都是一座很小的小镇。

哈沃斯小到什么程度？你从车站出发，沿着一个巨大的陡坡上行大约一公里，然后会看到一条石板路两边围满了一到两

---

* 1 英里 ≈ 1.6 公里。

层的蜂蜜色石头建筑，多是些商铺和酒馆，这就是哈沃斯的主街。事实上，哈沃斯并不绵长的主街两端，几乎构成了这座小镇的全部。你站在小镇的中心，也就是老勃朗特供职的教堂门前，向街道的前后各拍一张照片，便足以将哈沃斯的主要风景收入画中。即使是在今天，这里也依然保持了它的"小"，无论是面积还是人口。小镇上除了本地人，便是慕名而来的勃朗特迷，它们构成了哈沃斯的两种存在。哈沃斯始终以百年不变的古朴提醒着人们，在伟大的英国文学传统面前，任何一位进入者都应怀有一颗卑微的朝圣之心。

按照西方文学旅行的习惯，我打算先去拜谒勃朗特家族在哈沃斯教堂里的墓地，然后再去参观他们的故居。哈沃斯教堂的规模在英国属于小型，仅有十几排黑橡木长椅，按照盖斯凯

袖珍的哈沃斯车站

尔夫人为夏洛蒂·勃朗特写的传记中的描述，这里没有圣坛和风琴，显得简陋而寒酸。不过，当教堂经历了重建和多次整修之后，情况显然改观不少，比如主祭坛的左侧便安置了一座小型的管风琴，它的右侧则是游人关注的重点——由后人捐资建立的勃朗特礼拜堂。堂内安放了许多关于勃朗特家族的纪念物，比如夏洛蒂·勃朗特的结婚证书，勃朗特一家的埋葬登记证明，老勃朗特使用过的《圣经》等等。堂内靠右的石壁上嵌有一块立有飞檐的白色大理石碑，上面镌刻的文字如下：

在此长眠着哈沃斯镇的牧师P.勃朗特的妻子玛利亚（1821年9月15日去世，享年39岁）。还有他们的女儿玛利亚（1825年5月6日去世，年仅12岁）和伊丽莎白（1825年

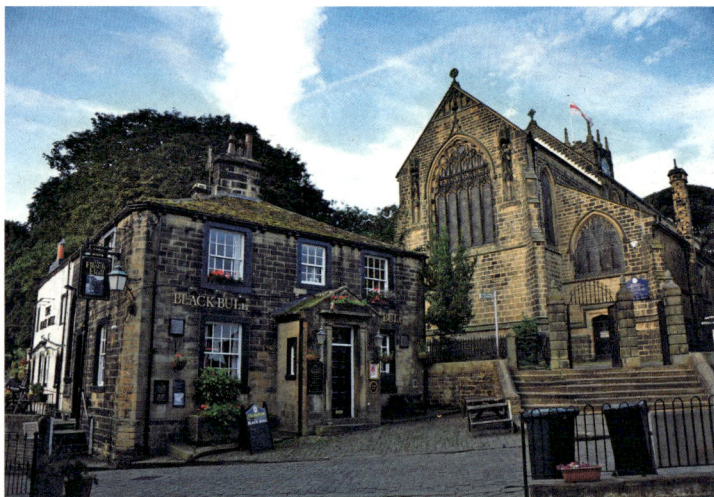

布兰威尔时常光顾的"黑牛"酒吧（左）和老勃朗特供职的哈沃斯教堂（右）

6月15日去世，年仅11岁）。还有他们的儿子帕特里克·布兰威尔（1848年9月24日去世，年仅31岁）和女儿艾米莉·简（1848年12月19日去世，年仅30岁）。还有他们的女儿安妮（1849年5月28日去世，年仅29岁，葬于斯卡布罗老教堂）。还有他们的女儿牧师亚瑟·贝尔·尼克尔斯的妻子夏洛蒂·勃朗特（1855年3月31日去世，年仅39岁），以及牧师P.勃朗特（1861年6月7日去世，终年85岁，在哈沃斯供职已逾41年）。

"死的毒钩就是罪，罪的权势就是律法。感谢上帝，使我们借着我们的主耶稣基督得胜。"（《哥多林前书》第15章）

盖斯凯尔夫人曾经记录过石碑上的文字，但当时老勃朗特尚在人间，石碑上的《圣经》条目也与现在的不同，可见早前的石碑已被更换。从碑文末尾对《圣经》的引用，我们可以读出用爱战胜死亡的箴言。可是，除了老勃朗特之外，勃朗特的家人们纷纷在生命的前章匆匆而去，即使爱战胜了死亡，那这胜利也是惨淡而悲凉的。艾米莉·勃朗特年仅30岁就死于肺病，最漂亮的安妮·勃朗特连30岁都没有活过。即使是看着亲人一个接一个地在自己怀中睡去，又一个接一个被埋葬的夏洛蒂·勃朗特，去世时也才39岁。我不禁想起艾米莉写过的一首诗，叫《晚风》，其中有几句写道：

当你的心已经长眠，

在教堂的墓石下面，

我还有时间哀伤，

而你却孤寂凄凉。

　　这难道不是我此刻的感受吗？在21世纪的一个下午，我站在勃朗特礼拜堂中，我的脚下就是埋葬老勃朗特和他的妻子玛利亚，他的五个孩子（安妮葬于斯卡布罗）的墓穴。我把手轻轻放在绘制着暗红花纹的地毯上，试图感受地面下方那些灵魂的气息，但心中那种空灵感早就启示我，他们遥不可及。

　　走出教堂，眼前是一片广袤的墓地，我仔细看了一些墓碑，发现有些坟茔是婴儿的合葬墓，而孩童的墓碑数量也非常多。后来查到一些资料，说是在勃朗特姐妹生活的年代，哈沃斯的人均寿命不到26岁，甚至这座小镇有四成人口是活不到6岁的。

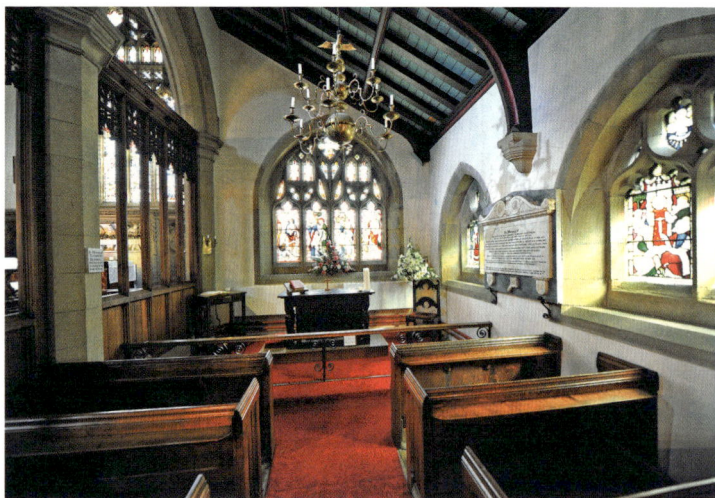

勃朗特礼拜堂，红色地毯下即为勃朗特的家族墓穴

这样一比较，勃朗特姐妹们的早天就不那么让人意外了。至于哈沃斯的死亡率居高不下的原因，恐怕跟这里恶劣的天气和水源的污染有关。还有些人将勃朗特一家人的短寿归结为他们的家离墓地太近，沾染了不良的风水，不过这肯定没什么根据了。

从遍布青苔的一座座墓碑中穿过，便能看到勃朗特的家。在老勃朗特看来，这是一座好房子，因为它是牧师公所，不需要支付租金。今天，这座乔治亚风格的两层长方形小楼依然保持了当年的外观（很多英国作家认为建筑本身毫无美学风格可言），楼体由从房后沼泽中采来的石头整齐砌建而成，散发出浑然天成的严肃与宁静。购买门票后，从小楼中央的正门可进入房宅的走廊。一楼包含四个房间，走廊右侧是老勃朗特先生的书房，书房后是厨房，左侧是他亲自改造扩大的客厅，客厅后有储存间。楼上亦有四间房屋，大小一致，用作卧室或客房。

勃朗特先生的书桌上放着他用过的眼镜以及放大镜，墙壁上装饰着英国浪漫主义画家约翰·马丁（John Martin）的《圣经》场景版画，远观上去，仿佛与救赎和牺牲的主题相关，这些画作也是勃朗特三姐妹早期的文学灵感来源。我想，如果没有对宗教的虔诚笃信，老勃朗特恐怕很难独自一人静听滴答钟声响彻悄无声息的房子，每当他望向窗外，便能看到埋葬亲人的教堂与墓地，这真是个严酷的折磨与考验。也许，留在房间里回忆，感受亲人相聚的气息，对他来说便是最实际的安慰了。这间书房留存了父亲与孩子之间的爱，正是在这里，毕业于剑桥大学的老勃朗特给孩子们讲授文学与艺术，还特意买下了一架今天看来造型非常独特的柜式钢琴，用以培养孩子们的音乐细

勃朗特故居

胞。后来，艾米莉和安妮经常侍弄这架钢琴，而夏洛蒂更喜欢待在书房对面的大厅里，玩弄女孩子的针线玩具或是娃娃人偶。诸多让人感到温馨的陈设向我们低语：这是个生命短暂却安静快乐的家庭。

我相信，勃朗特家的客厅可以满足勃朗特迷的所有想象，至少也是大部分。客厅内陈列着三套属于勃朗特姐妹时代的古典长袖束腰连衣裙，一套是红底上缀暗黄花纹，一套是深绿色碎花，一套是咖啡色格子。它们并非原物，而是 BBC 为勃朗特姐妹拍摄的传记片《隐于书后》使用过的道具。客厅壁纸与窗帘均为夏洛蒂选定的红色，房屋中央是壁炉，正上方有一个镶嵌金边的椭圆形画框，里面是乔治·里切曼德（George Richmond）在 1850 年为夏洛蒂创作的肖像（这件是复制品，真品在伦敦国家

从教堂到勃朗特的房子，需要穿过这片阴森的墓地

画廊）。壁炉两侧的墙壁内嵌有书架，前面是一张方形大桌，上置夏洛蒂使用过的文具和针线玩具。1861年，老勃朗特去世后，这张大桌子曾被他人购买，直到2015年，才由勃朗特协会重新买回，并将它归还原址。正是在这张桌子上，夏洛蒂和艾米莉分别写下了《简·爱》与《呼啸山庄》，也正是围绕着这张桌子，勃朗特三姐妹和弟弟布兰威尔一起讨论写作。特别是对三姐妹来说，每天晚上，她们都要绕着桌子散步聊天，以此作为睡前的必备功课。两个妹妹去世之后，夏洛蒂只能孤单地绕着桌子独行，满怀伤悲地温习着属于她们姐妹之间的亲密仪式。

客厅右侧还有一把摇椅，安妮喜欢坐在上面静思冥想，摇椅旁边是一张皮革质地的黑色沙发，左侧扶手搭着一条红丝绒的盖毯。看到这张沙发，我恍若被精神世界中某种潜藏的东西

老勃朗特先生的书房

击中一般，不由得震颤起来。1848年12月19日午后，艾米莉·勃朗特在这张沙发上经过一次剧烈而短促的挣扎后，离开了人间。我无法确定这张沙发是否就是承载艾米莉病痛的无言见证者，但艾米莉的确是在这个位置撒手人寰的。看到这张沙发，我便仿佛成为艾米莉生命终章的见证者，她与我的距离一下子拉近了许多。

离开客厅，沿着走廊行至一层到二层的楼梯转角处，可以看到墙上悬挂着关于勃朗特三姐妹的唯一一张"合影"画作。这是弟弟布兰威尔在1834年创作的勃朗特三姐妹像，画面中间有一道白光，隐约可见布兰威尔自己的轮廓，仿佛契合着人们对他的理解——布兰威尔只是勃朗特姐妹身后的模糊影子。这幅充满意味的画作曾在一楼的厨房碗橱中折叠存放多年，画布

客厅内景（中间为夏洛蒂和艾米莉分别书写《简·爱》和《呼啸山庄》的方桌，右上角是安妮喜欢的摇椅，旁边的沙发据说是艾米莉逝世的地方）

上的折痕依然清晰可见。

　　故居的二层是勃朗特家人及仆人的卧室，其中，夏洛蒂逝世前居住的那间屋子被改造为现在的夏洛蒂展示厅。她的人体五官手绘草稿，她的近视眼镜和用过的羽毛笔、墨水瓶、首饰匣、木头套鞋、嗅盐，以及她为朋友的小孩儿亲手编织的白色毛袜，都被陈列在顺次排开的玻璃展柜里。能够感受到，勃朗特故居的主角是夏洛蒂，一切都围绕着她来展开。但当游览即将结束时，我在展厅的墙上看到这样的话："我在一生中做过许多梦，这些梦一直伴随着我，改变了我的思想。它们穿过我，穿过我，就像酒穿过水一样，改变了我思想的颜色。"这句话出自艾米莉的《呼啸山庄》。"呼啸"（wuthering）是当地的方言，指暴风席卷而来的时候，大自然发出的咆哮声。当我们从故居走出，沿着房子后面的斜坡漫步的时候，一个指示牌子告诉我们，如果一直往西走，便能找到《呼啸山庄》那座建筑的原型。此时，我们追慕的主角便从夏洛蒂转移到了艾米莉。

顺着狭窄的斜坡，我沿着山麓向西行走，随着地势不断升高，前面的植物越来越少，唯有稀疏的越橘和蕨草，以及细碎的石块隔成的围栏，里面种植着燕麦。英国人对于植物的喜好使他们很容易用花草的种类判断一个地方的繁荣，盖斯凯尔夫人笔下的哈沃斯便是花草不生，一片荒凉贫瘠的凄凉景象。但勃朗特家族的孩子们却钟情于这片天鹅绒般的荒野乐土，他们在斜坡上手拉手一起奔跑，一起摔倒，一起看云彩的波浪与阴影，听奔宁山脉中的沼泽之风呼啸而过。特别是对艾米莉而言，哈沃斯周边的荒野让她忘记了孤独，并使其获得创作的灵感。她喜欢徘徊在山涧小溪和紫水晶一般的石楠花间，倾听大自然的神秘声响。就像夏洛蒂说的："我妹妹艾米莉很热爱那片荒原，石楠丛中开满了比玫瑰花还要灿烂的野花，对于她来说，这里不是阴暗的山谷，而是生机勃勃的山野，这里就是伊甸园。她在这些阴霾之中找到了许多快乐，至少让她得到了最想要的自由。自由就是艾米莉的呼吸，离开它就无法生存。"

如果按照路边的提示一路西行，大概走三四个小时的光景，便可抵达一些重要的文学发生地，比如夏洛蒂和艾米莉经常游玩的石桥（现在叫夏洛蒂桥），以及夏洛蒂和丈夫曾经观看的山涧瀑布（现在被称为夏洛蒂瀑布，当年夏洛蒂正是因为在游览瀑布途中受寒，从此一病不起）。在荒原的高地上，还有一个叫

布兰威尔为三姐妹画的最经典的一张人像

夏洛蒂的房间

夏洛蒂的栗色头发

托普·维森（Top Withens）的农场，这座低矮的褐色石头建筑正是呼啸山庄的地址，它直接激发了艾米莉的文学想象。艾米莉迷们会满怀敬意地来到这里朝拜，他们当然不会把这些石头真的当作恩肖的家，但高地的野性和荒凉，完全符合人们对希斯克利夫生存环境的想象与期待。可惜，我的时间着实有限，无法亲眼观瞧呼啸山庄，也没有余力寻找画眉山庄之所在。可我相信，艾米莉曾在托普·维森看到过的矮小的枞树以及瘦削的荆棘，仍然会以原始的自然力量抓住今天人们的想象力，让每一个光临此地的朝圣者感受到荒原那种哥特式的崇高感。任何一位勃朗特迷都幻想在一个温和的露天，像《呼啸山庄》的结尾说的那样，望着飞蛾在石楠丛中和钓钟柳中闪扑着翼翅，倾听着柔风在草上飘过的呼吸声，然后去思索一个问题：

在这片荒凉而安静的土地下面，长眠者是否已经安睡了呢？

向现实中的"呼啸山庄"所在地不断延伸的荒原

在伦敦寻找老舍故居

英国很多建筑上都有一面"蓝牌子"的徽章,当你在一栋栋房屋间穿行时,看到这面蓝牌子,就意味着此处曾经居住过名人。蓝牌子的管理部门——英国遗产委员会的入选审查非常严格:他必须为人类进步做出过重大贡献,还得为大众所熟知;如果是外国人,那他在伦敦居住时期必须是其人生或事业中的重要阶段。"蓝牌子"制度创立整整150周年时,在900余所名人故居中,唯一一位入选的中国人就是现代作家老舍。

老舍先生从1924年9月至1929年6月住在伦敦,在伦敦大学东方学院,也就是今天的亚非学院(SOAS)任中文讲师,教授古汉语和写作等课程。他的《老张的哲学》《赵子曰》与《二马》大部分都是在学院的图书馆里完成的。1926年8月,《老张的哲学》在《小说月报》上连载时,他第一次用笔名"老舍"。

在英国生活的近5年里,老舍在伦敦先后住过四个地方,其中居住时间最长的一处,也是我认为位置最好的一处便是圣詹姆斯花园路31号的住所。从1925年4月至1928年3月,他与朋友艾支顿(Clement Egerton)在这里合租合住三年,后来因为房东涨房租,他们才不得不离开。关于故居申请"蓝牌子"的经过,老舍的儿子舒乙回忆说,他与电视剧《二马》摄制组到伦敦拍外景,发现当年老舍在伦敦先后住过的四个地方中,有

今天的伦敦大学亚非学院（它的前身就是老舍任教的东方学院，但位置并不在现址）

三处房子至今仍在而且保存完好，这让他非常惊讶，因为这在中国大陆是不可想象的。根据英国政府的规定，被挂上蓝牌的建筑一般情况下不得拆除或改建，以保证文化的长久性传播。在几处住所中，很多人都认为老舍的创作生涯始于圣詹姆斯花园这里，因此尤其值得纪念。在诸多英国学者的努力争取下，英国遗产委员会在2003年11月25日正式为圣詹姆斯花园路的老舍故居镶上陶瓷制成的蓝牌，上面书写：老舍，1899-1966，中国作家，1925-1928生活于此。值得一提的是，老舍的名字除了英文拼音外，还使用了汉字标示，这在150年"蓝牌子"的历史上还是首次。

老舍这所故居的位置在伦敦市中心，距离肯辛顿皇家公园和著名的海德公园都不远。我们搭乘红线地铁到达荷兰公园站

蓝牌子为陶瓷纯手工制成，做一块牌子一般需要两三个月时间

（Holland Park），出站右转，沿着荷兰公园大街走不到500米，再右转进入 Addison Avenue，走250米就能看到路尽头的一座哥特式教堂，这就是圣詹姆斯教堂。附属于它的一个小花园即圣詹姆斯花园，围绕这个花园的一圈小路，就是我们要找的圣詹姆斯花园路。路边均为联排别墅，老舍居住的31号，大概位于花园正北一排差不多20联排别墅的中间位置。在伦敦市中心，是极难找到所谓独栋、双拼、四联排、六联排这些国内流行的别墅样式的，能有个20联排的住宅，无论是在当时还是现在，也都算是中产阶级的居所了。

伦敦这些名人故居都很有意思，你给它贴上了蓝牌子，但住在里面的人很可能并不清楚，也不太想主动打听这个蓝牌子上的人到底是何方神圣。现在的房主就是个普通的英国人，据说偶尔还会让来自中国的老舍朝拜者进去参观。遗憾的是，我和朋友来探访的这天并没有遇到房主，也不好意思按门铃去打扰（这在英国是极其不礼貌的行为），于是只好怀着一颗虔诚之心，仔细端详了半天楼面外观。三层住宅另带地下室的长联排

圣詹姆斯教堂，建于1840年代，不知身为基督徒的老舍会不会在这里做礼拜

别墅，翻新过的维多利亚式红砖配素雅的米黄色外墙，一尘不染的漆黑色铁栅栏，构成伦敦非常典型的中产阶级建筑格局。老舍当时住在别墅二楼，就是照片里能看到外飘窗的那间屋子。我留意观察了一下，屋子南北通透，房间靠东墙有一个北欧风格的书架，放着现在主人收集的一些瓶瓶罐罐之类的工艺品，除此之外，也看不到更多。相信经过了这么多年的岁月流转，也很难留下任何与原貌相关的细节信息了吧。

我逛名人故居时有个习惯，就是会特意想象如果自己是故居的主人，推开房门，走下台阶，眼前看到的是什么景色。当老舍刚刚搬进来时，正是略显寒意的英伦四月，大衣毛衣是脱不得的。可花儿似乎不顾及伦敦的寒冷，早已竞相开放。当年这个时候，老舍眼前的圣詹姆斯花园，也应是玫瑰、郁金香、绣球争相斗艳，一派生机盎然之色。难怪他会在《二马》里感

左边大门即为老舍故居，注意到那个蓝牌子了吧

喟："伦敦真有点奇怪，热闹的地方是真热闹，清静的地方是真清静。"这种体悟，大概就源自他在此地居住的体验。圣詹姆斯花园多为文人、艺术家和商界人士居住，虽然离商业枢纽牛津街很近，但它周边却安静得如同一个独立的世界。时至今日，我们眼前仍极少见到路人，车辆也稀少得很。安静的楼宇和碧绿的草坪，加之静寂的空气与温暖的阳光，想来就是老舍小说里赞叹的那种"安适太平的景象"。

说到和老舍合租的艾支顿，其实也是个不凡之人，他本是英国陆军退役中校，出于对中国古老文明的好奇，开始努力地学习中国话。他想与老舍合住，真正原因也是想让老舍当自己的"语言伙伴"，以帮助自己完成一个心愿——把《金瓶梅》这部奇书译成英文。对老舍来说，愿意与艾支顿住在一处，差不多也是为了学些地道的好英文。他的散文《我的几个房东》便袒露："我在东方学院见了他（艾支顿），他到那里学华语；不知他怎么弄到手里几镑钱，便出了这个主意。见到我，他说彼此交换知识，我多教他些中文，他教我些英文，岂不甚好？为学习的方便，顶好是住在一处，假若我出房钱，他就供给我饭食。我点了头，他便找了房。"

老舍和艾支顿的友谊，真有点全世界无产者联合到一起的感觉。老舍月薪当时仅20英镑，远低于英国大学生的平均花费，只比杂货铺的伙计略多一点。经济的拮据，同样也是艾支顿的苦恼，他婚内出轨，离婚使他失去了大部分财产，偏偏这时候又失了业。能够找到合适的合租伙伴，无论对艾支顿还是对老舍而言，绝对是难得的机缘。尽管日子不宽裕，但老舍笔下的合租生活还是充满了日常情趣。他写艾支顿的夫人"真可怜"，每天忙得要死，晚上回家又得给两个大男人做饭，她手艺着实不怎么样，两个男人稍微有一点不爱吃的表示，她便立刻泪眼盈盈。而老舍则时常请他们二人吃中餐，艾支顿夫人那时便会高兴得如孩童一般。在老舍的提点下，艾支顿翻译的《金瓶梅》最终出版，这部译作如今就静静地躺在亚非学院的图书架上。

我并没有仔细地找全资料，也不知道老舍当年是如何去东方学院上班的。当时的东方学院还在芬斯伯里广场（Finsbury Square），距离老舍的居所差不多得有10公里。不过老舍居住地的交通非常方便，至少那时已有地铁红线通车了，所以说不定老舍会坐地铁上下班。闲暇的时候，他必然会去居所南面不远的海德公园周边散步，小说《二马》中被翻译得"京味儿"十足的玉石牌楼（Marble Arch）、戈登胡同（Gordon Street）、猴笨大街（Holborn）、欧林癣雅（Olimpia），就在海德公园周边或是它的东沿线上，时至今日依然景色如故。你从老舍故居走出来，站在他每日必经的牛津街上，便会想到，近百年前，一位文学青年也和你站在同样的街道上。你与他在此重逢，这就是历史的节点。

叫不出名的蓝色植物

伦敦桥怎么老塌呢?

"四月是最残忍的一个月",艾略特的这句诗仿佛成为箴言,每当人们捧起那本《荒原》,或是面对春日的意乱情迷时,头脑中便流出这一句。《荒原》中提及了诸多伦敦地标,特别是伦敦桥,站在桥头想象《荒原》,遥望艾略特工作过的劳埃德银行,无疑又是一次英伦文学的朝圣之旅。

很多人把"伦敦桥"理解为伦敦的某一座桥,比如威斯敏斯特桥或是伦敦塔桥,实际上伦敦桥(London Bridge)作为老城的地标,已有两千年历史。在1750年威斯敏斯特桥通车之前,

这是今天的伦敦桥,桥的北端就是伦敦金融城

艾略特工作过的区域，伦敦的金融中心

它始终是伦敦人越过泰晤士河的唯一桥梁。一般游客提起它，总会把它和伦敦塔桥混淆。其实塔桥的英文是 Tower Bridge，和伦敦桥相隔两公里，因为塔桥频繁地在宣传图册和影视剧中露面，反而抢了伦敦桥的名头。

作为诗歌意象，伦敦桥在《荒原》中出现过两次，第一次出现时，诗人写道：

> 并无实体的城，
>
> 在冬日破晓的黄雾下，
>
> 一群人鱼贯地流过伦敦桥，人数是那么多，
>
> 我没想到死亡毁坏了这许多人。
>
> 叹息，短促而稀少，吐了出来，
>
> 人人的眼睛都盯住在自己的脚前。

流上山，流下威廉王大街，

直到圣马利吴尔诺斯教堂，那里报时的钟声

敲着最后的第九下，阴沉的一声。

　　立足伦敦桥上，按照艾略特诗歌中出现的真实地名逐一走过，像通勤者一样从伦敦桥的南岸走到北岸，相当于横穿了泰晤士河，然后直接面对的就是威廉国王大街，走百米，右手边就是诗中提到的圣马利吴尔诺斯教堂。教堂几经拆除的威胁，却坚强屹立到今天，斑驳的石墙和周围的玻璃幕墙建筑有些格格不入。这片区域曾经是伦敦的老城，现在的金融城，如艾略特的时代一样，云集着英格兰银行、证券交易所、劳埃德银行等金融机构，红线地铁穿行过这里，站名就叫"BANK"，全世界金融资本中心所在。如果赶上教堂的定点报时，你依然可以听到最后的"第九下"钟声，这就是这首诗的奥妙。《荒原》的拥趸们完全可以追随通勤者的足迹，跨过样貌普通的伦敦桥，走在黑色沥青的威廉国王大街上，然后推开堡垒般坚硬的银行大门，步入一天的工作。艾略特在离证券交易所（金融城的地标之一，仿佛一座希腊神庙似的柱廊宫殿）不远的劳埃德银行上班时，每天看到的就是"一群人鱼贯地流过伦敦桥"的景象，因为这里是很多人乘坐公交车上下班的必经之路（艾略特住在泰晤士河北岸，因此上班不必过桥）。很多评论者认为这段描写生动再现了现代人的困境，如但丁《神曲》中难以摆脱的地狱之景，他们每天在城市固定的几个点上移动，如木偶一样过着两点一线、朝九晚五的日子。直到今天，在桥上奔流不息、追逐名利

艾略特时期的伦敦桥（他去世两年后伦敦桥重建成今天的样子，摄于伦敦博物馆）

圣马利吴尔诺斯教堂

的人流，证明着这首诗依然具有强大的讽喻意义。

伦敦桥在《荒原》中的第二次出现位于第五部分"雷的说话"篇章中，仅一句——"伦敦桥崩塌了崩塌了崩塌了"。这是穆旦的译文，在赵萝蕤那里这句被翻译成"伦敦桥塌下来了塌下来了塌下来了"。结合原文"London Bridge is falling down falling down falling down"，我觉得赵萝蕤译得更为精确一些。养孩子的家长可能已经发现，很多早教机构教给孩子的英文童谣里，正有一首"London Bridge Is Falling Down"，为什么伦敦桥要倒塌，而且还是给孩子唱的呢？艾略特怎么又使用了它呢？这是个有意思的话题了。

London Bridge Is Falling Down 是英国民间的童谣集《鹅妈妈童谣》（*Mother Goose*）中的一首。和德国的《格林童话》一样，虽然名为给孩童的作品，但这些童谣有相当一部分涉及真实的时代背景，将现实中的黑暗面纳入其中，加以传唱，甚至包含

1888 年 的 照 片 ， 孩 子
们 玩 " 伦 敦 桥 塌 了 " 的
游戏

许多血腥、残酷的句子，其实很多内容并不适合给孩子欣赏（特
别是《格林童话》）。好在"伦敦桥要塌了"这几句看上去还比
较健康，没有那么暴力，今天的幼儿园中教授的多为首段歌词：

London Bridge is falling down,

Falling down, falling down.

London Bridge is falling down,

My fair lady.

很明显，艾略特化用的是歌谣中的前两句，并在诗歌中合
并为一句，借用谣曲的形式凸显人类精神世界的崩塌感。尽管
艾略特在诗歌中讽刺了现代人的生活，不过他自己却是一个保
守的现实主义者，他极其重视在劳埃德银行的职员工作，用他
自己的话说：

我现在每星期赚两英镑外加十便士，我要做的就是每

天从九点一刻到下午五点坐在办公室里，中间还有一小时吃午餐，下午还有茶点。这薪水固然谈不上丰厚，但随着我干活越来越麻利，加薪还是大有希望的。这话您听着可能会觉得惊讶，但我确实很享受这份工作，它完全没有教书那么累，而且相比之下更有意思。我和别人共用一间小小的办公室，我有属于自己的桌子，还有个文件柜。这文件柜就是我的职责范围所在，劳埃德银行所有有业务往来的外国银行的资产负债表都装在里面。我负责将它们制表、归档。（1917 年 3 月写给母亲的信）

看得出来，艾略特真心喜欢手捧铁饭碗的踏实感，可庞德等好友却认为让艾略特把一天24小时中的8小时浪费在上班简直是对文学的罪过，所以他们不断想法子把这位才子从世俗的生活中"打捞"上来。庞德甚至定下了一个名为"才子"的计划，这个听起来有些喜感的计划不如叫作"才子拯救计划"：庞德希望找到三十个有钱人，每人每年资助艾略特10磅，这样300磅的年薪就高于他在银行所得，使他可以下决心辞职回家安心写

罗马时代的木桥（摄于伦敦博物馆）

1616年的石桥绘画，注意桥南端建筑的细节（摄于伦敦博物馆）

放大看，南端的门楼曾是伦敦最臭名昭著的景点：叛国者被砍下头，钉在木桩上，并涂上沥青以防腐，其中包括威廉·华莱士、托马斯·莫尔爵士和托马斯·克伦威尔。

作了。不过艾略特拒绝的理由也很简单：不稳定。

还是回到歌谣本身，歌谣后面的几段重章复沓，写人们用不同的材料重建这座桥，这是对历史真实的记录与再现。因为在两千年的历史中，伦敦桥经历过多次重建或是修复——第一代伦敦桥由罗马人选址，这里是泰晤士河的窄段，但河水足够深，可以通行海船。公元50年，一座完全为木质结构的"伦敦桥一世"诞生。1014年，英王爱塞烈德二世在抵抗丹麦国王斯温（即后来短暂统治过英国的斯温一世）入侵时下令烧毁这座桥，这很可能就是童谣中描述的"伦敦桥要塌了"的历史来源。1091年，重建后的伦敦桥被暴风雨摧毁，再次重建，于1136年再次被烧毁，此后重建为石桥，取代了之前脆弱的木桥。在石桥时代，伦敦桥上建造了诸多房屋，甚至还有一座教堂，繁盛时有200家商户在桥上营业，俨然一个新兴的桥上社会，也由此导致1212年伦敦大火瞬间吞噬了桥上三千居民的生命。1633年，命运多舛的伦敦桥又毁于大火。1722年，因为桥上交通拥挤，政府下令车马靠桥左边行驶（这被一些学者认为是英国左边行驶惯例的起点）。1831年，伦敦桥经历重建，1967年再次重建后，就是我们今天看到的样子。

桥塌了，重新建桥，再塌再建，这都好理解，可是，歌词中那个 fair lady 是何方神圣呢？这个人物给歌谣带来极强的乱入感，也使读者迷惑不已。具有代表性的解释是，fair lady 可以理解为王后，比如亨利一世的妻子或是亨利三世的妻子。因为当时桥梁的税收和过桥费都直接进入王后的小金库，算作她的经济来源，所以修桥的行为当然是为了效忠王后。在这个靠谱的说法之外，还有一种不靠谱但更多人愿意相信的解释——这 fair lady 指的是 Lady Gomme（高姆小姐）。她写过一本《英国传统游戏》的书，说很有可能桥的建设者把小孩活置在伦敦桥桥基里的某个密封空间内，让他经历数天的绝望后活活饿死，而小孩的恶灵将成为建筑的守护灵，以保证桥不倒塌（很像中国的打活人桩）。高姆小姐的结论是：今天英国的一个游戏正是根据上述的迷信祭礼而来，即两个小孩面对面站立，双手架成拱桥状，其他小孩排队在"桥"下跑过，大家一起唱 London Bridge Is Falling Down，歌唱完的那一刻，扮演拱桥的小孩双手放下，套住刚刚通过桥梁的小孩。不过，根据考古勘测，老伦敦桥的桥基里至今未发现人类的躯体，所以这个想法虽然大胆，却没有证据。

有趣的是，人们更愿意沿用不靠谱的高姆小姐的解释，把关于古老伦敦的种种恐怖想象附着在伦敦桥上，甚至现在桥下还有一个火爆伦敦的鬼屋探险项目。邪恶的小丑、黏连的蛛网、复活的鬼婴……给予人们无穷的黑暗想象。可惜现在的伦敦桥就是一个混凝土修建的普通桥梁，鬼气不足，全靠人去脑洞补足了。

1967~1973年，伦敦桥经历了迄今为止最后一次也是规模最大的一次重建，当时很多的报纸都抛出了这段童谣怀念老桥。不过老谋深算的英国人并没有让伦敦桥"完全"倒塌，他们大力宣传这座桥的历史意义和商业价值，不断造势，最终吸引了美国的地产商人麦卡洛。（人们普遍认为麦卡洛购买伦敦桥是出

伦敦桥附近的地面上，镶嵌着老伦敦桥的一块石头，石头上写着老桥的历史

站在伦敦桥上东望，是拍摄伦敦塔桥全景的最佳地点

于一个错误：他误以为自己买的是伦敦塔桥，因为外国人实在容易把塔桥和伦敦桥混淆。）这些废弃的建桥石被当作古董装船运到了美国亚利桑那州的哈瓦苏湖城，地产商们继续用原石复建"伦敦桥"，并在周围建设大量英式房舍，把周边打造成一个不断吸引游客的"伦敦风情小镇"。只是，亚利桑那州沙漠中的伦敦桥，是否还是伦敦桥呢？这个例子经常被人们用在文学翻译或者文本旅行的理论中。

大部分英国人，以及诸多游客都觉得今天的伦敦桥仅仅是一座通勤的桥梁，它结实、耐用，除此之外乏善可陈。不过当我看到写在艾略特纪念碑上的话时，却感到诗人的生命与桥的生命之间，竟然有着如此精妙的契合，那上面的文字闪光般神性呈现，既是诗人的箴言，也是关于桥的谶语：

　　　我的开始就是我的结束，
　　　我的结束就是我的开始。

悲情长湖

　　海德公园（Hyde Park）是伦敦最大的皇家庭园，"海德"的本义是一个面积单位，并非人名，它被九曲湖（Serpentine Lake）分为两部分。游客往往在逛完哈罗德百货或是博物馆之后选择到这里小憩。从公园东南门进入，不远就是湖边，天鹅野鸭早已习惯如织人流，或是安然地品尝游人的面包屑，或是在湖面追逐脚踏船激起的水波。开阔的湖面和茂密的树林，顿时将人从高楼林立的都市拽回田园般的英国。

海德公园的湖面

从九曲湖到长湖需要经过这个隧洞

　　展开伦敦地图，一般人常以为眼前这一片长方形区域都是海德公园的范畴，实际上在18世纪初，公园西部的大片绿地被划出，成为皇家肯辛顿宫的御花园，到了19世纪，这片区域重新对平民开放，即今天的"肯辛顿花园"。沿着九曲湖往西北走，穿过古朴的九曲桥，眼前与九曲湖相连的湖域便被称为长湖（The Long Water）。这里有两个与文学相关的"景点"。

　　如果从地铁兰卡斯特门车站走入肯辛顿花园，那么眼前的水域就是长湖，也是雪莱的第一任妻子哈丽雅特1816年12月投湖自尽的地方。关于哈丽雅特究竟是在具体哪个位置跳下去的，今人并没有留下更多的提示，我也仅仅是根据不多的记载，认为眼前这片湖面以西的某一点最为可能，因为据说这里比较深。

　　雪莱是典型的浪漫主义诗人性格，他生活在理念的世界中，

这是1816年哈丽雅特了却生命的地方

难以与规则调和，因此往往被视为异端。他先是与学校决裂，再与家庭决裂，却在潦倒时认识了妹妹的同学，小旅店店主的女儿哈丽雅特。十九岁的雪莱与这个十六岁的少女仅见了几次面，当得知她受到父亲虐待后，便毅然带着她私奔爱丁堡并与之成婚，这像极了浪漫的骑士对受难少女的拯救。对一个信奉完美主义的诗人而言，出于怜悯的爱必然无法为婚姻提供足够的营养，特别是当骑士精神冷却之后，两人的差异越来越大，最终雪莱爱上了玛丽·葛德文（诗人的第二任妻子，也是《科学怪人》的作者），并与之一起出走游历欧洲大陆（笔者认为这两个人确实非常天造地设）。当然，哈丽雅特无法忍受雪莱与玛丽长久的、如胶似漆的异国旅行，从愤怒到绝望的她即使怀有身孕，也不再相信孩子可以拯救他们的婚姻了。

1816年12月的冬天，湖面应该还没有完全结冰，哈丽雅特选择了一条清冷黑暗的窄路，纵身一跃，终结了她不幸福的一生，也告别了雪莱这位她从小仰慕的、仰视的却最终令她绝望的人。她的身体最终浮在九曲湖的湖面上，这一年她21岁。说句题外话，读雪莱的诗最好结合雪莱的传记一起来看，就此你便能理解此岸的诗人徐志摩为什么将雪莱的诗视为圭臬，两个人的性格、文风真的有颇多相似之处，徐志摩也从未讳言雪莱对他的影响。此岸之黄鹂与彼岸之云雀，隔空对唱，其炽烈之生命又如伊卡洛斯的翅膀，向日而生，泯灭在绚烂之中。

客观地说，在长湖跳河而死的人不少（湖水最深处达5.3米，可以保证溺亡的成功率），英国人也并没有把它看作是什么景点，反倒有人认为雪莱夫人的死是这座湖第一次"令人作呕"的事件。

如果非要说肯辛顿花园与文学的关联，那么毫无疑问，彼得·潘雕像是一个很重要的地标。

彼得·潘雕像位于长湖边上，任何旅游地图都会标注出它的存在。《彼得·潘：不会长大的男孩》（*Peter Pan: The Boy Who Wouldn't Grow Up*）（1904）是苏格兰小说家及剧作家詹姆斯·马修·巴里（James Matthew Barrie，1860~1937）最为著名的剧作，而《彼得·潘与温蒂》（*Peter Pan and Wendy*）是他1911年将其小说化后另起的题目。二者皆讲述了彼得·潘，一个会飞却拒绝长大的顽皮男孩在永无岛（Neverland）与温蒂以及她的弟弟们所遭遇到的各种历险故事。

1912年4月30日的夜里，这尊彼得·潘的雕像被秘密树立

"彼得·潘之父"詹姆斯·马修·巴里（拍摄于1892年）

吹着号角的彼得潘雕像

起来，第二天早上，当晨练的人们经过此处时无不大吃一惊。或许这就是巴里想要看到的效果，他希望人们感觉到彼得·潘的魔力，仿佛他是在黑夜中从天降临一般，故事中的彼得·潘，本来就是小飞侠嘛。

雕像中的彼得·潘吹着号角，他的脚下围绕着帮助他仰慕他的仙子们，以及松鼠、兔子等小动物。因为孩子们只能摸到这些雕刻得不算特别精致的小动物，所以它们也分外光滑油亮。

为什么我们会在肯辛顿花园里遇到彼得·潘的雕像呢？这是因为巴里迁居伦敦后，就住在肯辛顿公园附近，每天上下班都见一群孩子在草地上玩耍。他们穿着蓝色的宽上衣，戴着亮红色的苏格兰便帽，在保姆的陪护下玩耍，用树枝盖小屋，用泥土做点心，扮演童话中的种种角色。巴里被他们的游戏吸引，也加入其中。这些孩子一个个都成了这位作家故事中的人物，那个最活跃的男孩彼得，便化作了他童话里的彼得·潘。为了表

地上的铜牌记载了彼得·潘雕像的由来，上面特意
写了一句"永远长不大的孩子"

达自己对这个人物的喜爱，巴里甚至赞助了九曲湖的冬泳比赛，为之冠名"彼得·潘杯"。

很多研究者都认为巴里自己就是一个"彼得·潘症候群"的病态人物，"所有的孩子都会长大，除了一个人"，说的是彼得·潘，其实何尝不是作家自己。他膝下无子，于是格外珍重与这些上层阶级小孩们的友谊，甚至当他们的双亲去世后，他主动要求成为五个孩子的监护人，为他们设计游戏，陪同他们玩耍，以至于引起人们对他性取向的怀疑。或许巴里自己就是一个长不大的孩子，怀有赤子之心，如他所说：任何发生在我们12岁以后的事，其实都不太重要。如果他的说法真的成立，那么我们中的多数人，早已或者正在忘却人生的真谛，或言之初心。

悲剧的是，永远长不大的彼得·潘自己也在不断忘却着过去，他和温蒂冒险的一个个细节正从他的记忆里流失。从某种程度上说，彼得·潘只适合孩子们去阅读，对于成人而言，它实在是太残酷了，永远不会长大——这种痛苦是难以承受的。而巴里收养的那些男孩们，现实处境也堪称凄凉。迈克尔20岁时在泰晤士河投河自尽，乔治21岁死于一战，彼得最终也选择了自杀。在现实世界中，无所不能的小飞侠最终都受困于寂寞忧伤的枷锁，生活在童话中的人难逃死亡的结局。

济慈的古瓶

　　热爱伦敦文化的人恐怕都晓得布卢姆茨伯里（Bloomsbury）这个地方，作为伦敦最重要的文化街区，其位置大概在地铁尤斯顿站与霍尔本站之间，最显赫的地标就是大英博物馆。英语中的"bury"源自北欧语系中的"burg"，最初有城堡之义。的确，布卢姆茨伯里就是一位庄园领主（布雷蒙德）在13世纪时修筑的宅邸，历经17、18世纪的开发，这里逐渐时尚化，云集了大英博物馆、伦敦大学，伍尔芙、狄更斯、巴里等作家故居，诸多知名出版社、期刊社以及各有千秋的二手书店。

大英博物馆正门永远人流如织

　　作为地标，大英博物馆的确最适合作为旅行的起点，由位于大罗素街上的正门进入，眼前便是这座宏大的新古典主义风格建筑。很多人会围绕着廊柱照相，然后在未来的两到三小时内（时间有限的旅行者或是团队游客往往只会给自己这些时间）走马观花地迷失在几十个展厅中，最后所有人的存储卡中都会有木乃伊、阿芙洛狄忒雕像、希腊神庙门廊复原、复活节岛雕像以及一堆光彩熠熠，却道不出所以然的瓶瓶罐罐。最终他能够记住的，恐怕也只有博物馆门口的廊柱。

　　热爱诗歌的我们，则不会盲目地让自己迷失在浩瀚的馆藏之间。我选择从正门进入，径直走左手边的小商店（你还会穿过行李寄存处），这是一条狭窄的长廊，穿过亚述文明展厅，走到长廊的尽头便是古希腊展厅。你很难想象，二百年前，或许也

在博物馆里上历史课的小学生

是在这里，诗人济慈曾和你一样，出神地凝视着这些绘制着耕作、战争、风景甚至性爱场面的古瓶，以及从希腊本土"搬运"过来的大理石雕塑。一想到你和济慈看到的是同样的东西，便会产生神奇的通透的感觉，更神奇的是，这种事的确正在发生着。

1817年3月2日，济慈在画家朋友海顿（Benjamin Robert Haydon，和济慈、华兹华斯关系都很好，两位诗人都为他写过十四行诗，位于特拉法加广场的国家肖像画廊里也有海顿为华兹华斯创作的肖像画）的陪同下来到大英博物馆，并在这里首次看到了希腊的大理石雕塑和古瓶展，随后他创作了大理石雕的十四行诗，以及这首著名的《希腊古瓮颂》（结尾，穆旦译）：

> 哦，希腊的形状！唯美的观照！
>
> 上面缀有石雕的男人和女人，
>
> 还有林木，和践踏过的青草；
>
> 沉默的形体呵，你像是"永恒"
>
> 使人超越思想：呵，冰冷的牧歌！
>
> 等暮年使这一世代都凋落，
>
> 只有你如旧；在另外的一些
>
> 忧伤中，你会抚慰后人说：
>
> "美即是真，真即是美"，这就包括
>
> 你们所知道、和该知道的一切。

今天，有多少诗人不断言咏着这句"美即是真，真即是美"，诗句浸润着济慈对希腊精神宗教般的仰慕，也不由得让人想起

到底是哪个瓶子点燃的济慈呢，
这要靠我们去想象了

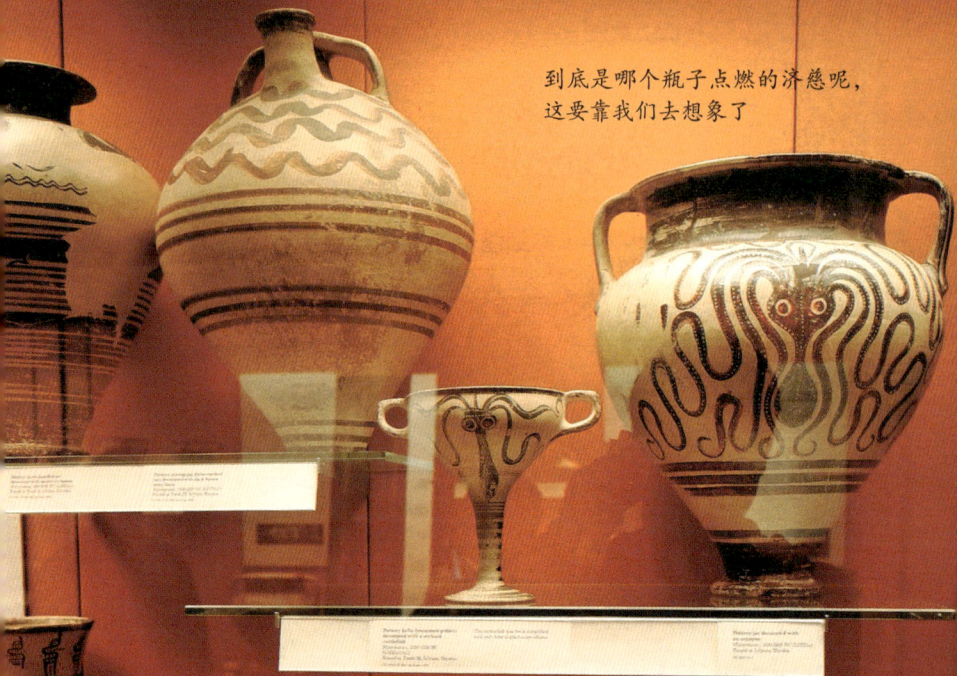

沈从文在《习作选集代序》中写过的一段话："这世界上或有想在沙基或水面上建造崇楼杰阁的人，那可不是我，我只想造希腊小庙。选山地作基础，用坚硬石头堆砌它。精致、结实，匀称，形体虽小而不纤巧，是我理想的建筑，这神庙里供奉的是'人性'。"

如果要给沈从文的神庙找一个物态的现实存在物的话，恐怕大英博物馆里的帕提农神庙雕塑展厅最为适合。穿过古瓶展厅继续前行，眼前出现的巨大神庙建筑，以及左边帕提农展厅中相对完整的神庙雕塑，无不让人惊叹，英国人竟然把一座神庙全搬过来了！恐怕不应再用"贪婪"这个词汇来形容殖民者的作为，也许"耐心"更为恰当。

有趣的是，当某些人正在内心中翻江倒海地谴责"殖民者"的罪恶时（比如也许中国人会想到圆明园），展厅的中间出现了一个可随意取用的资料角（免费），篇幅不大的资料解释了人们心中的疑问。它的大意是：第一，大英博物馆的宗旨是让全世界热爱文明的人去发现不同文明之间的联系，深入开掘文明的内涵，反思人类的精神与物质存在。第二，现在在世界上可以看到帕提农雕塑的博物馆或地域有哪些。（我感觉是想给自己洗白。）第三，目前我们和希腊政府的争议是：希腊政府想把展品都收回去。（至于英方的表态这里没写。）第四，这些展品是怎么到达伦敦的，文中写道希腊神庙建筑年久失修，毁坏严重，1801~1805年间埃尔金（Elgin）爵士（时任英国驻奥斯曼帝国大使）在得到奥斯曼帝国允许和法律保障下，从濒临倒塌的神庙中运走了一半的雕塑，先是在自己的私人博物馆中陈列，1817年

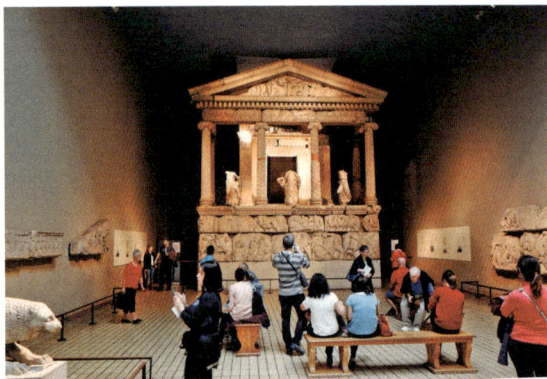

这个大厅就是按照帕提农神庙的格局设置的，四围就
是埃尔金大理石雕像

捐赠给大英博物馆。这也就是为什么在1817年的3月，济慈特
地来看希腊藏品了，对诗人而言，这是他与这些藏品的初次相
遇，希腊文明中蕴含的真与美，刹那间与济慈的心灵遇合，点
燃了诗人创作的激情。

除了点燃济慈之外，这些展品还激发了希腊人的热情，材
料的最后一句话是这样写的："1807年以来埃尔金爵士的收藏

唤醒希腊学者对本土文明的热爱，同时也激起人们对希腊独立运动的同情与支持。"叙述很客观，但也有一种我就不给你，你能拿我怎么办的感觉，同时忽略掉了一些人们更关心的话题，比如埃尔金当年是如何从奥斯曼帝国政府那里骗来这些东西的。

济慈故居中诗人绘制的《希腊古瓶》

赫尔墨斯与狄奥尼索斯

查令十字路 84 号的"不二情书"

　　伦敦的独立书店几近百家，堪称爱书人的天堂，我曾在大罗素街附近居住过一段时间，沿街道往西步行一段，就会出现贾迪思（Jarndyce）书店复古的绿色大门，这个名字源自狄更斯《荒凉山庄》中那位宅心仁厚的好人贾迪思先生。书店需要按门铃进入，里面有一个不苟言笑、端庄而有气场的老太太。书架里陈列的大都是文学书籍，以狄更斯为首，还有勃朗特、王尔德、济慈等等。（价格根据版本和品相浮动，一般一套全集接近人民币一万元，倘若赶上初版本，价格便还算公道。）书店各个

贾迪斯书店

贾迪斯书店内景（获得那位老夫人的允许，只准拍这一张照片）

角落都有大大小小的狄更斯像，仿佛狄更斯的视线无处不在，书店也用这种方式明言对狄更斯的纪念之情。

　　如果在伦敦停留时间有限，又很想满足自己的书店情怀的话，还是应该来查令十字路（Charing Cross Road），也就是伦敦人说的书店街转转。当地人夸耀道：这条书店街比整个世界还要大。朱自清在1934年写下："伦敦卖旧书的铺子，集中在切林克拉斯路（即查令十字路）。……最大的一家要算福也尔（Foyles），在路西；新旧大楼隔着一道小街相对着，共占七号门牌，都是四层，旧大楼还带地下室——可并不是地窖子。店里按着书的性质分二十五部；地下室里满是旧文学书。这爿店二十八年前本是一家小铺子，只用了一个店员；现在店员差不多到了二百人，藏书到了二百万种。"这家朱自清称赞的书店在董桥笔下也被誉为"全世界最大的书店"。它总共八层，完整占据了一个楼面，由此成为目前欧洲规模第一的独立书店。而同样以规模宏大而闻名的连锁书店"水石"（Waterstone）离 Foyles 也不远。想要搜罗全世界最新的书籍，那么这两家综合性书店都能满足你的要求。

对于爱书的人而言，查令十字路上的几十家二手书店才是他们最为钟爱的。几乎每家二手书店都有自己的专属经营门类，比如有专卖初版本文学名著的，有售卖小语种书籍的，还有摄影书书店、音乐书书店、档案及二手资料书店、老地图书店、同性恋文学书店等等。随便找一家进入，门永远是敞开的，店里的空间往往局促狭窄，却能令人凝神静气地细细观察与体会。因为二手书居多，书店里会产生一种混杂着霉味儿和尘土的味道，那是纸张、油墨与书橱地板的木香混融形成的厚重气息，

查令十字路是威斯敏斯特区的主干道

临近索霍广场的 Foyles 书店总店

仿佛是在引诱你快点发现它们的存在。

在诸多二手书店中，也许最出名的却是早已关张倒闭的马克斯和科恩书店（Marks & Co.）。它位于查令十字路的84号，在汤唯和吴秀波主演的电影《不二情书》中，两个身在异国的陌生人阴差阳错的因为一本书而结缘，这本书就是被称为"爱书者圣经"的《查令十字路84号》。

《查令十字路84号》出版于1973年，作者为美国女作家海莲·汉芙（Helene Hanff），她将自己与马克斯和科恩书店老板弗兰克·多尔（Frank Doel）20年间的往来书信结集整理，最终出版。她与这家书店最初的机缘，来自于1949年纽约的一个秋夜。

这天晚上，33岁的海莲在《文艺周刊》上发现了一则书店广告，这家书店并不在美国，而在英国伦敦查令十字路上。海

世界名著初版书
籍令人垂涎

莲知道这条街道的历史，也通晓这里是寻找绝版英国文学书或
是二手书的最佳地点，于是这位"对书本有着'古老'胃口的
穷作家"试着将书单传给书店。非常幸运，书店经理弗兰克·多
尔很快回复了海莲并告知大部分书他那里都有，且符合海莲"物
美价廉"的要求。二人就此建立联系，开启了长达20年的"爱
书人之旅"。

　　基于两人对书籍的共同爱好与痴迷，他们在信里热烈地讨
论英国文学，甚至涉及约翰·唐尼布道书的不同版本这类细小
的学术问题。随着了解的深入，两人的话题不再拘泥于文学，
他们开始充分交换对人生、感情以及社会的看法，诸如如何制
作约克郡布丁（Yorkshire Pudding），布鲁克林道奇（Brooklyn
Dodgers）或者是伊丽莎白二世的加冕典礼都成为他们有趣的谈
资。再往后，书店的员工也加入了通信的交流。在20年间，海
莲和弗兰克以及书店员工们建立起向书而生的厚重情谊，他们
彼此交换圣诞节礼物或是生日礼物，在英国因为二战而导致的
食品短缺中，海莲也常常随信附上一些食品包裹。跨越大洋的

信息传递，既是他们的日常生活，也是他们的精神寄托。海莲在《查令十字路84号》中曾记录过她收到书店寄来生日礼物时的快乐心情：

> 谢谢你们送我这本美丽的书。我从没拥有过这么一本三边页缘都烫上金的书。你们知道吗？我竟在生日当天收到这本书！
>
> 你们另外写了一张卡片，而不直接题签在扉页上，我真希望你们不要这样过分拘谨。这一定是你们的"书商本性"使然吧，你们担心一旦写了字在书上，将会折损它的价值。你们如果真能这么做，对我这个该书的现时拥有者而言，增添了无可估算的价值。（甚或对未来的书主也如此。我喜欢扉页上有题签、页边写满注记的旧书；我爱极了那种与心有灵犀的前人冥冥共读，时而戚戚于胸、时而被耳提面命的感觉。）
>
> 还有，为什么大家都不签上名字呢？我猜一定是弗兰克不准你们签的，他大概怕我会撇下他，——给你们大家写情书吧！

那是本什么书，我们并没有去考证，但爱书之人恐怕都能理解"三边烫金"带来的视觉震撼与心灵激荡吧。

尽管海莲多次表示前来伦敦探访的意愿，却因始终困窘，无力支付旅费而久未成行，弗兰克的态度则是：书店的大门永远为你打开，你来或不来，我都在这里。很遗憾，海莲并没有等到相会的一天，1968 年，弗兰克去世了。直到 1973 年《查令十字路 84 号》出版后，海莲才凭借书商的赞助最终来到现实中的查令十字路 84 号，这时书店早已易手，物是人非。

　　海莲与弗兰克远涉重洋的精神情谊，以及始终未能相见的"缺憾情感"触动了全世界的爱书之人，这本书问世后甚至被奉为"爱书人的圣经"，先后被改编成电视剧、舞台剧和同名电影（中译名为《柔情一纸牵》）。电影的介绍中称"这部片子旨在反映两种爱情，一是海莲对书的激情之爱，二是她对多尔的精神之爱"。书缘与情缘被系上红线，由此我们便不难理解，汤唯和吴秀波在《不二情书》里演绎的，其实依然是海莲与弗兰克式的故事，而电影中人物的结局，算是弥补了海莲与弗兰克不曾相见的遗憾。

马克斯和科恩书店原址位于图中红色建筑一楼，现在这里是麦当劳和一家小超市

当海莲刚刚得知弗兰克去世的消息时，她并不清楚自己此生是否还有机会去伦敦，所以她给朋友写信说："书店老板马克斯先生也已不在人间。但是，马克斯与科恩书店还在那儿。你们若恰好路经查令十字路84号，代我献上一吻吧？我亏欠它良多。"正是在这一名句的指引下，查令十字路84号成为全世界爱书人的朝圣地。

不过，当我满怀虔敬地寻得这个地址时，却发现这里与想象中的景象大相径庭。马克斯与科恩书店在1977年倒闭后，经历了数次改造，今天竟然被一家麦当劳占据，我们已经无法从外观上发现书店的任何蛛丝马迹，而它的街牌号也被改成了"剑桥环路24号"（Cambridge Circus 24）。唯一让人兴奋的是店门旁石柱上镶嵌的一块金色圆牌，上面镌刻着："查令十字路84号，马克斯与科恩书店旧址，因海莲·汉芙的书而闻名天下。"每一个路过此地的爱书人，都会缅想起海莲的那句话——

If you happen to pass by 84, Charing Cross Road, kiss it for me? I owe it so much.

唯一能唤醒人们记忆的铭牌

尤利西斯在脚下生根发芽

　　每一个到过爱尔兰的人，心中都会装着一个乔伊斯。尽管这位文学大师一生大部分时光远离故土，但早年在都柏林的生活经历却成为他笔下难以割舍的情结。行走在都柏林的街道上，狭窄繁华的格拉夫顿商业街，拥有半个世纪历史的圣三一学院，透满冷意飞翔海鸥的利菲河岸，露天广场上的画家和流浪艺人的表演，都如同爱尔兰的竖琴曲调一样，用清晰的声响渲染着神秘的氛围。这氛围与气息，也氤氲在乔伊斯的文字中。

　　上世纪初，乔伊斯的不朽名作《尤利西斯》出版，主人公布鲁姆漫游在充满虚构与真实的都柏林，在穿行城市的十八个小时中度过了自己漫长的一天。乔伊斯说，他要把人类关于考古学、历史学、人类学、心理学以及文学的全部经验浓缩在这部千页巨著中。这是属于布鲁姆的漫长一天，也是属于文学的经典之日。40年代的时候，萧乾在剑桥购买了一些乔伊斯的著作，其中就包括这本《尤利西斯》，当这位乔伊斯的译者回忆刚刚翻开《尤利西斯》的场景时，他还记得自己当年曾用"拙劣"的笔迹写下"天书，弟子萧乾虔读"的文字。对于翻译家萧乾而言，乔伊斯是深奥而值得膜拜的，而普通读者却很难透过这位爱尔兰人充满深度隐喻的象征和高度意识流的笔法，窥测到主人公布鲁姆的一天到底发生着什么。

私下里揣测，多数爱尔兰人对乔伊斯的理解也是只知其名难懂其文，就好比读者普遍公认鲁迅的大师地位，却少有人能够透彻把握他的文字精神。在位于都柏林城市北部的乔伊斯中心，我们发现了萧乾翻译的中文版《尤利西斯》。除此之外，乔伊斯本人的手稿、信件，他使用过的器物，大到皮箱小到墨水瓶，都原原本本地陈列开来。在这里做义务导览的格林先生告诉我们：乔伊斯的文字对爱尔兰普通读者依然是艰涩难懂的，但这不影响爱尔兰人对他的崇拜，他是都柏林的象征，因为他写的都是都柏林人，他精心描绘的那些背景也都是都柏林真实的街道与房屋。都柏林人无法理解乔伊斯的文学野心，但他们能从乔伊斯的文字中看到自己的生活，这便已足够。

乔伊斯曾说过：如果都柏林城毁灭，人们可以根据《尤利

乔伊斯像

世界最美的大学图书馆：圣三一学院图书馆

西斯》重建一座一模一样的城市，这话并非夸大。走进奥康内尔大街上的游客中心，可以领取各种免费的城市地图，其中竟有一张独一无二的"尤利西斯"地图。图上布满大量"JJ"的符号，应该是詹姆斯·乔伊斯姓名的缩写，它代表布鲁姆在那一天中走过的重点地点。比如，这趟旅程的起点位于地图北边的 7 Eccles 大街，而《尤利西斯》主人公布鲁姆的家就在这条街上。从这里行起，你可以按照作品的描述，用正常的步速从贝雷斯福德广场出发，走到蒙乔伊广场西端，然后像作品人物一样"迈着悠闲的步子先后挨近了圣乔治教堂前的圆形广场"径直穿过去。很多时候，你与作品人物踏着一致的节奏，便觉得作品与生活、文学与现实的边界开始变得漫漶不清，你也真正进入了《尤利西斯》，深入了布鲁姆的大脑。

当你按照尤利西斯地图的指示来到格拉夫顿街，也就是中国游客戏称的"寡妇街"时，稍微留意，就能找到狭窄的杜克街。位于杜克街21号的大卫伯恩酒吧，如今可是都柏林的旅行圣地。因为在《尤利西斯》中，布鲁姆先是去了杜克街18号的伯顿饭店，发现那里的食物"令人作呕"，于是来到大卫伯恩酒吧要了一份干酪三明治和一杯勃艮第酒。爱尔兰的干酪的确有名，但如果此时你已饥肠辘辘，还是应该品味一下爱尔兰的国菜"乱炖"，即健力士黑啤炖羊肉，辅以胡萝卜、西芹等配菜，分量足够大也足以温暖自己的胃。稍微留意一下酒吧内的介绍，原来最早的店老板就叫大卫伯恩，乔伊斯与他关系甚好，并把他的酒吧写入自己的著作，这大概属于比较早的、文学作品植入广告的经典范例。

作家博物馆中收藏的乔伊斯弹奏过的钢琴

从伯恩酒吧继续按图索骥，会发现都柏林的街道地面上经常镶有一些印着文字的铜板。这些铜板如杂志般大小，俯身一看，上面写道："他从托马斯经营的丝绸店前经过。"对照《尤利西斯》，才会发现原来都柏林的每一个角落，都有着这个"他"，也就是布鲁姆的足迹。虽然这是一个虚构的人物，但他串联起的都柏林，包括那家丝绸店，都是真实存在过的，难怪乔伊斯声言可以通过他的书复原一个都柏林。不经意间，我发现一家药店里陈列着乔伊斯的大幅画像，一看它的招牌才恍然大悟，这座看似有些破旧的石头建筑就是布鲁姆购买香皂的斯威尼药店。今天，你仍然可以在那位眼睛充满诗意的店员小姐那里付五欧元，买下一块列奥波德·布鲁姆用过的长方形柠檬肥皂。

在都柏林走的路程越远，就觉得自己离乔伊斯越近。乔伊斯用布鲁姆的脚步将都柏林铭刻在文学的纪念碑上，而我们则像布鲁姆一样，从清晨走到夜晚，穿行在自己为都柏林写下的字里行间。

布鲁姆用餐的大卫伯恩酒吧

吃一碗特色羊肉炖菜，配一杯健尼士黑啤

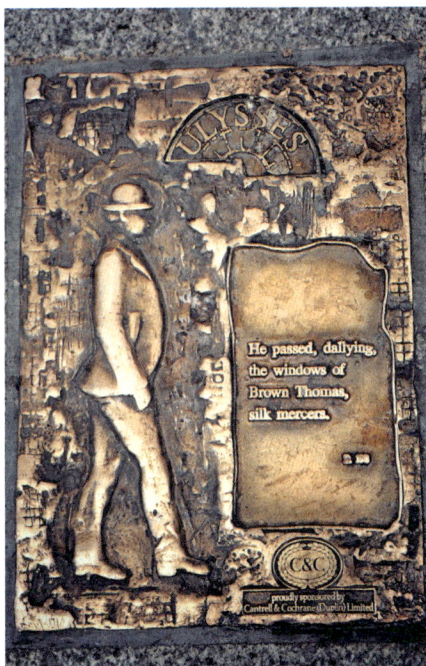

街道镶嵌着《尤利西斯》故事的铜牌

今天还在售卖香皂的斯威尼药店

切尔诺贝利的提线木偶

　　我们可以做一个实验，你站在基辅市中心任何一个景点门口，不消十分钟的光景，便会有一位热情的乌克兰人沿着斜线走到你的面前。他们试探性地对你微笑，用俄式口音的英语问："切尔诺贝利，yes？切尔诺贝利，no？"如果你的回答是否定的，他们的眼睛里就会露出为你惋惜的光芒，然后义正词严地告诉你，快跟他们走，一日游的团就要报满了！这就相当于在北京火车站门口兜售长城、十三陵旅游的小贩，或者是长途拼车司机不断吆喝的"差一位、差一位喽！就出发"。甚至在乌克兰郊区的一家猪油餐厅（当地人喜好直接食用加茴香等调料的猪油），排队买早餐的老大爷们见到我，还会友善地问上一句：小伙子，你去切尔诺贝利了吧，或者是，小伙子，你怎么还没去切尔诺贝利。顿时，我想起小时候从八达岭买的那件"不到长城非好汉"的T恤，同样，没有见到切尔诺贝利，便无法证明你来过乌克兰。

　　我必须要承认，有参观切尔诺贝利核事故遗迹的念头，一部分原因源自阿列克谢耶维奇。2015年，这位擅长非虚构写作的白俄罗斯作家获得诺贝尔文学奖，她的《切尔诺贝利的悲鸣》（也译为《切尔诺贝利的回忆》）始终如一片安静的叶子，在我的iPad里等待着召唤。女作家的文字陈述了一个个惨痛的事实，发生在1986年的核泄漏灾难，堪称人类历史上最严重的事故，它直接让白俄罗斯失去了四百八十五座村庄，相当于让这个人口仅千万的小国又经历了一次二战。

根据作家的引述，事故遗迹位于乌、白两国交界，事故当天北风肆虐，百分之七十的放射性核素都降落在白俄罗斯，造成该国四分之一的国土被污染，受灾最重的反而不是乌克兰的首都，而是白俄罗斯的广袤土地。在从明斯克飞向基辅的航班上，我目不转睛地透视着舷窗外的大地，当暗绿的密林间出现一条河流，以及连续排列的水泥建筑方阵时，我终于验证了自己拥有的神奇识别能力——可以在清晰的观测条件下确定地标。一座建筑的表面在夕阳照射下反射出神圣的银光，像一道无法抹去的弯月伤痕，那就是发生核泄漏的四号反应堆，包裹它的金属"棺材"以及普里皮亚季河在金色阳光下熠熠闪耀，咬伤

飞机上发现了切尔诺贝利

了能够识别出它们的人。

当然，我要承认的重点主要是自己那颗难以压抑的虚荣心。一直认为，必须要亲身经历恐怖、战争、混乱之类要素，才能检测人在特殊状态下的反应能力，也才能收获与他人不一样的旅行经验。作为一名教师，在经历混乱中养育的大心脏必然有益于让我更从容地面对课堂。种种生活中的"小事端"与我经历的叙黎边境的战争阴云、波黑的吉卜赛儿童小偷团、保加利亚的西装诈骗犯、南美遍地的持枪劫匪相比，简直都如歌谣般悦耳动听了。于是，我完美地掉入切尔诺贝利的"陷阱"中，想必在它这里获得虚荣心满足的人，绝不止我一个。

当地所有旅行社都提供核电站一日或两日游，大部分游客都比较中意 SoloEast 旅行社，它的社标就是一个核电警告标志，显得异常切题。一日游项目在150美元上下浮动，如果想租一台辐射探测器（也叫盖格计数器），还要再搭上10美元。虽然事实会证明这东西基本上是摆设，但怀有感受辐射之心的探险者们，还是愿意把它带在身边，以证明这次旅行的不同寻常。辐射探测器如手机般大小，我们这个9人团队刚刚启程，年轻的导游小伙子便打开了他手中的探测器，数字显示为0.12μSv/h（微西弗／每小时，常用放射性计量单位），据说是北京辐射量的3倍左右。

从基辅到切尔诺贝利军事管制区大约需要两个小时车程，在小面包车上，导游先让我们各自签了一份《免责通知书》，基本内容就是如果参观完你出了问题和他们没关系，随后是对当天游览线路的介绍：先通过军方的检查站，进行辐射检查，然后观看草原上的野马，随即进入废弃的村庄，游览托儿所和学校，午餐后抵达发生爆炸的四号反应堆门口，拍照留念后继续西行，抵达鬼城普里皮亚季，探秘城里废弃的建筑，最后伴随落日的行迹返回基辅，在彻底离开核心区时，每人还要进行最后一次核辐射检查。大概是为了制造气氛，导游每隔一小时便通报一次每人携带的辐射量，并把这些数据记录在表格上，最后这张表格会作为珍贵的纪念品赠送给你。

千万不要摘这里的任何水果，也不要碰任何东西，不许在事故区吃喝，更不能进入军方禁入区……导游以严肃的音调讲起游览注意事项，渲染起一种紧张的气氛。可几位胖乎乎的美国团友难以抑制即将身临其境的兴奋，他们开心极了，大声唱起难听的歌，导游小哥微微抿了一下嘴唇，按下了遥控器的开关，车载电视开始播放起事故的纪录片，于是难听的歌声消失了，大家都认真地看起电视。

纪录片里提到一个细节，切尔诺贝利地区盛产苹果，在遭遇核泄漏事故之前，这里的苹果酱非常出名。而事故之后，受到辐射的苹果之命运，自然可想而知。阿列克谢耶维奇也记录过一个卖水果的乌克兰女人，这个女人大声吆喝说自己卖的都是切尔诺贝利产的苹果，有人劝她说这样叫卖不会有人来买，她却坚持认为苹果不愁销路，因为总要有人买这种苹果送给老板，或是他们的丈母娘。这则故事让悲伤的苹果多少平添了一些荒诞意味，此时我并没有意识到，自己这一天的经历，或许比那些苹果的故事还要荒诞。

通过军警检查和护照检验，我们的车驶入事故核心区，团

125

友们频繁按起检测器的开关，像要发射导弹一样紧张观测着辐射数据，那几位吵闹的美国人也回归安静，只是时而发出一些哇哦之类的感叹。或许这让天天带队到此的导游小哥感到好笑，他说："只要你们不用舌头去舔这里的废墟，那么待一天受到的辐射不会比坐一次飞机更多，像你们这么使用检测器，它很快就会没电的。"

我相信，每一位游览完切尔诺贝利的人都会写一篇日记，至少会发一条微信，内容大概都是这样的：

怀疑和善意的质疑，并没有阻挡我探索世界的心，在30多岁的一个平常的日子，我终于深入这片30年前的爆炸现场。我们艰难地在密林掩盖的城市里寻觅道路，听说这里每到深夜，便有辐射变异后的生物伴随着大自然的啜泣声出没，还听说鬼城普里皮亚季的居民在事故之后的几个月内，陆续神秘地死去。鬼城曾是核电站工作人员的居所，还是苏联时代的样板城市，文化宫、电影院、游乐场一应俱全，然而1986年4月26日的深夜，天空闪起红色的光，世界移动着，一切都改变了……今天的托儿所里，每一个断头娃娃玩具都睁着空洞的双眼，仿若一具幼小的尸体，腐朽在无限的怨恨里。游乐园中藤蔓丛生，诡异的风吹过冰冷的机械，感觉它们正在神秘的笑声中运转。鬼城的辐射远比我们想象的严重，人们在杂草丛生的、曾经的城市广场上举起盖格探测器，上面的辐射指数不断攀升，当我们接近吸收辐射最严重的红树林和医院的地下室时，所有人的仪器此起彼伏地发出哀鸣般的声响，此刻数值停留在26μSv/h上，远远超出0.3的报警线。这个响声基本伴随了我们的整个下午，

密林深处的学校

仿佛被故意放在路上的断肢娃娃

河边的四号反应堆

人们逐渐从好奇到惊惧再到冷漠，直至离开普里皮亚季，哀鸣声才渐而停歇。我们回头张望，废弃的城市连同人类的欲望，静静地在寂静岭般的森林中呢喃，红树林里那些暗红色的松针，冷幽幽地指向我们踏过的足迹，它们继续释放着辐射粒子，将难以言表的情绪射向未来……

当然，还有一些探险家会记下每位导游都在不断重复的两个故事：

第一个故事是"走出阴影的女人"。在鬼城的医院，一位怀孕的妻子坚持陪伴在遭受严重辐射的丈夫身旁，直到他去世。后来，女人流产了，但她重新找到了生命的伴侣，育下一个健康的女孩，现在过上了快乐的生活。

第二个故事是"十三楼的英雄狗"。说的是普里皮亚季发生核污染事故时，一只宠物狗救出主人家里的小朋友，自己却因遭遇辐射过度，长眠在这里最高的那座住宅楼的十三层。

如果报名参加切尔诺贝利两日游的话，你便能亲自见证这

废弃的教室书本满地

每个游客都会拍下这张照片

托儿所床上的
娃娃

荒废的室内篮球场

碰碰车的座椅辐射
值是 13μSv/h

两个故事。导游会安排团队拜访重新回到核污染区生活的老住户，你能近距离观察到他们讲述悲惨过去时留下的泪珠，也能品尝到好客的主人为你准备的不放调料的清水炖猪肉，然后就着茴香猪油，搭配哥萨克伏特加一起享用。这时，他们中的一个人，往往是一位包着鲜艳头巾的老妇人充当起陈述者，她告诉你们，经历苦难之后，他们终于坚定了生活下去的信心。显然，这是一段充满正能量的叙事，就如同第一个故事中那位再次组建家庭过上幸福日子的妻子。

关于那位妻子的故事，应该也在阿列克谢耶维奇笔下出现过。妻子的名字是露德米拉，她的丈夫名叫瓦西里，是第一批进入事故现场的消防员。露德米拉告诉阿列克谢耶维奇，当丈夫被送进已经戒严的医院后，医生们不断地恳求她离开病床上的丈夫，这些白衣天使们号叫着，说：你还年轻，为什么要这样？他已经不是人了，是核子反应器，你只会和他一起毁灭！而露德米拉则像小狗一样无助地打转，她恳求医生们让她留下，最后医生们说：好吧，你是个不正常的人！最后，当露德米拉想把丈夫的棺木带回家时，政府却冰冷地告诉她，死者是英雄，

鬼城的地面辐射值最高

鬼城中心广场

不再属于他们家了，他们是国家的英雄，永远属于国家。可是，当事故的真相被有意遮掩的时候，国家又在哪里呢，即使露德米拉后来的确过上了相对平静的生活，但她那代苏联人的困惑如同切尔诺贝利的辐射一样，始终在向未来延伸。

回到基辅的当晚，我读完了阿列克谢耶维奇的这本切尔诺贝利访谈录。仿佛能够听到那个晚上，普里皮亚季人的收音机里说，这座城市可能要在三到五天内进行暂时性的疏散，大家要携带保暖的衣物，因为我们会在森林里搭帐篷露营，人民要用与众不同的方式庆祝五一劳动节！或许，那些心灵纯洁的学生们听到放假转移的消息，还会高兴地欢呼雀跃。事实上，很多匆匆离开家园的人，甚至真的带上了烤肉器材与他们钟爱的吉他。瓦西里·鲍里索维奇·涅斯捷连科（白俄罗斯国家科学院前核能研究所主任）说，我们是在一种苏联式的特殊信仰里成长起来的，我们相信人是所有创造物之王，有权随心所欲地对这个世界做出任何事情。他告诉阿列克谢耶维奇：这个国家属于当权者，国家利益永远摆在第一位，为此，国家可以轻易地掩盖一切真相。

"从事实当中衍生出的这些感受，以及这些感受的演变过程，才是令我着迷的。"《切尔诺贝利的悲鸣》后记中的这句话，使我突然意识到阿列克谢耶维奇这类非虚构文学的重要性，她不在教堂祈祷，而是用内心的祈祷记录着真实的声音，融合着愤怒、恐惧、勇气、同情。而我们呢，这一日令人沾沾自喜仿佛突破人类极限的旅行，更像是参与了一场表演。我们无法体悟到作家说的那种感受演变的过程，我们看到的，是他们希望我们看到的结果。我们握着辐射检测器，却始终没有进入真正的事故现场，我们只能在作家的记录里缅想反应堆爆炸时那深红色的耀眼光芒，却永远无法把它放入自己的经验或时间的框架中。书中那些未知的人和未知的事物，让作家觉得自己记录着未来，而我却觉得自己的旅行陷落在一个被精心策划好的狭窄空间内，无论游客何时到来，他们所经历的都是同样的一天。

还记得那个关于救主英犬的故事吧，你可以尾随导游爬上鬼城最高的那座建筑，小狗的遗体就停留在十三楼。听说某年还被一位中国女游客踩过一脚，当然，那是无意的一脚，而且证明了故事的真实性。可是疑问也随之而来，为什么十三楼的英雄狗这么多年还没有腐烂？再比如，为什么那些断头娃娃木偶可以恰如其分地出现在游人的脚边？为什么被丢弃的皮鞋偏偏在你的必经之路上出现？为什么30年后的建筑物依然表面洁净？为什么游乐场里的大型玩具没有被藤蔓彻底覆盖？为什么那位包头巾的妇人每次都贡献相同的说辞和恰如其分的眼泪？……这不是深奥的人生哲学，而是一个立体的、人为布置的现代展览，而我们则如同提线木偶一般，被无形的手支配着前行，享受着收集事故符号的一次次喜悦。观光客对任何作为符号的事物皆感兴趣，要证明自己来过切尔诺贝利，就必须把能够体现末世感的符号如收集印花般积攒完全，然后再用阴影滤镜加工那些照片，使它们在外人面前看起来更像"切尔诺贝利"，最终在观赏者发出的"哇，你连切尔诺贝利都敢去，真神！"的赞叹声中淡然告诉他们，其实也没什么，只要想来，便如此这般来了。这样庸俗的人，当然包括我。

但我自觉也有不甘平庸的一面，我发现各类娃娃、防毒面具还有课本的位置太适合被拍照了，简直像是人为布置的一样，于是便把这些怀疑抛给了导游，导游则直接肯定了我的猜测。他说作为乌克兰最重要的旅行景点，军方每个月都会派兵来清理景区建筑，甚至一些残破的物件还会被替换。比如那个摩天轮，它的锈斑范围，被藤蔓缠绕的程度，都以能够满足游客的地球末日想象为基准，每个月都要专门调整维护。真应了那句话，不会制造气氛的军人不是好的设计师。我觉得在切尔诺贝利，连你的痛感和每一次叹息，都是被提前预设好的。

与导游交流过这些之后，我顿感眼前景物的无聊，导游也许觉得我给他拆了台，似乎对我的态度也冷淡了许多，甚至不再报告我身上的辐射指标，而我也为自己的这番质疑受到了严重的诅咒。参观地板墙壁破烂不堪的电影院时，我走到了木地板的边缘，突然一声巨响，腐朽的地板毫无征兆地碎裂，我先是腿径直掉进地板下的空心地基里，然后身体既滑稽又危险地卡在裂出的黑洞里。导游和团友们大概是第一次遇到这样的危

普里皮亚季　　道路上遇到的一只鞋子　　　　四号反应堆的辐射
游乐园　　　　　　　　　　　　　　　　　　　值是3.23μSv/h

机，他们迅速拽住我的双手，令我自己颇感意外的是，在跌落
的一瞬间，我竟然下意识地用英语喊叫着"天哪！发生了什么？"
这可能是关心语境的文科教师的本能。令人尴尬的是，因为接
触到建筑本体，我身上的辐射指数瞬间超标，导游马上带我去
附近的一家餐厅做了洗消处理，就是在一个类似 X 光机的检查
器前站一会儿。不消两分钟，我身上的辐射水平便回归正常。
导游小哥说他当了8年切尔诺贝利导游了，我这种情况还是头一
次发生。在这之后，他对我的态度仿佛温暖了许多，甚至每隔
半小时就向我通报辐射指数，以便让我安心。

　　后来回忆起这段经历，我便感觉异常欣喜与骄傲，我终于
借助厄运的眷顾，触碰到普通游客无法企及的切尔诺贝利经验，

我也终于有了只属于自己的感觉与记忆。从此，我或可使用阿列克谢耶维奇的口吻说：我从切尔诺贝利来，那一天我遇到的事情和别人不太一样，无论你想不想听，这件事都发生了。

这里的地板高出地面一米，腐朽不堪

这就是地板碎裂后的洞，我正好被卡在中央

探秘吸血鬼城堡

　　清晨，我从阿姆斯特丹出发，经停米兰转机，到达布加勒斯特时，太阳正在落幕。搭上机场巴士，转乘一站地铁，艰难找到火车东站。售票员不会英语，与她叽里咕噜比画，将近五分钟的时间，才花费四欧元，买到去布拉索夫的夜车票。然后攥紧轻薄的票根，惝惝走上空无一人的车厢，内燃车头牵引着慵懒的车厢停停走走，仿若瞎眼的蚯蚓在黑暗的泥土里踟蹰前行。火车只是经停布拉索夫，车厢始终一路无人，我生怕错过了站，于是不敢入睡，每停一站就下车去打听：究竟我们身处何方。直到凌晨两点钟，消耗了五个小时，这列火车才爬完170公里的路程，它冷漠地停靠进布拉索夫站，大口喘着粗气，看似耗完了一天的力量。此刻，车站无一盏灯亮起，黑暗的山区寒意入骨。让人稍感安慰的是，经历了近一天的路途转换，我终于脚踏身至布拉索夫——中欧保留中世纪文明最集中的城市，特兰西瓦尼亚地区的首府，爱尔兰作家布莱姆·斯托克笔下的吸血鬼之都。

　　特兰西瓦尼亚在罗马尼亚语中的意思是"森林深处"，此地多为山区，群山间星罗棋布着座座小城，规模最大的布拉索夫位居首府。城市以经受火焰洗礼的黑教堂为中心，至今还保留着中世纪的街道景象，只是修缮不力，逢着阴天，便显得格外

布拉索夫市中心的黑教堂

破败，仿佛一页生霉的老明信片。游客们来到布拉索夫，主要目的大概都只有一个——追踪中世纪的要塞，特别是那充满了强烈传说色彩的吸血鬼城堡。当地几乎所有的旅店都会提供一条线路，名为"吸血鬼城堡之旅"，包括吸血鬼故事的渊薮"布朗城堡"、吸血鬼小说书店、吸血鬼周边产品商店等等，足以令一个吸血鬼题材小说迷过足眼瘾。

雇司机包车一日游大约需要50美元，普遍包含布拉索夫附近的三座城堡，当然，所有人都会把精力放在布朗城堡（Bran Castle）。这座城堡更为人们所熟知的名称是德古拉城堡（Dracula Castle），那是因为19世纪末爱尔兰作家斯托克撰写了一部非常著名的小说《吸血鬼伯爵德古拉》，故事就以特兰西瓦尼亚为地理背景。直到半个世纪前，这块土地上的居民依然保持着一种奇特的信仰，他们相信周边有一些人，白天过着正常的生活，到了晚上，当所有人都入睡的时候，这些人的灵魂就会离开他们的身体，在村子里游荡，甚至去攻击那些熟睡的人，直到第一声鸡鸣响起，邪恶的力量才会消失。如此奇特的鬼魂传说，在斯托克看来无疑是陌生而劲爆的故事题材，他浸淫在特兰西瓦尼亚的民间信仰里，提炼出吸血鬼的故事主线，而主人公就是那位德古拉伯爵。

关于德古拉这个名字，得来颇为偶然，斯托克本想给他的吸血鬼伯爵起名叫 Vampyr（就是吸血鬼的意思），后来在查阅罗马尼亚与土耳其早期战争资料时，他不经意间发现一个注解说"好战的德古拉是恶魔"，这条引注令斯托克异常兴奋，他觉得终于找到了最适合吸血鬼的好名字了！

那个好战的德古拉，就这样躺着中了枪，一下子从军事频道跨入了文学频道。这部吸血鬼题材的经典小说被多次改编，或是搬上荧幕，其中以《惊情四百年》最为忠于原著。我记得童年时看过一个叫作《怪鸭历险记》的动画片，那个怪鸭伯爵用的是"达 Q 拉"的名字，住在一座阴森黑暗的城堡里，应当也是取自斯托克的故事原型。

事实上，躺着中枪的德古拉确非等闲之辈，现实中的德古拉名为弗拉德·采佩什·德古拉（Vlad Tepes Dracula），1431 年生于今罗马尼亚的特兰西瓦尼亚地区。这位弗拉德被称为弗拉德三世，他的父亲弗拉德二世名为弗拉德·塔古勒（Vlad Dracul），在罗马尼亚语中，Dracul 就是龙的意思，因此弗拉德二世也叫"龙之大公"，而弗拉德三世名中的"德古拉"，意为"龙之子"，也可以叫他"小龙公"或"龙公子"。他曾在多瑙河畔多次打败数倍于己的土耳其大军，解救了自己的国家。直到今天，弗拉德三世还被视为罗马尼亚的民族英雄，专门有教堂供奉他的灵魂。为了震慑敌军，弗拉德三世发明了一种用木桩穿刺身体的酷刑，将削得尖尖的木棍从俘虏的股间刺入，口部穿出。据说，当时多达两万名俘虏的尸体一字排开，绵延数里，这毛骨悚然的情景，令敌人心胆俱裂，有几十名士兵当场就被吓死了。人们给这位有些恶趣味的君主加以"采佩什"（Tepes）的称谓，罗马尼亚语的意思就是"穿刺大公"，他的嗜血之名不胫而走，为许多编年史家增添了丰富的素材，并最终借助斯托克对其形象的魔幻改编，传遍世界的每一个角落。

有意思的是，当年斯托克的书里只是说德古拉住在特兰西瓦尼亚的一座城堡里，却始终没确定具体是哪一个。要知道光布拉索夫周边的城堡，游走起来便已不少。作家从未游历过罗马尼亚，然而《吸血鬼伯爵德古拉》中对伯爵城堡的描述，却

弗拉德三世（绘于16世纪的德古拉像）

冬日的布朗城堡

与今天我们看到的布朗城堡异常契合，书中写道："城堡就在悬崖边上，偶尔会有一个很深的裂口，裂口上有一条银线，河水从峡谷深处流过森林。"的确，布朗城堡挺立在布切吉山谷上方的岩石上，岩石下方有一条流动的河流，穿行在广袤的布泽兰地区，从城堡的最高处远眺四方，特兰西瓦尼亚富饶的土地尽收眼底。这座建于14世纪的城堡，本就是一座位置险要的要塞，扼守着喀尔巴阡山脉的交通要道。

很多斯托克研究者认为，作家在写作时或许读到了一本《特兰西瓦尼亚：它的物产与人民》的书，并把它当作了解布拉索夫地方文化的首要文献。书中恰有一张布朗城堡的插图，也许斯托克就是从这张插图上寻觅到德古拉城堡的灵感吧。不过，真实的德古拉，也就是弗拉德三世并没有涉足过布朗城堡，甚至这里并非他的领地。今天，布朗城堡和吸血鬼传说存在着如此牢固的联系，主要还是源于政府的推波助澜。上世纪70年代，罗马尼亚政府决定大力发展本国旅游业，向外国推销本国的旅游地产，由于布朗城堡的位置和商业潜力，政府拍板决定：从此这里就是官方认证的"真正的德古拉城堡"，并将这座城堡景区整体挂牌出售。于是，包括罗马尼亚人自己都开始相信，布朗城堡就是吸血鬼城堡，这个问题从此不再讨论。

布朗城堡离布拉索夫30公里，算是很近。从山脚沿斜坡拾级而上，大约100多米就到了城堡大门。导游介绍说，在中世纪，城堡根本没有设计大门，也无其他入口可以通过，人们要想进去的话，只有跑到城堡南边，沿着上面扔下来的绳梯爬上去。这是因为城堡的主人杀人无数，所以害怕有人摸黑上来报

城堡近景

复。当然，现实历史中的那位弗拉德虽然残暴异常，却肯定不会去吸人血，所谓传说种种，无非是后人从血淋淋的征战历史中发酵出的香喷喷的小面团儿。况且，城堡的通道不止一条，修缮情况良好，无论是当年的贵族，还是今天的游客，顺石阶环游城堡，当不是难事。

城堡内有57间房，每间房内都保留了一些当年的家什陈设，巨大的狼皮地毯，外形粗犷的青铜罐，纯金打造的盘子，来自荷兰的蓝瓷……不过，和爱丁堡城堡、新天鹅堡、海德堡城堡那些雄奇华美、内饰繁奢的贵妇级城堡比较，布朗就是一位羞赧的地主家的村妞了。1918年之后，特兰西瓦尼亚成为大罗马尼亚的一部分，从1920年开始，罗马尼亚的玛丽皇后将这里作为夏宫居住。这位玛丽虽然在中国的名气远不及那几位英国的玛丽们，但她的父亲是英国维多利亚女王的二儿子，母亲是俄国沙皇的独生女，可谓尊贵，她自己与欧洲王室公子们的韵事，也一直被关注皇族八卦的人们津津乐道。正是从玛丽皇后开始，这座城堡历经大的修缮，被用作皇室的住所。这至少证明了一点，包括玛丽在内的罗马尼亚人，还没有读到斯托克的吸血鬼故事，或者即使读到，也没有与自己这座城堡对号入座。不然的话，任何人想想都不会住在这儿的。

虽然玛丽把英式的家具和饰品带到了布朗城堡，可这里毕竟位于山区，交通不方便，加上罗马尼亚本身的有限国力，作为夏宫的布朗还是显得过于简朴，以至于很多看惯了凡尔赛宫的游客到这里之后，便很难再次按下相机的快门。城堡内的游览重点是玛丽皇后的卧室，以及她的小女儿伊莲娜的房间。玛

伊莲娜公主(左)和玛丽王后(右)在城堡的照片(翻拍自城堡内的展示区)

丽皇后疼爱自己的这个女儿，称呼她"带着我灵魂的孩子"。这位伊莲娜公主的确和母亲一样可人，城堡大客厅的墙壁上，以及餐厅与客厅转角的墙上，悬挂着她们在城堡中的旧照。参观的时候，我只知道这两个人是贵族，并不了解更多，反而觉得两个美女生活在这么一个孤冷简朴的城堡里，每天除了去山脚下采摘点野菜，在餐厅里吃碗炖肉外，似乎也没有什么更丰富的生活了，想想还真是让人可怜。后来的诸多资料提醒我，这里只是看着简朴而已，如果完全还原当时的布置与陈设，特别是专门在匈牙利打造的水晶酒杯，以及数百件在巴黎手工艺人那里定制的吉卜赛风格珠宝，其华丽与精美当能摇曳人心。

城堡的后半程游览路线会把人导引至"德古拉"房间。房屋不大，陈设了拉肢刑架、铁处女等中世纪欧洲的经典刑具，上面依稀可见斑驳血色，导游却自我拆台似的悄悄相告，说血色实为后人粉刷而成，借此突出伯爵的血腥残暴。墙上悬挂着那位真实的德古拉画像，吸血鬼的故事与现实的历史彼此融合，既满足了"吸血鬼寻踪游"客人们的想象，又让从未驾临此地的弗拉德三世再次躺枪。

斯托克的粉丝普遍有着对于城堡的模式化想象——太阳渐渐西落，蝙蝠飞舞，野狼嚎叫，一辆马车载着夜客，飞速穿越特兰西瓦尼亚的山区，驶过密林道路最后一个转弯，出现在眼前的便是云雾缭绕的山顶城堡，还要有一阵寒意袭来，让人感到毛骨悚然。可惜，古堡到了5点就停止营业，人们急着返回布拉索夫，不会过多停留，也没有机会感受到让毛孔收缩的寒意了。

城堡内景

几年前，某国外知名住宿网站设计过一场征文竞赛，题目很容易：假如在德古拉伯爵的城堡里与德古拉本"鬼"面对面，您会对他说些什么呢？征文的获奖者将获得一次免费至城堡住宿旅行的机会，在那里可以见到布莱姆·斯托克的曾孙，同样对特兰西瓦尼亚地区历史了如指掌的戴克·斯托克，

从一楼到三楼的城堡密道

他将扮演住宿者的房东，带领房客沿着城堡的地下密道，从一楼爬到三楼的餐厅，再按照小说中的菜单，准备一场丰盛的烛光晚餐。入夜之后，住宿者必须在隐秘的地窖中待满一晚，还要躺在那座铺满奢华天鹅绒的棺材中入睡，直到太阳升起。我真是羡慕那位赢得住宿的人，他可以听到暗夜之子的美妙歌声，或许还能窥见出没在城堡塔楼里的蝙蝠呢。当然，在布朗城堡居住也要遵守它的《入住守则》，比如不许带大蒜，不许带银制品，不许把任何物品摆放成十字形状，也不建议对镜自拍……

布朗城堡的山脚下是一片市场，同样属于景区的范围，这里可以买到一些吸血鬼题材的周边产品，还有当地人制作的陶器、木偶娃娃、乐器之类手工艺品。稍微留意，便有更特别的

发现，每家摊位无论主要经营何物，都会在货品周围放两筐大蒜，甚至有化妆成吸血鬼造型的壮汉手抓一辫子蒜，向游客"强买强卖"，谓之如要进入城堡，须有此物防身。仔细一想，卖蒜的人竟然装扮成最怕蒜的"吸血鬼"，献身精神值得敬佩。不过，这些手工艺品做工实在低劣，就连大蒜的个头都小得可怜，游客也是看的多买的少。商贩们倒也习以为常，彼此三三两两闲聊着，女人们还打着毛衣话家常，一派悠闲。

离开布朗城堡，我们的一日游还在继续，车子途经拉斯诺夫小城，探询远山上一座六百年历史的城堡。布拉索夫山区的每一座城堡既扮演着贵族的住所，同时还兼具着更重要的防卫任务，城堡其实就是要塞。拉斯诺夫城堡的规模比布朗大得多，防卫塔、暗哨、地牢、投石车比比皆是，而让这里声名鹊起的，或许还是电影《冷山》，影片曾在此选景拍摄。拉斯诺夫的下一站，也是"三个城堡一日游"的最后一站，是锡纳亚城的佩雷

城堡外售卖乐器的小贩

集市上的吸血鬼周边

《冷山》的取景地拉斯诺夫城堡

卡罗尔一世修建的夏宫佩雷斯城堡

斯城堡。木质结构的城堡从外面看规模不大，但内里之奢华却让人惊叹。与布朗城堡的简朴形成鲜明对比，佩雷斯城堡其实应该叫作宫殿才对。1875年，卡罗尔一世花费了8年时间建造了这座夏宫，宫殿内部的装饰风格是意大利文艺复兴式样、巴洛克和洛可可式样的复合体，基本上把所有优美的曲线、繁复的设计聚合一堂。可惜，内部不允许拍摄，我们只能在头脑中留存那些光华了。

逛完三座城堡，天已彻底黑透，我和两个美国男孩、一个加拿大女孩拼车回到布拉索夫市中心。八点半了，只有一家餐厅还在营业，我点了厨师长不断推荐的传统罗马尼亚美食，其实就是混着奶油的炖菠菜搭配烤培根。美国男孩说，这让他想起了大力水手的动画，他祝愿我食完菠菜之后，明天必然会有充沛的体力与精神，奔赴首都布加勒斯特。在这些临时朋友们的煽动下，我又鼓起勇气，像罗马尼亚人一样，去挑战乔鲁巴的滋味，那是一种加了浓醋和奶油的牛杂碎汤，味道很刺激。后来回忆，吸血鬼的恐怖，远不及汤的味道那般袭人。

普希金走过的最后一级台阶

"对于圣彼得堡来说，涅瓦大街就代表了一切。"这是果戈理的小说《涅瓦大街》中的名句。二百年前，普希金喜欢沿着涅瓦大街闲逛，他顶着乌黑的玻利瓦尔帽，身着宽大的燕尾服，从街道两边的椴树林间穿过，有时他会走到阿尼奇科夫桥，也就是今天那座"驷马桥"的前身。与果戈理一样，普希金也在文学作品中表达着对涅瓦大街的热爱，他把自我投射在叶甫盖尼·奥涅金身上，让他在同样的路线上漫无目的地溜达。当彼得堡北风肆虐的时候，普希金会和朋友们相约在街道的18号，这里与莫伊卡河交界，有一幢浅黄色的古典主义风格糖果店。从19世纪开始，普希金、陀思妥耶夫斯基、车尔尼雪夫斯基、屠格涅夫、果戈理、舍甫琴科便成为这里的常客，他们喜欢糖果店的瑞士点心与法国咖啡。甚至很多人的命运转折也与这家店相关，比如1846年的一个春天，陀思妥耶夫斯基在此处遇到彼得舍夫斯基；再比如1837年的一个冬日，普希金从店门口的石阶走向生命的终途。

2009年的一个夏夜，我从圣以撒大教堂沿涅夫斯基大道随意行走，寻找着普希金和奥涅金留下的精神印记。不经意间，我来到一家咖啡店的门口，它的门前停放着一件有意思的物件，一米来长，边缘破损，如平躺的墓碑一样，被强化玻璃小心地保护在罩子里，就像咖啡店里的蛋糕似的得到了精心的呵护。它到底是什么？在与游人目光平行的墙壁上，一个金属标牌给出了答案："1837年，诗人普希金走过了这家名为沃尔夫与贝兰热糖果店的台阶。"标牌旁边，是一幅诗人的速写自画像——这是咖啡厅的标志。

金属牌子里的信息并不完整，细致说来，应该是1837年2月8日（俄历1月27日），俄罗斯最伟大的诗人亚历山大·普希金穿过了这家甜品店简朴的拱门，他走进装潢高雅的厅堂，与决斗的证人，他的朋友丹扎斯随意喝了一杯柠檬水，然后匆匆出门，踏上这级台阶，时钟指向四点钟，普希金步入圣彼得堡大雪飞舞的夜晚，最后在决斗中死于情敌丹特士之手。

俄罗斯人记住了这一天，普希金死后，俄罗斯文学失去了自己的太阳。而这家名叫沃尔夫与贝兰热的糖果店，亦即俄国文人钟爱的"文学之家"，在经历了多次改造重装后，今天成为一家名叫"文学咖啡馆"的餐厅，也被当地导

普希金走过的最后一级台阶

游们唤作"普希金咖啡屋"。

人们往往认为这家小店是因为普希金而出名，其实，在普希金生活的时代，它是俄罗斯名气最大的糖果店。19世纪初期，来自达沃斯的两个贫穷的青年一路向北，他们带着只有瑞士山区人才知道的古老秘方，远行两千多公里，终于在繁华的彼得堡找到了发挥才艺的舞台。他们研发出具有混合芳香的法式咖啡与巧克力蛋糕，还会用糖浆制作骑士人偶或是名人肖像，甚至还为学前班儿童准备了俄文字母形状的软糖。它在当时实在是太出名了，因此当人们还不知道普希金死亡的确切位置与细节时，便以讹传讹地说"普希金死在了这家糖果店中"。此类小道消息一时间不胫而走，倒也证明了这家店的名声所传不虚。

我走进咖啡馆，在侍者的提示下存上外套，餐厅当天只开放一楼，但友善的侍者提示我可以在不让他知道的情况下随意看看。这里的暗红色或是绿色绒纹的墙面，枝状青铜烛台，细亚麻的餐布和银质的刀具，构成了圣彼得堡文学的繁华背景。精致的用餐大厅如同一座舞台，陈列着普希金的半身雕像。在靠近涅瓦大街的窗边，有一尊身着红色燕尾服、扎着绿色领带的诗人坐像，他手执羽毛笔，斜视窗外，仿佛下一秒就要开始写下诗行。不过，我觉得无论是衣服的色彩，还是人物的表情，都与我心中那位充满才情的浪漫青年相去甚远，甚至显得那么木讷，根本不像是一位诗人。

侍者会为每一位客人安排位置，人们一般都会品尝据说是普希金最爱的黑咖啡，并想当然地猜想他决斗之前在此小憩时，喝掉了人生中最后一杯咖啡。如果是中国人来，侍者会奉上中

19世纪的绘画《普希金的决斗》

文菜单（虽然里面有很多日文），上面写着"这里有普希金最爱吃的菜"，比如鲱鱼小吐司配黄油，烤甜菜配煎牛肝菌，拉多加狗鱼鱼子酱，伏尔加河鲟鱼子，俄式亚马尔鹿肉饺子，酥皮牛肉块配奶油蘑菇等等。菜单不断强调它使用了普希金时代的古老食谱，还用上了《叶甫盖尼·奥涅金》中的句子：

> 一个瞬间当中所有的通话沉默起来了，
> 口在咀嚼。到处都
> 可以听到盘和餐具的轰隆声，
> 还有酒杯的叮铃声。

诗句使人产生"仿佛普希金写的餐厅就是这里"的感觉，不过准确的地点应该是咖啡馆旁边的泰隆饭店，当年位于涅瓦大街15号。至于那"最后一杯咖啡"的传说，也并不确切。普希金当年喝的到底是什么，一直有两种说法，要么是矿泉水，要么是柠檬水，反正都不是咖啡。也就是喝完这杯水之后，普希金开始了人生中最后一段传奇之旅。

诗人的伟大，大概在于他的一切选择都是超常规的，诗人死亡的终局，或许早已由此奠定。我曾多次猜测普希金迈下糖果店的台阶时，他的内心究竟是紧张、愤怒、兴奋还是无奈。但诸多普希金传记告诉我，诗人的一生竟然经历过数十次决斗，即便说这是当时上流社会处理纠纷的常见风俗，但如此多的生死抉择发生在一位诗人身上，显然还是太过频繁了。

对于荣誉，普希金具有一种近乎偏激的热情，无论是舞会上争夺一位女伴、被朋友开过火的玩笑、酗酒后的失心疯、跳舞时对乐曲不满……都能引发他维护头顶光环的英雄欲望。他既忧郁又自豪，每一次维护荣誉的决斗，在普希金那里更像是经历一次诗歌的仪式，他往往会积极地畅想决斗胜利后的美好生活或是失败后得到的荣誉，却很少对死亡的痛苦心生恐惧。诗人的这种感觉或许并非出于自愿，而是一种对世界无可奈何的姿态吧。

于是我们看到，决斗当天的清晨，普希金感到异常兴奋，他终于可以和丹特士一较生死，一举结束情敌对他妻子的骚扰。他由衷地相信，第二天早上，普希金这个高贵的姓氏会和阳光一样耀眼，苍天不会让那个没有教养的粗人取胜，因为一个毛头小伙子不可能伤害俄罗斯第一大诗人！普希金就是这样骄傲，胜利的乐章，已经在他的头脑中循环往复多遍了。

还是这一天，普希金阅读了几部儿童文学作品，还有两个剧本，他继续写作《现代人》的第五章，为晚上的决斗寻找证人，最后找到了好友丹扎斯，与他约好四点前在糖果店见面。然后，普希金正式开始抒写他人生的华丽末章，他认真洗了个澡，喷上法国南部产的香水，换上燕尾服，擦亮银壳的怀表，出门，来到糖果店，再离开，最终走下那一级台阶。赴决斗现场的路上，他还与妻子的雪橇相遇，但两人各有所观，未曾交汇，最后的最后，如同叶甫盖尼·奥涅金杀死诗人连斯基一样，诗人普希金和诗人连斯基都被一支产自巴黎的勒帕热手枪击中。究竟是无赖杀死了诗人，还是诗人自己杀死了自己呢？

真是可惜，这位天才诗人，他的体格那样健硕，甚至在冬季要用拳头击碎冰层，跳到冰河中去游泳，如此的体格却无法

莫斯科阿尔巴特大街上诗人与妻子娜塔莉娅的牵手铜像

绘于19世纪的娜塔莉娅画像，作者为伊万·马卡洛夫

彼得夏宫的普希金坐像

匹配诗人的生命。他真像自己说的那样"向往自由的生活，愿为自己的欢乐去献身"了，也如他的诗句所言："不，我不会完全死亡——我的灵魂在圣洁的诗歌中，将比我的灰烬活得更久长。"的确如此，从决斗者普希金死亡的那一刻开始，诗人普希金便获得了永生。

最后，说几句题外话，文人参与决斗在俄罗斯文学史中确实屡见不鲜，据说当年列夫·托尔斯泰与屠格涅夫就差点遭遇决斗危机。再说普希金的对手丹特士，他从法国大使巴朗特那里借来了手枪，最终用它终结了俄罗斯文学的黄金时代。谁曾想到三年之后，巴朗特继续用这把手枪与诗人莱蒙托夫决斗，双方最终和解，但一年后莱蒙托夫还是因决斗而死，与普希金踏入同一条河流。直到20世纪初，两位白银时代的诗人古米廖夫

莫伊卡河边的普希金故居，诗人最终死在这里

和沃洛申还因一位女诗人相约决斗，为了纪念俄罗斯文学的太阳普希金，他们约好在普希金决斗的小黑河畔，使用普希金时代的手枪一定生死。和那些在决斗中无比矫情的先贤们一样，沃洛申在奔赴小黑河的路上丢了一只鞋，坚持要找到鞋子才能走，当决斗终于开始后，古米廖夫首先开枪，并没有打中沃洛申，沃洛申开了两次枪，两次子弹都卡了壳，荒诞的比武就此作罢。

　　其实，这些诗人包括普希金在内，真不如去学学大雕塑家克洛德，他头顶绿光闪闪，却不想武断地和奸夫拼命，而是极为机智地把奸夫的脸雕刻在一尊青铜马的睾丸上。今天，你找到圣彼得堡的著名景点"驷马桥"，便能在其中的一匹马那里寻得这张脸，无声的报复，也能流芳百世。

世间最美的证书

抵达贝尔格莱德之前，我并不知道伊沃·安德里奇，直到深入这座城市，我才真正认识了他。

还是在游览总统府的时候，我留意到街心绿地中有一尊雕像，那是一位身着大衣、双手插兜、目光凝重的老人，保持着慢步行走的姿态。雕像的基座被枯叶与松针掩埋，沾着厚重的露水。拨开遮蔽物之后，老人的姓名跃然而出，他是伊沃·安德里奇。我查阅起资料，发现了这位伊沃的不凡。

1892年，安德里奇出生在波黑的特拉夫尼克，他在萨拉热窝就读中学，高二时组织成立了一个叫"南斯拉夫进步青年"的秘密学生组织，一边交流诗歌写作一边学习枪械常识，以反抗

安德里奇像

安德里奇故居位于这座老楼房的二楼

奥匈帝国对巴尔干的统治。在这个后来被称为"青年波斯尼亚"的团队中，有一个其貌不扬的小伙子名叫普林西普，他是安德里奇的朋友，也是刺杀斐迪南大公夫妇的那个瘦弱的年轻人。二战期间，纳粹的铁蹄踏向了贝尔格莱德，安德里奇拒绝同德国人合作，他隐居起来潜心写作，在1945年集中发表了《特拉夫尼克纪事》《德里纳河上的桥》《萨拉热窝女人》三部长篇小说，凭此"波斯尼亚三部曲"获得了1961年的诺贝尔文学奖。

作家当年隐居的公寓一共五层，与总统府相隔一条窄街，淡黄色的外表朴素低调，除了门口一面写有作家姓名的铜牌外，再无其他信息，让人很难一下子找到。公寓内还有其他人家居住，想要进入单元门必须先按门铃，然后登上陈旧而整洁的电梯。安德里奇的家就在二楼，他的房屋四室一厅，客厅与书房

住宅楼内古老怀
旧的电梯

基本保持了当年的原样，特别是书房的布置尤为用心——暗黄色的地板呈人字形排列，上铺一整块塞尔维亚传统的手工羊毛地毯，绘有紫红色的花朵条纹，明黄色的墙壁，烘托出一种厚重的精致感。书房家具多由桃花芯木制成，最为显眼的两张书桌，一张是绛红色的大桌，作家伏案于此，写下了"波斯尼亚三部曲"；另一张为精巧细致的翻盖小书信桌，搭配藤制的靠背椅，为书房平添了一分柔美的气息。

两间起居室已无家具，现在作为文物馆展示安德里奇的书刊信件，资料非常翔实，就连作家的入学成绩单、入党申请书、党员证这些难以想到的资料，都得到了妥善的保存与呈现。最令我惊喜的是，这里陈列了很多与作家获诺贝尔文学奖相关的物品，比如他接受颁奖时穿的黑色礼服和白色衬衣，还有获奖证书与金质奖章，甚至包括瑞典文学院寄给安德里奇的奖金确认信，这是我第一次与诺奖如此近距离的接触。

从1926年起，诺奖的颁奖典礼便一直在斯德哥尔摩音乐厅举行，瑞典国王会向每位获奖者颁发证书、奖章和奖金支票。

温馨的客厅

陈设精巧的书房

从展厅中的照片来看，安德里奇接受颁奖时嘴角紧闭、目光庄
重、神情肃穆，给人一种仿佛正在加冕的神圣感。他的奖章直
径约为7厘米，正面是诺贝尔的侧像，背面是一位正在写作的
青年面对手持七弦琴的缪斯女神，下刻安德里奇的姓名。除了
获奖者的姓名与获奖时间外，几乎所有诺贝尔奖章都如出一辙，
而诺贝尔文学奖的证书则千人千面，各有不同。

　　在我看来，诺贝尔文学奖的证书本身就应该获得诺贝尔文
学奖，因为它实在超出了我们对证书的理解，本身已构成一件
珍贵的艺术品。安德里奇的获奖证书尺寸为33厘米×20厘米，
沿用中世纪绘制图书插图的技术在一小张羊皮纸上制成，分为
左右两页，以连缀的金黄色叶片镶边。证书主体是一位插画师
为安德里奇的获奖小说《德里纳河上的桥》配的两幅插图。左
图为手持斯拉夫三色旗的骑士在桥头迎击敌人，右图是一家三
口在和平年代庆贺丰收。战争与和平，勇气与温情，被统一在
诺奖证书的画面里。右图下有瑞典语书写的颁奖词："他的作品
从祖国的历史中摄取题材，并以史诗般的气魄描绘这个国家和

起居室改成的展厅　　　安德里奇的诺奖证书

人民的命运。"

《德里纳河上的桥》写的是波斯尼亚人抗击东西方侵略者的悲情历史，小说结尾的一段话堪称经典："在德里纳河的激流穿过峭壁奔泻而下的地方，矗立着一座壮丽的十一孔大石桥。远远望去，不仅是碧绿的河水从桥洞里流出来，就连那一方欣欣向荣的大地和阳光灿烂的天空也宛如从那里流出来似的。"因为安德里奇的描述，作家故乡的这座桥入选了世界文化遗产，设计师将它作为证书的配图，显然读懂了"桥"在作家文学世界中的位置。

早期的诺贝尔奖证书多采用较为古典的设计，以植物、鸟类的花纹或是传统的版画纹理作为配饰。从上世纪中叶，也就是安德里奇的时代开始，诺贝尔奖委员会为每一门类的获奖者单独设计、装帧证书，他们与一些知名设计师和书法家形成了长期的合作关系。比如专门承担文学类证书设计的奥地利书法家安妮卡·吕克，她在过去的20年间已为托尼·莫里森、达里奥·福、君特·格拉斯和艾尔芙蕾德·耶利内克等多人定制过证

维也纳新艺术风格的莫斯科大饭店，安德里奇每天都要在这里的二楼喝一杯土耳其咖啡

书。按照她的理念，只有在捕捉到作家内在神韵，自己迸发灵感的一刻，才会去绘制书法草图。因此，她为每一份证书设计的字体都是独一无二的。

今天的文学奖证书依然分为左右两页，只是配图仅作一幅，居于左侧，右侧则是书法家用瑞典文或挪威文书写的颁奖词。与书法设计师一样，图画设计师也会按照他们对获奖者作品的理解，用艺术化的、隐喻的方式构思图案，甚至将抽象画、波普风融入其中。像海明威的证书画面是"老人与海"；阿列克谢耶维奇的配图是妻子与丈夫的影子拥抱，契合了失去亲人的女性之悲。2012年，莫言获得诺贝尔文学奖，他的获奖证书上绘有一片广袤的梯田，波动的线条象征着生命的绵延与坚韧，对应着授奖词中写到的"充满生气的农民世界"。这些灵动揭示作品内涵、直击作家内心的图案与文字，本身就是一首首精致的抒情诗。

我想，每个热爱写作的人，都应该在生命的某个时候，也为自己设计一张文学奖的证书。人最难的就是诠释自己，如果你知道为自己这张证书配上哪张图片，知道如何为自己的文字作价值评估的时候，也许你才最终走向了自己。那时，你便可以像晚年的安德里奇一样，每日在贝尔格莱德老城的石板路上低头闲行，去卡莱梅格丹公园观瞧萨瓦河的日落，或是到米哈伊洛大公街逛一逛旧书店，再去莫斯科饭店喝一杯不加奶的土耳其咖啡，甚至可以一直坐在橡木矮椅上，透过饭店的玻璃窗缅想这座城市与自己的一生。

瓦尔特到底是谁?

1961年，波黑作家安德里奇获得诺贝尔文学奖，对于故乡萨拉热窝，他曾生动地写道："在萨拉热窝，如果你躺在床上，通宵不寐，那么你便可以学会辨认萨拉热窝之夜的种种声音。天主教大教堂的钟，以丰富坚实的声音敲着午夜两点。悠长的一分钟过去了。然后你会听到，稍稍微弱些，但带着颤音的东正教教堂的钟，也是敲着午夜两点。接着，稍稍刺耳，而且比较遥远些的贝格清真寺的钟敲了十一响。阴森森的土耳其式的十一点——根据那个遥远国度特异的时间区分法而定出来的十一点。犹太人没有钟可以用来敲声报时，只有上帝才知道他们现在是什么时间……甚至于在深夜，当每一个人都在沉睡时，这个世界还是分割的。"

这是安德里奇长夜中的萨拉热窝，也是多元文化杂糅的现实里的萨拉热窝。冬月的某个凌晨，经过了漫长孤冷的11个小时巴士长途，穿越了黑山与波黑的连绵群山，我终于抵达这座东欧的"耶路撒冷"。如梦境一般，城市奏起的音响若山峦般起伏，安德里奇的文字飞进寻梦者的耳朵，那是清真寺宣礼塔上念诵《古兰经》的悠悠长音，以及天主教圣心堂和东正教堂跳跃欢脱的钟声。安德里奇经历的萨拉热窝之夜，大抵就是如此。种种声音的呢喃与吵闹，分明在向第一次踏上这片土地的人们

城市中心的天主教圣心堂

宣告：萨拉热窝，你是文化的混合体，必定和别处不同！

16世纪奥斯曼帝国统治期间，萨拉热窝的城市面貌逐步定型，城市西部的基督教堂被东部新城的伊斯兰风格清真寺、浴池、大巴扎取代。漫步穆斯林族聚居的巴西查尔西亚老城地区，其间尽是售卖甜食和果干的商贩，以及可以渗入皮肤的香料味儿，这不禁使人产生地理上的混淆感，究竟我们是身处中东的海湾，还是西方的欧洲？当然，对中国人而言，萨拉热窝这座城市，分明又和英雄瓦尔特的名字联系在一起，如果没有瓦尔特，萨拉热窝便只是一个充满神秘感和陌生感的名字，不会产生任何温度。

到萨拉热窝旅行的中国人大抵都抱着寻找瓦尔特的初心，上世纪70年代，电影《瓦尔特保卫萨拉热窝》中那位游击队长瓦尔特保卫的萨城，正是以巴西查尔西亚老城作为主要取景地。老城的核心地标是1531年建成的格兹·胡色雷·贝格清真寺，据称它在巴尔干半岛乃是最大。不过，就游览阿尔巴尼亚和科索沃的清真寺体验来看，这个所谓的最大可能仅仅指历史，而非规模。影片中多次出现贝格清真寺的场景，最唯美的段落便是钟表匠谢德的牺牲。他约假瓦尔特在此见面，当识破对方身份并试图脱身时，却听得枪声骤响，镜头抬升，谢德缓缓倒下，寺院内鸽群飞起，于空中飞荡盘旋，鲜血与白鸽，构成一幅悲怆的画面。按照剧情，游击队员们随后赶到，瓦尔特奔上清真寺旁边的钟楼顶部，居高临下扫射敌人。他所占据的这座钟楼始建于1667年，今天依然保持着电影中的原貌，甚至在某些未经修缮的围墙上，还可见清晰的弹痕。

为了躲避德军上尉比绍夫的追击，瓦尔特撤进一条售卖铁器的老街，这条名为 Kazandziluk 的铁匠街位于老城另一个地标塞比利（Sebilj）喷泉旁，虽然曲折狭窄，却连通着城外，便

塞比利喷泉和贝格清真寺

影片中谢德牺牲的位置

瓦尔特伏击敌人的钟楼

于游击队员撤退。因此当党卫军追到铁匠街时，除了听着工匠们为了协助游击队员逃脱而故意敲在铁器上的当当声外，竟然无计可施。我想象着电影的节奏，在这条狭窄的老街上加速行走，试图体验一下上帝保佑追击者还是被追击者，可老街道彼此互相克隆，穿插几次便方向尽失，唯有千篇一律的铁艺工艺品店，每家都售卖着土耳其式咖啡壶、金属盘子等大同小异的物件。穿行间，我留意到一张中文字条，停步细观，看到一家店门上木结构的百叶窗上贴着半张 A4 幅面打印纸，上书"欢迎中国朋友参观瓦尔特保卫萨拉热窝中的商铺，中国朋友享受优惠"。我真是惊叹至极，仿佛心中寻找瓦尔特的秘密被别人窥见一般，便进门一观。店老板是一位仿若《权力的游戏》中龙母造型的女孩，确认我中国人的身份后，她便用波黑口音的英语，仿佛背词一般对我说："拍摄电影的时候，我爷爷就在这里打铁呢，你可以在电影中找到他。"然后用目光招呼我留意柜台上的笔记本电脑。只见她熟练地打开一个影音文件，正是《瓦尔特

电影中比绍夫上厨站立过的位置

铁匠街

"龙母"说她的爷爷就是电影中的老铁匠

保卫萨拉热窝》，然后她指着影片中的一位打铁匠，告诉我那就是她的爷爷。这个事实当然让我心中温暖起来，好像准备考试很久的学生终于等到了能够证明自己能力的偏门难题一般喜悦。

于是我在女孩的店里买了一套银制的咖啡杯，她说看在中国人的份上，杯子八折，保证不掉色。离开她的店没走几步，我又被另一家铁器店的男老板拦住，他正色对我言道，他的爷爷才是《瓦尔特保卫萨拉热窝》中的老工匠，别人说的都不正宗。为了证明这位爷爷的真实性，男老板决定给我这个中国人七折优惠。见我依然迟疑，他便拉我进入他的铁匠铺，拖出电脑，找到文件，定格镜头，指着自己的鼻子说，看，这是我！又指着屏幕上那位爷爷说，看，这是我们的爷爷(他用了"我们"这个英文词)！

有一位先我抵达萨拉热窝的朋友说，他也经历过这个套路化的"电脑找爷爷"活动，这是后话。而后话的后话是，电影中一位老铁匠的孙子确实还在老城经营着爷爷的铁匠铺，他还接受过我国电视台的采访，但其他孙子孙女到底是谁？不由得让人联想起电影中的那句经典台词："瓦尔特到底是谁？请告诉我他的真姓名。"

影片的尾声，盖世太保向被撤职的党卫军上校冯·迪特里施追问瓦尔特的身份，上校轻蔑地扫了他一眼，缓缓倾吐道："我会告诉你的。"随后他的目光扫视着萨拉热窝城，中文配音的这个版本以一句充满感叹的声音结束："看，这座城市，它——就是瓦尔特！"每位听到这句话的观众，都会由衷地感怀：瓦尔特不仅是传奇的英雄，还是英勇无畏的人民的化身。我特意比对了原版的德语配音，上校的语调却不如中文配音这般充满感情，而是短促而冷峻，严肃与无奈。因为瓦尔特的存在，德军精心布置的"劳费尔行动"彻底毁灭，因为瓦尔特的斗争，德军在萨城布置的最后一击付诸东流。实际上，瓦尔特的故事的确有其原型，他的全名是弗拉基米尔·佩里奇·瓦尔特，是二战期间萨拉热窝抵抗运动的领导人。在1945年4月6日萨拉热窝解放的当天，瓦尔特在保卫烟草厂（国内误传为电厂）的战斗中被手榴弹击中，牺牲在胜利前的最后一刻。从此，瓦尔特被誉为萨拉热窝的灵魂，而演员巴塔·日沃伊诺维奇饰演的瓦尔特，更是将真实历史人物与银幕上的瓦尔特交缠在一起，为巴尔干缔造出英雄的传说。

听闻萨拉热窝有一座真实的瓦尔特雕像纪念碑，就立在他曾保卫的厂房旁边，可是任何地图都没有给予雕像以坐标指认，唯有漫步在米里雅茨河边留心找寻，一点点等待瓦尔特与自己相遇。河边的建筑弹痕累累，有些路面上还涂抹着红色的油漆，那是萨拉热窝一条独具特色的旅行线路——弹孔之旅。路面上的红色漆斑，就是当年内战轰炸后尚未清除的弹痕。可惜，这些被当地人称为"萨拉热窝玫瑰"的悲情符号并没有带我找到任何关于瓦尔特的痕迹，我只好换种思路，去留意那些外观像是厂房的建筑，约莫一个小时，我发现了瓦尔特的雕像。

用到"发现"这个词，并非小题大做，雕像确实难以被注意到，它大约一人高，背向道路，位置似乎被移动过，于荒草丛中孤单矗立。瓦尔特雕像的脸型和演员巴塔颇为相似，可它的鼻子被人破坏过，修复痕迹明显，基座应该也更换过，上面除了雕刻国家英雄瓦尔特的全名和生卒日期，再无其他。中国导游往往会给游客介绍说，萨城市政府为了满足中国人的情感需要，特意在此地竖起瓦尔特雕像，现在看来，其言非真不说，即使是当地居民，似乎也不太在意瓦尔特到底是谁了。1992年，波黑内战爆发前，萨拉热窝的反民族主义者和反战主义者曾举着"我就是瓦尔特"的标语游行，甚至以佩里奇的名字命名了自己的反战运动组织。遗憾的是，他们倡导的民族宽容没有实现，而佩里奇·瓦尔特也逐渐被年轻一代萨拉热窝人淡忘了。唯独在彼岸的中国，瓦尔特的名字还在流转着。

冯·迪特里施上校站在黄堡要塞俯瞰城市的位置，如今放眼望去却是一片死于内战的穆族市民墓地

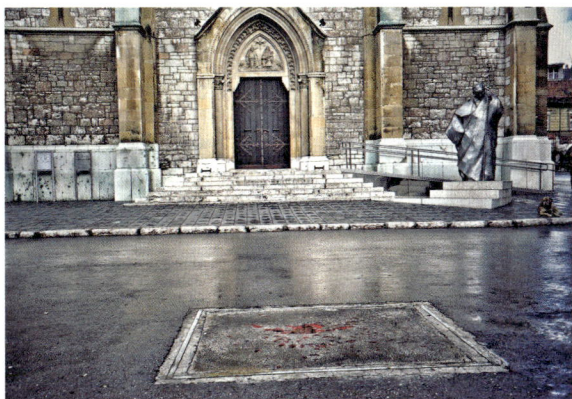

圣心教堂门
外的"萨拉
热窝玫瑰"
（弹痕）

米里雅茨河
边遍布战争
废墟

冷清孤单的
瓦尔特雕像

近观瓦尔特雕像，可见鼻子被破坏的痕迹

对中国观众来说，瓦尔特不是什么佩里奇，也未曾牺牲过，他如同传奇，穿越了萨拉热窝，穿越了《桥》，成为东欧英雄和1970年代的文化符号。回归七八十年代之交的文化语境，真假瓦尔特、智谋抓叛徒、设计炸列车……这些跌宕的剧情，迅速吸引了在艺术荒漠中饥渴求饮的中国观众。饰演瓦尔特的巴塔也完全符合观众对英雄的想象——方正的脸庞、锐利的目光、魁梧的身材、钢钳般的大手。虽然从事游击战，但瓦尔特和他的战友们的穿着却极为考究，绒制西装、真皮夹克或是007式的浅色风衣，与国人当时普遍接收到的"李向阳"式的革命者形象可谓大相径庭。瓦尔特般举止优雅的英雄对中国人的英雄审美带来极大冲击。南斯拉夫战争题材作品在描画人物时，往往注重还原人性的真实一面，即使是敌人，也不一定就是浅陋粗鲁、愚蠢至极的嘴脸化形象。如影片中的冯·迪特里施上校，他是日耳曼贵族，才华横溢而思维缜密，甚至对于艺术和历史有着独到的理解，即使面临失败，他也始终保持着军人的尊严。而屡次败给瓦尔特的比绍夫上尉总是歪戴着军帽，仿佛充当了本剧的喜感人物，实际上，只有战功赫赫的德国军人、党卫军成员和潜艇部队军官才有资格这样戴帽子。帽子的潜台词是——瓦尔特的敌人不是无能之辈。

至于"我方"的英雄，也并非高大全的"超人"。老钟表匠谢德是革命者，却叮嘱自己的女儿不要参与斗争，他希望女儿去追求自己平凡的生活，这和我们理解的"革命薪火永流传"的思维很不一样。而当他目睹女儿被侵略者屠杀，比绍夫以收尸为诱饵引革命者现身时，谢德的英雄性与父性光辉同时闪现，他义无反顾地走向自己的女儿，影片的主旋律就此响起。在我看来，从55分钟开始的这一段情节，非常值得重复品味。而当谢德即将大义赴死时，小徒弟问他："我能为你做些什么？"谢德嘱咐他要把几笔欠账还清，同时叮嘱他要"好好干，好好学手艺，一辈子都用得着的，不要虚度自己的一生"。影片始终没有试图让革命者变得高大，他们的言语和思维没有超越生活本身。或许基于这些原因，一部反映前南游击队题材的影片，才会在遥远的中国引发热潮。当巴塔与剧组人员第一次抵达中国时，他被狂热的影迷围追堵截，群众高喊"瓦尔特"的热烈场面，着实令他本人费解，甚至去问随从翻译"这些人是不是来错了地方"。而当巴塔第十一次抵达中国时，他对于这种欢迎已经习以为常，甚至有人还看到他在秀水街买了一堆廉价商品，这令影迷们不禁唏嘘：瓦尔特竟然也要买山寨货，英雄迟暮矣！

　　2016年5月22日，维利米尔·巴塔·日沃伊诺维奇病逝，享年83岁，多次试图从政转型却始终不能如愿的"瓦尔特"，平静地走完他的一生。而影片的大师级导演哈依鲁丁·克尔瓦瓦茨，竟早已在20多年前的波黑内战中孤独地饿死在家中。今天，萨拉热窝城内的塞族共和国（塞尔维亚族居住地）和波黑联邦（克罗地亚族和穆斯林族居住地）彼此互不干扰，但尚未修复的战争废墟和遍布建筑的弹痕，以及城内那条无形的东西向的民族分界线，已非一个瓦尔特可以弥合了。一位萨拉热窝老人说："我们城市的名片就是战争，每过五十年，这里就会产生战争和死亡，这是我们国家的一部分，萨拉热窝人早已习以为常。"战争与悲情，这是萨拉热窝的城市意象，我在萨城待了三天，空气没有颤抖，天空也没有燃烧，但乌云依然密布，仿佛有些难以言明的情绪，无法散开。

狙击手大街，内战时无数平民在这条大街上被当作目标射杀

阿尔卑斯的眼睛

　　从地图上看，斯洛文尼亚位于阿尔卑斯山脉南麓，版图像一只公鸡。这里的亚洲游客以日本老太太团为主，鲜有中国背包客的身影。一些热门的观光景点，基本都集中在首都卢布尔雅那，以及距它60公里的布莱德湖区。

　　卢布尔雅那人口不足50万，城市中央有一座绿色的山丘，卢布尔雅那城堡坐落其上。城堡建造于1144年，此后一直被当地人亲切地叫作Grad，在南斯拉夫时代，这里曾是铁托元帅的行宫。城堡内有当年城防用的古炮和枪弹，还有几间礼拜堂和艺术长廊。当地人举办婚礼时，往往喜欢选择在城堡上的礼拜堂举行仪式，听说它的预约难度极大，往往要提前大半年方有机会排到。古堡上设观览台，凭栏鸟瞰城市，山脚下蜿蜒流过的卢布尔雅尼察河，静谧地穿过老城区。老城面积不大，房屋多为黄墙红瓦，老旧沧桑，倒也整齐。

　　如同诸多首都城市一样，卢布尔雅那被河流穿过，这座城市也因河得名。在横跨城市的桥梁中，人流量最大、位置最为核心而且名望最鼎盛的是"三桥"，这个颇有些奇异的名字来源于桥自身的结构。1930年，建筑家约瑟夫·普雷切尼克设计了横跨河流的石桥，此后又在主桥边设计了两座步行桥，所谓"三桥"的说法由此而来，其实就是再简单不过的"三座桥"之义。

据说设计师普雷切尼克性格怪异，受尽世人冷眼，却因一座"三桥"名垂青史，斯洛文尼亚500面额的纸币上就有他的肖像，足见后人对其认同度之高。

小小的三桥如动脉血管一般，紧紧连接着老城与新城，桥边的中心广场更是被卢布尔雅那人比喻为城市的心脏。在西方语汇中，广场（plaza 或 square）是指几条道路相交而成的空地，进而成为露天集市的场所。卢布尔雅那的中心广场除了承担露天集市的功能外，还充当起国家的文化地标，广场正中矗立着一尊雕像，他是斯洛文尼亚人的普希金——伟大的民族诗人弗兰茨·普列舍伦（1800~1849）。他的那首《敬酒诗》所吟唱的"愿上帝保佑我们的土地和祖国，保佑斯洛文尼亚人民，不管他们住在何处，他们都有共同的血统，他们都有共同的名姓……"在1991年正式被定为国歌歌词，而诗人忧郁的目光，也被永久定格在1000面额的纸币上。

可以说，在斯洛文尼亚，普列舍伦的影响无处不在。他诗中那强烈的情感、不屈的精神、斗争的勇气，逐渐凝结成斯洛文尼亚人的精神信条。这片土地被神圣罗马帝国统治了五百年，此后又成为奥匈帝国的一部分，争取自由与反抗强权，构成普列舍伦这代人的自觉理念，也是后继者的信仰与希望。1905年，诗人的纪念铜像被安放在中心广场，现在被称为普列舍伦广场。掌管艺术的缪斯女神飞舞在铜像上方，仿佛在向人们晓谕：普列舍伦正是被神眷顾的歌者，他会像自己写的那样"照亮损害灵魂的阴云"，"向四外散出无尽芬芳"。

雕像旁多为文艺复兴和巴洛克式样的建筑，有一座粉红色

这张明信片正好可以让人看清横跨卢布尔雅尼察河上的"三桥"景点

的弗朗西斯科教堂，每到星期日上午，当地市民都会整装来此礼拜，同时给普列舍伦雕像献花。导游们也会带领游客参拜诗人的铜像，可这些人往往喜欢简化讲解词，他们指引客人注视雕像的头顶，说那位手捏月桂枝的缪斯就是诗人暗恋一生的对象，这可纯属瞎说。如果要寻觅诗人的恋人，可以沿着弗朗西斯科教堂的左侧步行几十米，一幢三层小楼的黄色墙壁上，镶嵌着普列舍伦心上人尤利娅的半身像。她正对着诗人雕像目光投来的方向，如朱丽叶一般倚靠着阳台，眼神含着一抹清冷。看得出，她并不喜欢诗人，或者说，她从来都不知道诗人对她的情意。

　　1833年的春天，普列舍伦在弗朗西斯科教堂巧遇富商的女儿尤利娅·普里米奇，诗人眼中的尤利娅"玫瑰色的脸洁白又鲜艳，眼睛像明朗的天"，使他瞬间感到爱情的光芒。或许是经济

普列舍伦像

地位的差异，也可能是普列舍伦的脸型太大相貌平平，他一直没有勇气向对方表达爱慕之情，甚至有几次在舞会上面对面遇到，诗人还是选择了沉默。他扮演着暗中观察者的角色，陷入单相思的苦恋不可自拔，正是这种伤感的经验，刺激他创作了一系列歌咏爱情的唯美篇章。在这类诗歌中，尤利娅成为一位诗意的人物，让人想起但丁的比阿特丽斯，或是彼得拉克的劳拉。

1835年，尤利娅嫁人了，转年，普列舍伦结识了一位叫安娜的女人，两人在一起生了三个孩子，始终没有举行过婚礼，也没有进行登记。临终前，普列舍伦承认，无论岁月如何流转，他都从未忘记过尤利娅。或许，他爱上的是自己想象中的尤利娅，他为自己的爱情精心修造了一座坟，然后用一生的时间来祭奠它。诗人对此大概清醒自知，他在《告别青春时代》中写道："我寻求真正的爱情——一场转瞬即逝的空梦，在破晓时分便消失了踪影！"寄居在雕像中的普列舍伦，就这样静静望着不远处的尤利娅，他始终望着她，仿佛凝视一颗星星。

追随诗人的足迹，旅行者的下一站往往聚焦于布莱德湖。

普列舍伦广场

普列舍伦就在布莱德湖附近的
维尔布村降生，他短暂的一生
中有很长时间待在湖滨，诗人
感觉碧蓝的湖水能召唤他头脑
中的精灵降至笔端，他还说，
湖边的风景会带给人"天堂般的
印象"。诗人笔下的布莱德湖就
像是阿尔卑斯的眼睛，为缪斯
的使徒输送着清新的灵感。

斯洛文尼亚语中的"布莱
德"，其实指的就是"湖"，如
果把它音译为"布莱德湖"，意

普列舍伦像（创作于1850年）

这副创作于19世纪的油画叫《普列舍伦的缪斯》，画的正是尤利娅

思就变成了"湖湖"。阿尔卑斯山下散落着许多的湖，它们源自很久以前的冰川运动，布莱德湖正是冰川融化后形成的湖泊。每到夏季，山顶积雪融化，清泉不断注入湖中，于是布莱德便有了"冰湖"的别名，彼时的湖水清澈见底，湖面常有天鹅、野鸭和其他水禽，周围环绕着绿树绿草。然而我到来的这几日颇有些不顺，空气中弥散着雨气，天空凝滞不开，于是湖面略显低沉，反而使人感受到一种庄严的宁静。

　　漫步湖边，看马车从身边穿梭而过，马蹄声消失在湖面泛起的水汽中，仿若置身童话。从各国远道而来的情侣们排起长队，他们要搭乘传统的pletnas，一种贡多拉似的复古小舟，前往岛上的圣玛丽亚教堂。据说，两人携手走完教堂的99级台阶，他们的爱情就能定格一生，这自然是一次充满美好与希望的攀登。彼时我孑然一人，乘舟登岛，独自漫游，无人牵手，但我愿与自己宝贵的孤独为伍，让朴素的教堂和宁静的湖水见证我的光阴。

关于这座巴洛克风格的小教堂，还有着一个凄美的传说。相传在16世纪时，一对富有的青年夫妇从外乡游玩到这里，他们陶醉于布莱德地区的湖光山色，决心定居于此，并用积蓄修缮了破旧的教堂，希望上帝保佑他们的爱情。不幸的是，奥斯曼土耳其人大举入侵斯洛文尼亚，丈夫应征入伍，战死疆场，消息传来，妻子伤心欲绝，她变卖了家产，铸成一口大钟捐给教堂，为天下所有情侣祈求平安。不料，大钟在装船运送途中遭遇狂风，船身倾覆，大钟沉落湖底。今天的湖心教堂里，也有一口重达178公斤的大钟，故事中的那位妻子去世之后，当时的教区主教捐铸了这口钟，以示对夫妻的纪念，并将他们对爱情的瞩望传递下去。

缘于这个美丽的传说，年轻的游客，特别是情侣们都不忘走入教堂敲钟许愿，祈祷爱情天长地久。也许在我们的内心深处，一直都向往和思念着这样一个地方——一方涤荡心灵、沉淀愿望的净土，让钟声带着我们的幻梦入夜歌行。而我们自己，则默默等待着心灵遥远的回音，幸运的话，我们还会遇到普列舍伦的诗句：

> 那时，愁云将从我眼前飞升，
> 希望将在我的心中闪烁，
> 我要唱出无数美好的歌。

阴霾的湖面

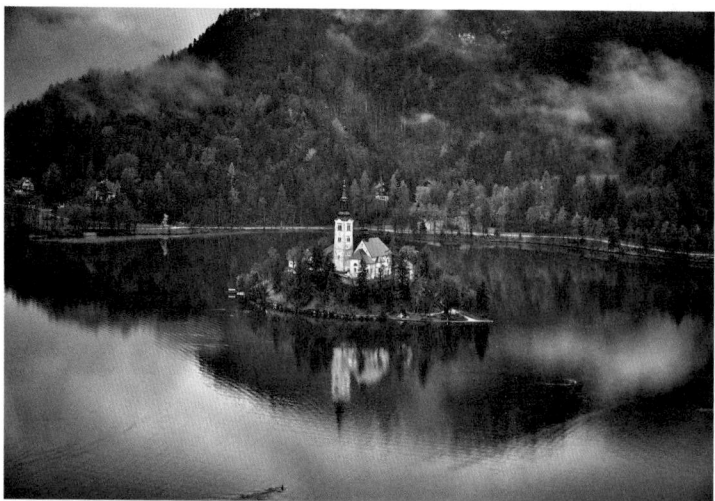

水中央的圣玛丽亚教堂

海蒂小屋之旅

　　从苏黎世出发的巴士沿着阿尔卑斯曲折的山路东行，在离国境不远的一个小镇停了下来。虽然我从未到过瑞士东部，但小镇的轮廓看上去却似曾相识。当迈恩菲尔德（Maienfeld）的路牌愈发清晰时，我便一下子意识到，海蒂和爷爷的家不远了。

　　1879年，瑞士作家约翰娜·施皮丽（Johanna Spyri）在迈恩菲尔德的山区获得了灵感，她为儿子伯恩哈德写下童话《海蒂的学习和漫游岁月》，故事一经推出便广受小朋友的欢迎，施皮

从海蒂家俯瞰山脚下的迈恩菲尔德镇

丽马上写出了续篇《海蒂学以致用》，将海蒂塑造成小男孩们心中的女神。故事既为童话，内容自然单纯：小姑娘海蒂和性情孤僻的爷爷生活在山顶上的道里夫村，在祖孙俩每日相处的过程中，天真无邪的海蒂融化了爷爷冰封的内心，她还与牧童彼得成为好朋友，又帮助富家小姐克拉拉战胜了腿疾。迈恩菲尔德宁静淳朴的风情与神圣壮美的山景，加上秀兰·邓波儿出演的电影《小海蒂》，宫崎骏的动漫《阿尔卑斯山的少女》，以及德语影片《海蒂与爷爷》，都将海蒂的形象根植在我们心中。她是纯真而无所不能的天使，晶莹如阿尔卑斯山的任意一片雪花。

为了节省时间，巴士并没有在迈恩菲尔德镇过多停留，而是像《海蒂》故事开头所描述的，我们沿着镇子郊野的小路，穿过绿油油的草地奔向山麓，窗外不时飘来牧场碧草扑鼻的芳

沿着海蒂之路远眺

香。大约行驶了十分钟，车子停靠在山谷中一块小草场上，司机告诉我们，跟随着灌木丛里到处可见的海蒂头像（小镇旅游部门的指路牌），穿过一排杉树林，再踏过一片平整的草地，就能看到海蒂之家（Heididorf）了。

在施皮丽的故事中，从迈恩菲尔德小镇步行上山，抵达海蒂和爷爷居住的道里夫村需要一个小时。1978年，当时的镇长决定将城市通往村庄的山路命名为"海蒂路"，并在转年按照故事原文里的情景，复制出一座海蒂村，从此"海蒂之家"成了书迷可以参观的博物馆。尽管知道海蒂的故事皆为杜撰，海蒂村的所有建筑也都是依照故事描述而建，但当我循着灰色古岩石的山岭，经过牧童彼得的家，穿越作家当年漫行的绿幽曲径，最终望见山崖高地上爷爷的小屋时，一种甜热的感觉还是不自主地涌上心间，仿佛回到了30多年前的某个周日。那时央视会在晚上十点播放译制片，唯有邓波儿出演的电影放映，我的爷爷才会破例允许我晚睡看一小会儿电视。放《小海蒂》的那一晚，他与我一起守在17寸的黑白电视机前，那时的我便成了海蒂，认为世界的一切都如此美好，爷爷永远都会陪在我的身边。

海蒂和爷爷的房子并不像故事中描写的那样茅草覆盖，四面透风。它由坚固的石块砌成，顶部用整齐的木板搭出一个阁楼，海蒂就住在那里。绕过屋外三棵枝叶茂密的古杉树，推开沉重的房门，我小心翼翼地走入房子。在暗黄的灯光下，海蒂和彼得的人物蜡像十分醒目。他们坐在这所房子最大的一个房间里，大概就是爷爷的屋子，一角放着爷爷的床，另一角是几架小纺车，还有壁炉，上面和小说描述的一样，挂着一个大水

如果没有读过小说，那么海蒂之家只是一间简陋的乡野房屋

壶，还有几件爷爷的亚麻衣物。海蒂应该是正在教彼得字母表，然而雕像的眼神木讷得很，我能感觉到彼得的傻，却无法捕捉到海蒂的真。

毫无疑问，海蒂的房间是这里最吸引人的景点。她住在存放干草的顶棚，每日闻着草的香味入睡，还有一个圆圆的窗户，可以让海蒂俯览阿尔卑斯山谷。回到现实中，这间虽然低矮却很宽敞的木头顶棚并无干草，窗户也是方形的，不过陈设却精巧可爱。玩具盒子般的木床，上铺白色的粗布床单，摸起来有些扎手，仿佛下面真的垫着干草。还有一张更像玩具的迷你摇床，上面躺着海蒂造型的洋娃娃玩具，如同一个玫瑰红苹果，这时的海蒂既是爷爷的孙女，还是一位养娃娃的妈妈了。

有趣的是，房间中的一切都保持着零乱的状态：枕头的中

爷爷的餐厅

海蒂的房间

从海蒂小屋可以望见雪山

心被压扁了还没有复原，床单也揉成一团，好像主人刚刚起床，抽屉甚至被拉开了一半，如同主人刚刚找寻过小物件。所有的陈设都带给游客一个清晰的信息——海蒂马上就要回来，我们千万不能动她的东西。唯一能够做的也是我们最想做的，便是绕过海蒂的小木床，透过那扇小窗向外张望。暮色中的山峰与我们对视，风铃草、矢车菊与山芍药不发一言，一缕红光洒在小屋门前的草地上，为一切镀上一层金色。玫瑰色的云在高空中燃烧着，这是海蒂在梦中从未看到过的景致，却生动地现身在我的眼前。施皮丽当年也一定是亲眼看到过这玫瑰色的黄昏，才会把它写进小说里吧。

为了重温童年，我特意去影院观看了《海蒂与爷爷》。影片结束时，镜头聚焦在海蒂的背影上，她转身向我微笑，这风中的女孩就是我永恒的情人，是自然的精灵和圣洁的天使，她向每一个人发出了邀请。今天，人们会把《海蒂》当作治愈心灵的一剂良药，而关于它的早期阐释，往往带有宗教的启示意味。比如海蒂将爷爷拉回人群，使他重新走入教堂，本身便隐喻了基督教的文化观念。还有一些学者发现，《海蒂》中那位善良的医生原型来自施皮丽的父亲，而克拉拉的奶奶，原型就是施皮丽的母亲。当作家还是海蒂那般年纪时，便随父母访问过迈恩菲尔德，海蒂就是作家自己的化身，或许她真的像阿尔卑斯山的纯真少女一样，每天向群山道一声晚安，享受被造物主和大自然包裹的幸福。阿尔卑斯如母亲一样，守护着每一颗天真无染的童心。此刻万物静默，唯有少女的笑声在艾尔姆山谷中回响。

海蒂家旁边有个小小的牧场，这是不是那只叫"小熊"的山羊呢？

木屋外自由漫步的鸡

泡沫与玫瑰

　　岛国塞浦路斯以湛蓝的大海闻名，它的全部国土都位于亚洲，却归属在欧洲的政治版图，因此很多国人选择这里作为移民欧陆的前沿站。刚刚走出帕福斯机场，我便体验到中国文化的强大影响力，几位地中海人长相的出租车司机招着手朝我喊："先生是中国人吗？看房买房跟我走！"

　　我跟随一位面相相对和善的大哥上了车，当然不是为了去看房，尽管帕福斯的街道已然沦陷在中文地产广告中了，就连公交车也无法幸免。我甚至还看到了印着海子那句"面朝大海，春暖花开"的巨幅海报，那是一个国内知名地产商开发的海景别墅项目，一时间让人产生已经回国的错觉。

　　的确，塞浦路斯的中国人太多了，单是小城帕福斯的房价，几年间就被同胞们炒高了近一倍。像我这样不为看房，而是真的来旅行的人，的确显得有些另类。可我就是为了寻找与塞浦路斯对应的文学人物而来，这个人或者说这个神，自然指向阿芙洛狄忒，希腊神话中的爱、美和欲望之神，当她与罗马神话中的果园女神对应之后，便成为罗马神话中的维纳斯。然后很多人会想到来自米洛斯岛的雕像，巴黎卢浮宫的那座"断臂的维纳斯"。

　　按照古希腊诗人荷马在史诗中的说法，维纳斯女神是神王宙斯的女儿，但这只是他的一家之言，有关女神诞生的传说还有

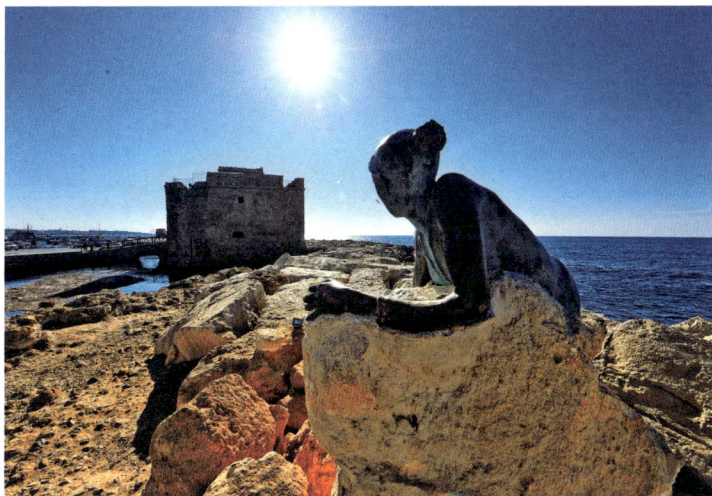

眺望帕福斯城堡的女子雕塑

另一个流传更广的版本。生活在2700多年前的诗人赫西俄德写
过一本《神谱》，系统归纳了希腊神话中各路神仙之间的关系。
其中记载，从混沌中（混沌之神即为 Chaos）出现了大地之母盖亚
（类似于女娲），盖亚育下天空之神乌拉诺斯，也就是第一代神王。
盖亚与儿子乌拉诺斯结合，生下第一代泰坦神，其中最小的一个
儿子叫克洛诺斯。此时的乌拉诺斯害怕后代与他争夺权力，就把
盖亚与她的孩子们幽禁于大地深处，忍无可忍的盖亚便授意克洛
诺斯藏在自己的阴道里，当乌拉诺斯与她交合时，克洛诺斯趁机
用镰刀割下了父亲的生殖器，自己则登上神位，成为第二代神王。
后来，克洛诺斯同样被他的儿子，也就是第三代神王宙斯推翻，
代代天神相似的命运终局，投射出希腊人的宿命观。

　　然而我们的重点不在神王的更替，而是乌拉诺斯的生殖器

断裂之后又发生了什么。接下来的叙述就有意思了，乌拉诺斯的精血渗入大地，诞生了复仇三女神和一系列小神。乌拉诺斯巨大的生殖器向凡间坠落，它落在蔚蓝的海水里断裂成几截，掀动巨浪，溅起乳白色的泡沫，那泡沫是海水和精液的混合物，从中走出一位裸体金发、亭亭玉立的美少女，她正是爱与美的化身阿芙洛狄忒，意思就是"泡沫中诞生的神"。这位女神继续漂流，先是到了爱琴海上的库特拉岛，而后漂到塞浦路斯登岸。今天，塞浦路斯人为了突出阿芙洛狄忒与自己国家的关系，特意简化了这段神话，干脆就说乌拉诺斯的生殖器直接砸向了帕福斯，阿芙洛狄忒就降生在帕福斯城东部的浅海中，那是一处名为"爱神岩"的礁石群。

我参加了帕福斯当地组织的"阿芙洛狄忒诞生"之旅，半天的行程主要就安排在爱神岩游览。从帕福斯公交总站乘坐旅游巴士，沿着特鲁多斯山脊东行不到十公里，便可望见碧波粼粼的浅海间，兀立着三块黝黑的巨石。这群高耸的巨岩统称为"佩特拉罗米欧"，希腊文即"爱神的岩石"之意。仔细想来，这不就是乌拉诺斯摔碎的生殖器吗！中间一块巨石高约30米，如石笋般冲出海面，按照当地人的说法，阿芙洛狄忒就在这块石头溅起的泡沫中诞生。他们相信，如果绕着巨石旁边那两块小一点的像蘑菇似的石头游一圈，就可以永葆青春与美丽。不过，爱神岩的海浪比周边海域猛烈得多，如果没有过硬的本领，恐怕很难游完这一圈。想要永葆青春，先得有青春的力量才行。

在《荷马史诗》的年代，也就是公元前7世纪，有一部托名荷马的诗叫《阿芙洛狄忒颂歌》。它描述了爱神降临塞浦路斯的

爱神岩

场景，说女神生在柔和的泡沫中，被潮湿的西风吹拂到塞浦路斯岛，她登陆后，时序女神充满欣悦地迎接她，给她戴上精致的金冠、赤金的耳坠以及项链，又把她引见给希腊诸神，从而引发男神们的躁动和女神们的嫉妒。大约三百年后，阿芙洛狄忒降生的细节发生了微妙的变化，从起初的泡沫诞生演化成在贝壳中诞生。1485年，意大利画家波提切利根据这一题材创作出最为经典伟大的作品——《维纳斯的诞生》。画面中的阿芙洛狄忒刚刚越出荡漾的海面，她赤身踩在荷叶般的贝壳上徐徐升起，宛如一颗悦目的珍珠。在文艺复兴之前的西方绘画中，站在这个位置上的女性只能是圣母玛利亚，显然，追求欲望的阿芙洛狄忒代表着人性的解放与回归。流畅柔婉的曲线，洁白如瓷的肌肤，优美恬淡的情调，呈现出女神的庄严之容和体格之美。与此同时，玫瑰也降生在人间，嫩红的花瓣缤纷落下，营造出欲望的氛围，可女神的眼神空灵，若有所思，仿佛还在为父亲与兄长的那场激斗牵肠忧伤。

　　黑格尔说过，维纳斯是体现纯美的女神。甚至有人说，人们对爱与美之神的崇拜，正始于塞浦路斯这座小岛。实际上，在希腊人抵达塞浦路斯之前，岛上的原住民已经受中东地区的文化影响，敬奉阿芙洛狄忒为丰收女神了。也就是说，希腊神话借用了来自西亚的阿芙洛狄忒传说，将它融入自己的创世神话，随后阿芙洛狄忒又在罗马那里与维纳斯传说融合，成了最终的完成体。柏拉图的《会饮篇》便把这位爱神分解成两个形象，一个是"天上的阿芙洛狄忒"，引用的是赫西俄德的观点，说她是天神乌拉诺斯的女儿，代表着理想的精神之爱，也就是著名的"柏拉图式的爱"；另一个形象是"世俗的阿芙洛狄忒"，沿用了荷马的理念，给女神降了两辈，说她是宙斯的女儿，象征着男女之间的性本能冲动，她既是欲望之爱的守护者，还成了妓女们的行业守护神。在我看来，今日西方人眼中的阿芙洛

波提切利的名作《维纳斯的诞生》

帕福斯城考古遗迹

狄忒和维纳斯，早已互为彼此、合二为一了，而关于女神与塞浦路斯的故事，真的还可以再说几句。

古罗马诗人奥维德在《变形记》中写过一位今人耳熟能详的人物，就是传说中的塞浦路斯国王皮格马利翁。这位国王不喜欢凡间的淫荡女子，他用象牙雕刻出一座少女像并爱上了它，向神乞求让这尊雕像成为自己的妻子。阿芙洛狄忒听到了皮格马利翁的祈祷，被国王深深感动了，于是便赐予雕像生命，让他们结为夫妻。心理学上说的"皮格马利翁效应"以及英国文豪萧伯纳写的《卖花女》(原名就是《皮格马利翁》)，都来源于这个故事。它的后文依然精彩，皮格马利翁和象牙女生下一子，取名帕福斯，后人就用帕福斯的名字命名他所统治的疆域，这就是今天的帕福斯城。帕福斯的儿子叫喀倪剌斯，喀倪剌斯又生下女儿密耳拉。密耳拉的母亲以女儿的美貌为傲，声称她的光彩甚至超越了阿芙洛狄忒，这当然让爱与美的女神非常不爽。高傲的阿芙洛狄忒施加了报复，她让密耳拉爱上了自己的父亲（我一直在想为什么不直接报复她的母亲呢）并诞有一子。这个可与天地争辉的美少年，就是西方神话中的首位"花美男"阿多尼斯。偏偏阿芙洛狄忒又迷上了这位美少年，甚至一次又一次地离开天界，降至凡间的塞浦路斯与他相会。后来，阿多尼斯意外被野猪咬伤而死，阿芙洛狄忒悲痛欲绝，她无力挽回情人的生命，却想留住温馨的回忆，便把阿多尼斯的血化为风信子。还有一个更为通俗的版本，说阿多尼斯的鲜血染红了白色的玫瑰花，于是世间才有了红玫瑰。

除了无法象征女性的贞洁外，阿芙洛狄忒或者说维纳斯向来被看作女性美的最高象征，她的行为和话语，已在地中海沿岸传颂了三千年。每年9月，塞浦路斯人会聚集在帕福斯，举办盛大的"爱神节"，纪念阿芙洛狄忒这位地产女神。爱神节也被当地青年视为"结束光棍节"，他们喜欢选择这一天表白，或是许愿早日找到另一半。男人女人们会奔向帕福斯北部的"爱神泉"，那是海岸边的一眼清泉，据说阿芙洛狄忒沐浴后常来此饮水，凡人喝下泉水可保爱情永恒。还有一些女子来到阿芙洛狄忒神庙遗址，她们用油脂和杏仁水涂抹锥形的红色石头，再把它悄悄地放在颓圮的台阶中央，或者把素色的纸带缠绕在爱神岩岸边的长角豆树或是橄榄树上，视阿芙洛狄忒为送子观音。

所有关于阿芙洛狄忒特的形象与故事，只能依靠阅读和想象来完成，我读着关于她的诗句，静默观察着阳光在爱神岩上的投影，也不知如今的泡沫中，是否还会生出一位新的神祇。我这样想着，一个当地人悄悄走到我身旁，他礼貌地打断我的思路，用较为娴熟的中文探问："先生是来看房的吗？"我说我是来看阿芙洛狄忒的，他便礼节性地介绍了一些我早已知道的女神故事，然后继续问我："先生也是东北人吗？"我说不是，我的家离东北不近。于是他继续说自己认识很多中国东北过来买房的客人，第一代东北人买威海，第二代东北人买海南，现在东北人都来塞浦路斯买别墅了，买房能申领欧盟护照，将来孩子无缝衔接欧洲名校！我觉得这些话从眼前这位棕发蓝眼的外国人口中说出，着实有一种荒诞的错位感，便跟他攀谈起来。话里话外，这位先生的目的还是为了宣传他手头的小区，他用异常肯定的邀请般的语气说："你不是喜欢阿芙洛狄忒吗，我推荐的小区离爱神泉很近，而且小区里中国人很多，配套的超市连东北酸菜都有！"

橄榄树上缠满了纸带，这是当地女性的求子风俗

圣保罗曾因在帕福斯传教而被捆绑在这个白色的圆柱上，今天名为"圣保罗之柱"

各种形象的阿芙洛狄忒雕塑

亚非土地

斯大林的文青岁月

　　作为欧亚大陆的重要节点，格鲁吉亚曾在漫长的历史中受到多元文化的冲击与洗礼。首都第比利斯的面积不大，整座城市沿着库拉河两岸，以阶梯般缓慢抬升的姿势向山麓延展，如同一位诗人形容的，第比利斯就像扣在高加索山脉中的一枚硬币。这里曾被过往的商队誉为沙漠上的绿洲，也被马可·波罗称作"诗画一样美丽"的地方。

　　今天的第比利斯城市以自由广场为中心，向南地势逐渐升高，保留有大量拜占庭、波斯以及穆斯林风格的建筑，也就是老城的范围。列谢里兹大街串联起老城里每一座古老的房屋，值得留心的是，这些建筑大都融汇了多种艺术风格。比如大街

鸟瞰第比利斯

穿越老城的列谢里兹大街

两侧那些两到三层的欧式洋楼，墙体上却精心镶嵌着马赛克花砖，而格鲁吉亚人最重视的阳台艺术，其栅栏多吸取了波斯民族的雕花元素。东方的氛围与西方的文化，和谐无伤地共生着，没有突兀也没有违和。

据史料记载，公元4世纪，位于库拉河沿岸的一个名叫第比利斯的聚居点被确立为首都，这是第比利斯城市得名的官方说法。但在民间，还有另外一重解释：第比利斯在古格鲁吉亚语里是"热水"之意，传说公元5世纪时，国王到此游猎，正巧一只中箭的野鸡掉入温泉水中，当场为国王奉献了一锅鲜美的鸡汤；还有一种说法是：一只受伤的鹿落入温泉，居然奇迹般痊愈了，于是国王惊异于泉水的神奇，决意定都于此。这些说法固然有些漫无边际，不过也从侧面证明了温泉对于格鲁吉

202

亚的重要意义。在老城南面，有一个已有几百年历史的硫黄温泉浴场，现在竟然还在营业。浴场由一组地穴式浴池建筑组成，从高处望去，恰如一屉冒着热气的杂粮馒头，看起来整齐而有趣。

对中国读者来说，如果他们知道第比利斯，很大原因是茅盾的那篇《第比利斯的地下印刷所》。在这部作品中，作家使用了简洁的语言，

老街上的流浪妇人

勾勒出斯大林领导创立的地下印刷所，叙写英雄与敌人的巧妙周旋。我对这个故事并不感兴趣，也就放过了寻访印刷所的机会。后来看到一位驻外记者写的文章，正好提及此地，说作为爱国主义教育展馆的地下印刷所依然在开放，但建筑早已破败不堪，除了三三两两中国游客外，连当地人都已经漠视它的存在了。或许，那仅存的游客，都是读了茅盾的文章才来此一游吧。根据很多游客的记述，印刷所现由一位举止怪异、自称退休克格勃的老共产党员值守。这位大爷仿佛有些神经质，不仅活在属于他自己的苏联记忆中，还会带着游客们一起高喊"苏维埃万岁"。如果你也是共产党员，并向他表露身份，那么就会看到这位老同志欣喜若狂地向你发出邀请，允许你在斯大林当年睡过的木板床上拍照，这可是党员才能享受到的特殊福利。

开业几百年的
地下浴场

要求被拍照的
当地女孩

　　我费力搜寻了不少关于印刷所的信息，却始终不愿消耗时间去一探究竟，每每想到此，并不感到遗憾。在格鲁吉亚的时间有限，我更愿把精力燃烧在探访诗人的路途上。从老城穿越列谢里兹大街，我缓缓经过西奥尼教堂，慢行不久，便抵达矗立着金色圣乔治屠龙雕像的自由广场，第比利斯新城就在广场的北侧。沿着以诗人鲁斯塔维利命名的大街行走，国家博物馆、国立美术馆、鲁斯塔维利歌剧院依次出现，你还能找到鲁斯塔维利文学研究所、鲁斯塔维利酒店，甚至还有鲁斯塔维利地铁站。在这里，鲁斯塔维利就相当于伊朗的哈菲兹、印度的泰戈尔、俄国的普希金、中国的屈原。这位生于12世纪的诗人写作了十六行史诗《虎皮武士》，由此奠定了格鲁吉亚的新文学语言基础，甚至在格鲁吉亚的早期婚俗里，姑娘的嫁妆必须包含一套镶嵌金边的《虎皮武士》，足见诗人在格鲁吉亚人精神世界中的崇高地位。

当你理解这个民族的"鲁斯塔维利崇拜"之后，走在这条诗人大街上的感受便愈发神圣起来。不过，这些前社

鲁斯塔维利大街上的诗人雕像

会主义国家往往喜欢把一切政府机构和文化设施集中在一条大街上，虽然方便游览观光，但如果对它们的了解非常有限的话，便容易对着建筑们发呆，无所适从。这时候，你大可把时间放在国家博物馆里，去它的历史展厅感受格鲁吉亚人对苏联统治的控诉与反抗。行走东欧国家多了，便能在他们相关的历史展览中找到交集，几乎近代以来东欧各民族的兴衰都跟苏联相关，而民族的解放与复兴则都要从苏联解体与东欧剧变说起。在统一的历史发展逻辑面前，格鲁吉亚也不例外，国博特别开设了一个"民族史"展厅，展览的全是苏联时期当局屠杀当地人的罪证，以及格鲁吉亚人反抗苏联政府的事迹。行至这间展厅的

鲁斯塔维利雕像基座是《虎皮武士》的浮雕

最后，依然又是"列宁像被推倒、砸碎，格鲁吉亚迎来了新生"。外高加索仿佛遵循着一个相同的叙事模式，但问题也随之而来，出生在格鲁吉亚却成为苏联领导者，最终被一些人视为"暴君"的斯大林，在他的家乡会得到怎样的评价呢？

围绕斯大林的旅行往往集中在他的出生地，离第比利斯六十公里的哥里市。这里有一条斯大林大街，一座斯大林故居，一座斯大林博物馆，还有据说是世界上最后一尊的斯大林像。尽管很多格鲁吉亚人都主张拆掉这座雕像，但还是有相当数量的哥里人不忍动手。毕竟，无论如何评价，斯大林与哥里的关系，始终无法分割。在四岁之前，斯大林都住在一座南欧风格的红砖小楼里，他的父亲维萨里安·朱加什维利是当地的一名鞋匠，他租下了小楼左侧的一个房间，并把地下室改造成维修车间。今天我们能够看到的只有斯大林住过的那间小屋，小楼的其他部分早已拆除。木门与围栏保持着当时的样式，但缺乏足够的维护，地砖与窗户上的灰尘早已厚成一张毯了。很是巧妙，斯大林博物馆就建设在这座小屋的上方，远观这座搭配钟楼和柱廊的斯大林哥特式风格建筑，仿佛俄罗斯套娃一般，一座华丽的宫殿套着一座寒酸的小屋，光辉的外表下，深藏着斯大林并不富裕的童年。这组建筑本身，便是一个精妙的隐喻。

与所有格鲁吉亚小孩一样，约瑟夫·维萨里奥诺维奇·朱加什维利是读着史诗《虎皮武士》成长起来的，这就相当于中国孩子从小就要被父母赶着读《唐诗三百首》一样。此时的小约瑟夫，绝对不会想到半个世纪之后，成为斯大林的自己，竟会亲手主持《虎皮武士》的俄文翻译工作。小约瑟夫还不是斯

斯大林博物馆

斯大林故居（斯大林
四岁前居住的小屋，
今天成为博物馆主体
建筑的一部分）

也许是世界上最后一座
斯大林雕塑，坐落在斯
大林博物馆门前

大林，他生活在哥里，这里的人们单纯而又自觉地热爱着诗歌，
传颂着英雄的故事。但彼时的哥里还是沙皇统治的法外之地，
暴力充斥着城市，影响和塑造了小约瑟夫的双面人生——他是
诗歌爱好者，也是街头打架王；他是乖孩子，也是捣蛋鬼。童
年的小伙伴科捷这样回忆："每一天，不是有人把他给打了，让
他哭着跑回了家，就是他把别人给打了。"

十六岁时，约瑟夫离开故乡哥里，他成为第比利斯神学院

的一员，不再钟情于捣蛋。更多的时候，他保持着一种神经质式的沉静，会突然面对一片针叶林喃喃自语，或者努力在笔记本上沙沙记录一些片段。他尝试着创作诗歌，却拒绝用俄语写诗，而坚持使用故乡的格鲁吉亚语——东正教神学院禁止的语言。二年级的时候，他以"索塞罗"的笔名在《伊比利亚报》上发表了五首诗，这些诗歌获得了极高的评价，对他有知遇之恩的著名诗人恰夫恰瓦泽甚至将约瑟夫的作品列入中学必读书目，格鲁吉亚各种"最佳诗歌集"往往也收录了他在读书期间的创作，就连今天英国出版的《格鲁吉亚文学史》都把诗人约瑟夫的创作专门论说。我一直在搜寻这本文学教材，想看看约瑟夫究竟占了多少篇幅，以及文学史家如何评价这位诗人，但这本书的传播力度实在有限，我始终未能如愿。

关于约瑟夫的童年和青年阶段的经历，你可以在博物馆的第一展厅找到相关的照片、绘画和报纸文章。走进博物馆，踏上红地毯，一座大理石楼梯引领我通向彩色玻璃窗前的斯大林雕像，让人感觉仿佛步入了教堂。对于记录政治领袖和军事家斯大林荣耀的展厅，我并不太感兴趣，对中国人而言，这位"神圣领袖"的标志性大衣、靴子和帽子，我们实在是太熟悉了，而我们所不了解的，是那位揣着文学之心的缪斯使徒，是青年的约瑟夫。所有人来到第一展厅，都会被一幅他青年时期的肖像画和大理石头雕震惊。他还没有蓄上当领袖时那标志性的胡须和向后梳起的头发，他的头发是黑褐色的，向上向两边自然地卷起，他的脸上有雀斑，却无法遮掩格鲁吉亚北方人的那种冷酷感。有人说他的眼睛在表示友好的时候变得迷人可爱，却

诗人索塞罗时期的斯大林，拍摄于1902年

也会在愤怒时变成黄色。我与他对视，望见一道坚毅灼人的目光，可瞬间又柔和下来，就像老年的他回顾自己的青年时期，说那时的心态如同"瞬息万变的水银"。这位卷发的男人，佩戴着暗红色条纹的领巾，穿着黑褐色的大衣，与朝气蓬勃的青年们一起，在城郊的索罗拉克山上谈诗，这本身就是一幅充满血气与朝气的青春画面啊。

在我看来，博物馆给人最大的惊喜，应该就是帮助人们认识到一个多面的斯大林，一个诗人心的约瑟夫，或者是那位索塞罗。尽管没有充分的证据确立约瑟夫在格鲁吉亚诗歌史中的地位，但可以肯定的事实是，在成为斯大林之前，"索塞罗"已经是个家喻户晓的名人了。当他最初写的五首诗译介成汉语时，我们终于读到了那首《清晨》：

玫瑰花蕾已然绽放

触碰着紫罗兰花

百合花从梦中醒来

在微风中点头含笑

富丽堂皇的博物馆大厅

云雀在云中翱翔

叽叽喳喳地唱着歌

而欢乐的夜莺

则在低声吟唱——

"亲爱的土地，鲜花盛开吧

让格鲁吉亚的乡村充满欢乐

年轻的格鲁吉亚人，努力学习吧

为你的祖国带来喜悦。"

这是索塞罗第一次出现在读者面前，他写到了自己最为钟情的大自然，他的文字充满了对生命和自然的歌颂，而玫瑰、百合、云雀，在研究者看来对应了格鲁吉亚、拜占庭与波斯的

馆内陈列有世界各国赠送给斯大林的礼物

青年斯大林

典型意象，诗歌的玄妙全在于此。

一个政治强人，竟能注意到生命中的玫瑰与云雀，此间反差，让人惊讶。实际上，诗歌中的索塞罗并非纯粹的自然主义者，他就如同作家真身一样，既柔软又坚硬，悖论般地生长着。同样是最初的五首诗，其中第四首名为《他像一个幽灵……》，诗歌描写了一位先知的命运悲剧，他被阴谋暗杀，被自己的人民放逐，每一位读者都仿佛看到了抒情者眼中复仇的火焰，那躁动不安的灵魂，似乎随时都要从文字中破茧而出，或许这才是诗人的心声。于是，从十七岁的秋天开始，约瑟夫不再写诗了，又过了十七年，他给自己起了另一个笔名——斯大林（意为钢铁的人）。从此，斯大林便几乎不再提起他的那段"索塞罗"时光了。

好在有这座博物馆，让我们重新拾起对"索塞罗"时光的追忆与再现。经过仔细寻找，我终于发现在1916年出版的一本刻印版诗集中，收录了索塞罗的那首《清晨》。诗歌是格鲁吉亚语版本，它的文字通体溜圆，很像表情包符号，又似漫画版的耳朵、鼻子，而书写方式上的飘逸与灵动，无时无刻不散发着难以抵御的浪漫气息。不知为什么，诗歌的署名是朱加什维利，这是约瑟夫家族的姓氏，既不是索塞罗，也非斯大林，在这个版本中，约瑟夫又回到了他自己。

草草逛完博物馆的后面几个展厅，我注意到这里还有家博物馆商店，售卖的多为绘制斯大林头像的打火机、冰箱贴、杯子、盘子之类，寻找半天，却始终没有觅得传说中的《朱加什维利诗集》。一位先我游览过此地的朋友曾告诉我，这里最棒的文创产品是一本复刻的斯大林在教会学校读书时写的诗集，据说那册子很薄，语言虽为格鲁吉亚语，但收藏纪念价值颇高。可惜，胖胖的商店阿姨说这本小册子早卖光了，明知此生不会再次光临，我还是不甘心地追问一句，还会再来货吗？阿姨有些不耐烦，说你三个月之后再来看看吧，临了还加了一句嘟囔，模糊听来，似乎说的是：这东西还真有人买。于是我很奇怪，为什么她要用英语嘟囔呢，难道是故意让我听到的吗？

的确，这里的生意不好，年轻的一代人，早已不关心斯大林是谁，而老去的一代，对这位故乡人的评价也充满了矛盾，甚至十年前，格鲁吉亚文化部还计划把斯大林博物馆改造成"俄罗斯侵略博物馆"。这个提案在哥里讨论了四年，经过投票才被否决。于是那首《清晨》依然可以平静放心地躺在博物馆的角落里，与现实中哥里的每一个清晨、每一首夜莺的歌声相遇。

这是我对斯大林文青岁月的探访，还有一些题外话，是关

发表在格鲁吉亚文学刊物上的诗歌《清晨》

于格鲁吉亚饮食的，虽然与文章的主题无关，但我非常想把它记录下来，因为格鲁吉亚最有特色的菜品，恰恰是能够触发中国人欢欣的食物——灌汤包。第比利斯人把这种大众食品称为Khinkali，我曾在一家最热门的包子店多次尝试过它的味道。其实这种包子的做法很简单，馅料用面皮一包，可蒸可炸，当然蒸着吃的居多，有牛肉馅的、奶油蘑菇馅的，甚至还有素土豆泥馅的，对，就是加了淡盐的土豆泥，别无其他。一般来说，包子的顶端因为褶儿最多最厚，所以很难被蒸透，当地人喜欢捏着这个夹生的包子尖儿，先在包子最柔软的部位咬一个小口，让汤汁流到盘子里，然后再把胡椒粉撒在包子皮上吃完，最后就会剩一大盘子汤汁，以及一堆半生不熟的生包子尖儿。我怎么看都觉得格鲁吉亚人根本不理解吃包子的精髓，于是就迫不及待地记载下来。

格鲁吉亚大包子 Khinkali

挪亚方舟的残片

你要用歌斐木造一只方舟，分一间一间的造，里外抹上松香。

七月十七日，方舟停在亚拉腊山上。

水又渐消，到十月初一日，山顶都现出来了。

《旧约圣经·创世纪》

有人说："地啊！汲干你上面的水吧！云啊！散开吧！"于是洪水退去了，事情就被判决了。船停泊在朱迭山上。有人说："不义的人们已遭毁灭了。"

《古兰经第十一章·呼德》

从格鲁吉亚首都第比利斯出发，长途车沿着覆盖大雪的山脉爬行了六个小时，我们终于到达亚美尼亚首都埃里温。这又是一个国人不甚熟悉的地方，但如果提起《圣经》故事中的挪亚方舟，再告诉你亚美尼亚的圣山亚拉腊山就是停放挪亚方舟之地，或许你便能感到这个国家的神秘与不凡了。按照《圣经》和《古兰经》的记载，带有惩戒性质的洪水退后，挪亚（《古兰经》中译为努哈）方舟停靠在亚拉腊山上（《古兰经》中采用人们对山的另一个称呼"朱迭山"），所以，亚美尼亚人也把自己当成血统最为纯正的挪亚子民。就连亚美尼亚葡萄酒业的兴起，也与方舟的故事关涉紧密，传说中的挪亚离开亚拉腊山之后，选择在山下的阿拉特斯河谷定居，他在山谷里种下第一批葡萄树，用结出的果实酿造美酒，从此世界上便有了红酒。访问亚美尼亚的游客，往往都会在遍布城市的小酒庄里买下一两瓶地产红酒，它的酒瓶多以当地沙泥烧制而成，本身就是一件手工艺品。瓶体的古朴搭配美酒的馥郁，使人感到喝下的不仅是酒，还有浓浓的人文气息。

源于《圣经》中记录的那一句"方舟停在亚拉腊山上"，亚美尼亚人拥有天然的自豪感，从古至今，这里都不缺乏小说家、民间诗人和剧作家对圣山的赞咏与歌颂。但是亚美尼亚与邻国土耳其连年的领土纠纷，最终造成亚拉腊山离开了亚美尼亚的版图，现在它属于土耳其的国土范围。与亚拉腊山命运相似的还有土耳其境内的阿尼地区，这里保留着建筑华美的亚美尼亚古都，却因无人修缮而一直荒废。围绕一战中发生的种族屠杀问题，两国纷争不断，至今还未建交，国民之间抵触情绪也颇深，所以和当地人聊天时，最好不要提及相关话题。看一看亚美尼亚的纸币，上面便有亚拉腊山的图景，本国货币上的民族景物却在邻国境内，这使得亚美尼亚的自豪感多了几分悲情。

首都埃里温的冬天和中国北京温度相似，不过几乎每天都会飘雪或者下雨，都很轻的那种，空气清冷湿润，很少见到阳光。如果特意是为了摄影而来，那么这个时节断然不太适宜。我一直打算登上埃里温最醒目的，也是最高的建筑 Crusades，在那上面一望亚拉腊山的英姿，但是天公不作美，一连登上去三次，满目却尽是空空如也。埃里温人说，站在露天观景台上，如果天气好的话，亚拉腊山会以一个非常夸张的宏伟姿态出现在你眼前。作为首都的埃里温离国境线不到二百公里，尽管亚拉腊山目前位于土耳其境内，却也无碍亚美尼亚人在视觉上拥有它。

建造 Crusades 的构想源于上世纪30年代，活跃于埃里温的先锋建筑师们想设计出一个城市地标，可以利用它把北部的住宅区和市中心的文化区连为一体。这座绿化繁复的地标建筑拥有垂直向上延伸的宏伟阶梯，宛若巴比伦的空中花园。可惜，这栋理念超前的建筑却和这个国家一样命运多舛，它的建设过程多次被外力干扰或打断，甚至常年处于烂尾状态，直到2002年，一名亚美尼亚籍美国富商 Cafesjian 出资重建，它才迎来了生命的转机。现在，整个建筑都被改造成为美术馆和露天公园的结合体，建筑依山而上，呈阶梯状布局，体内暗藏着空间充裕的展览馆、博物馆，还有几家人气颇旺的爵士酒吧。一条分为数段的自动扶梯可以把你送到108米的观景平台，在蓝天通透的日子，这里就是埃里温的情侣们拖小手许心愿的最佳定情场所。人们会站在平台上，向整座城市伸出双臂，让环绕着埃里温的山脉尽入眼帘。此刻，华灯初上，宁静的城市蠢蠢欲动，埃里温慢慢睁开眼睛，那温暖的光芒，正如这座城市给人的感觉一样，总是有着无限的可能。可惜，大雪封住了我们的视野，亚拉腊山就在眼前，我们却无法与它相见，难怪亚美尼亚诗人总是那么悲情。

早在公元300年，亚美尼亚的国王就皈依了基督教，亚美尼亚也成为世界上最早将基督教列为国教的国家。它的十字架

大雪中的 Crusades

在观光台俯瞰埃里温，大雾遮住了亚拉腊山

苏联老式汽车无处不在

形状教堂布局，为此后各国的教堂建筑师提供了蓝图与灵感。然而，现在的埃里温却不太容易找到教堂踪影了，很多宗教建筑都在苏联时期被拆毁，取而代之的是苏维埃风格的工整街道，以及气势恢宏但缺乏美感的连体楼房。今天，这些苏联风格的建筑大都被改造为博物馆、美术馆或奢华酒店，它们的墙体由当地盛产的粉色火山岩打造，在阳光的照耀下，会泛着温柔的粉红色光泽，因此人们也称埃里温为粉红之城。

　　除了在埃里温逛逛广场、泡泡露天咖啡馆外，如果抱着追随《圣经》故事的目的而来，那就不能错过亚美尼亚最重要的文化遗产——埃奇米阿津。离首都埃里温数十公里的亚拉腊山脚下，有一座建于公元4世纪的教堂——埃奇米阿津大教堂，这是世界上最早的基督教教堂之一。单从建筑外观上看，教堂谈不上奢华，但如果参观了它的地下博物馆，恐怕任何人都会被那一个个闪着金光的"镇馆之宝"所震慑，甚至会因为惊喜而无法自控地颤抖起来。博物馆的镇馆之宝是一块挪亚方舟的残片，它被安放在一个鎏金的长方形盒子内，残片上面是镶着宝石的金制十字架，盒子四周也镶嵌有花纹，其下端用亚美尼亚语和俄语写着"挪亚方舟残片宝盒"几个字。远远看去，这个盒子就像是一座装饰精美的钟表，向信徒展示着天堂的时间。

"挪亚方舟"也许只是一个传说，但因为木头残片的存在，来自世界各地的信徒都想来这里寻得见证，拜谒神迹，收获信德。此外，耶稣被处死的那个十字架的木头残片，刺向十字架上耶稣身体的长矛的矛尖、使徒圣保罗的手指、施洗者约翰的遗物等基督教圣物都汇聚于此，其华美神圣，让人惊叹不已。但是，反过来想，圣物过于云集，也容易让人暗生疑窦，就我的游览而言，便已在罗马、维也纳等地多次目睹过被称为"刺

刺向耶稣的圣矛　　　　金龛中的挪亚方舟残片

正在修缮的埃奇米阿津大教堂

火山岩的广场建筑

夸张的城市雕塑

向耶稣长矛"的圣物，而关于长矛真假的争论，从公元10世纪时便已开始，目前已形成六七种说法。时至今日，圣物的真伪问题对我们普通人来说，并不那么重要，能够借助这些传说中的圣物重温宗教故事，再次去理解那些头上顶着闪耀光环的人物，这种经历每多一次，自己的精神便觉得多受了一次洗礼。

从埃奇米阿津回到埃里温的路途并不遥远，需要停下来歇脚的时候，遍布在首都的咖啡馆和异国情调的餐馆便会翩然而至。亚美尼亚人说：通常在一小时激烈的高谈阔论后，他们就会乖乖回到自己最喜欢的咖啡馆，开开心心过自己的小生活。这是一座位于欧亚两种文化之间的城市，一个适合度假的城市，虽然在城市繁华的表象背后，它依然存有凋零寒酸、破败溃烂的一面，但能够见到《圣经》文学故事中提到的诸多圣迹，当不虚此行。

《亚拉腊山和埃奇米阿津大教堂》，出自 Friedrich Parrot 的《亚拉腊之旅》英文版，1846 年。

埃奇米阿津教堂中的宗教题材壁画

疯子才懂夜的黑

　　五年前，在阿塞拜疆的巴库机场转机，逛纪念品商店时，我留意到一个造型别致的冰箱贴。它大约手掌见方，状如一幅微缩的波斯细密画。画幅被镶嵌在涂饰金色的木框中，绘有雕饰石榴花纹的六角形床榻，上坐一男一女，均着红袍。女子颔首低眉，手托茶盘，男子言笑晏晏，轻持茶杯。周

在巴库机场遇到"蕾莉与马杰农"的冰箱贴

围落座数位宾客，亦是载歌载言，一派欢乐的气氛。

　　看那女子巧笑倩兮，仿佛对男子充满了千般柔情，再瞧那男子，早已将女子含在眼中。他们俩究竟是谁？这幅小画又讲了什么故事？带着这些疑问，我向商店的女店员咨询。她很胖，看着像俄罗斯人，咬着生硬有力的英文回答了我。可她的声音虽大，却听不真切，似乎是莉莉和马什么什么，像是两个人名。

我请她写下来，她摇摇头表示不会，便又用一种她说完我就应该恍然大悟的语气补充道：阿塞拜疆的罗密欧与朱丽叶！得到这样的回答，我便猜想画中两人定是一对情侣，他们之间那神秘的故事，或许还是一部阿国版的"梁祝"。于是我请女店员把两个人的名字又慢速念了一遍，将声音保存在手机里，但之后便逐渐忘却了这件事。

三年后，我又来到巴库。除了F1大奖赛的巴库赛道，这座以石油闻名的城市还拥有外高加索最大的文学博物馆，即使是对当地文学毫无了解的游客，往往也热衷于到此探访一下当地的独特文化。博物馆全称内扎米国家文学博物馆，位于巴库市中心的喷泉广场，初建于1850年。建筑原来只有一层，后被改建为酒店，规模得到扩大。上世纪初叶，它曾作为内阁部长们工作和生活的场所。1939年，为了纪念波斯诗人内扎米（Nezami），建筑得到了彻底的翻修，最大的改变是在原有基础上扩建了两层，外立面增加了伊斯兰风格的弯月拱门装饰。拱门内安放了现代雕刻大师为六位著名作家创作的石雕，分别是古代诗人富祖里和瓦吉夫，戏剧家米·阿洪多夫，女诗人娜塔万，苏维埃文学作家马麦德库里扎杰，诗人、剧作家贾巴尔雷。这六位作家如同神像一般，构成了阿塞拜疆文学一个充满光辉的正脸。博物馆正对着国宝级诗人内扎米的青铜雕像，他与站在博物馆上的那六位文学家静默相视，构成巴库文学灵气最为浓郁的一块圣域。

身处巴库的街里巷间，内扎米的影响可谓无处不在，城内多处树立着诗人各种姿势的雕像，还有以他的名字命名的街道和建筑。在我走过的城市里，像巴库这样到处都是文学家雕像

巴库老城和远处的
地标建筑——火焰
大厦

内扎米国家文学博物馆

的地方，确实不多见。内扎米（1141~1209）又译涅扎米，他是塞尔柱王朝后期的诗人，出生在阿塞拜疆的小城甘贾（当时属于波斯领地），擅长波斯语叙事诗写作。我曾在北京朝阳公园看到过这位诗人的雕塑，当时对他并不熟悉。直到发现博物馆前的诗人铜像下方刻有一对恋人的浮雕，画面形似三年前我看到的那枚冰箱贴，连人物的神情都有几分契合，我便猜想，蕴藏在小小冰箱贴中的故事，会不会就出自内扎米之手呢？

　　我在喷泉广场附近的石椅上坐下，查找起百科资料。除了发现中国观众熟悉的《图兰朵》由内扎米的叙事诗衍变而来外，还看到他的一部长篇叙事诗正叫作《蕾莉与马杰农》。当年那位女店员念出来的含混不清的姓名，此刻却仿若被描上一条清晰的金线，在我脑中绽放出光芒。我不由得激动起来，仿佛和当

内扎米大街

喷泉广场上的内扎米像和博物馆

年的自己刚刚经历了一番畅谈。

歌德在《东西诗集》中提到过"马杰农与蕾拉（即蕾莉），相爱到老无变化"，说的就是内扎米的这首长诗。严格说来，《蕾莉与马杰农》并非内扎米的原创，与莎士比亚改编《罗密欧与朱丽叶》的故事一样，在他们创作之前，同类故事早已流传，但情节普遍不够完整，语言也欠缺精致。到了内扎米的时代，他使用波斯文重新塑造了这对恋人的形象，于1188年写出长诗《蕾莉与马杰农》。故事发生在公元7世纪中叶的阿拉伯半岛，青年盖斯爱上了同学蕾莉，她有着"芙蓉似的面庞""翠柏般的身材"。蕾莉之名，意为黑夜，她也爱慕盖斯，两人彼此心心相印，情深意笃。后来，盖斯向蕾莉的部族求婚，却遭到拒

内扎米像

制作于1810年的一张波斯地毯上绘有"死在亲人怀抱中的马杰农"

绝，蕾莉被逼另嫁他人，盖斯因此痛苦疯癫，流亡至荒漠郊野，人们叫他"马杰农"，意思就是疯子。不久，蕾莉因思念盖斯，愁绪绵绵，伤情而终，盖斯也在蕾莉坟前拜哭，泪尽而亡。

　　毫无疑问，盖斯是一个为爱而生的情种，他曾在圣城麦加向真主如此忏悔："我的生命全靠爱情滋养，没有爱情我就会运败身亡。"这哪里是什么忏悔，分明就是爱的宣言。似乎伟大的爱情都要经历死亡的洗礼，只有跨越生死才能升华成精神的信仰。相似的命运母题，在无数诗人笔下代代往复，不断循环。翻到故事的尾篇，临终前的蕾莉向母亲表白心迹，她要把丧事办得像喜事一样，"尸体染成鲜红，让它像我的喜期一样彩色馥浓，要把我打扮得像出嫁的新娘"。而盖斯抱着情人的坟头，口唤着心上人的名字，丝丝缕缕悲泣而绝，最终"烂得只剩了枯骨一架"。如此绚丽的告别、仪式般的死亡，超越了世俗一切的纷扰，也应和着古代波斯人的宿命哲学。

诗歌中的蕾莉与盖斯连手都没有牵过，他俩保持着纯粹的精神之爱。即使在婚后鼓起勇气与盖斯约会，蕾莉也宁愿远隔十步的距离，听盖斯为她这颗"黛色的星"朗诵情诗，保持着自己灵魂的清白。读到此处，我便想起那枚冰箱贴的画面，两人端坐一起的宴饮场景，显然并不属于诗歌中的现实，至于它从何而来，我猜答案或有两端。在长诗的第42章，马杰农为蕾莉唱诵诗篇时，曾想象两人未来的美好生活："你我二人并肩坐在花坛里头，我们亲密得身体紧紧依偎"，我"看着你眼中含春带媚充满醉意"，自己则沉溺于夜的星芒。还有一种可能是来自最后一章，诗人在长诗末尾插入一个主线之外的故事，说一

扮成蕾莉和马杰农拍照的游客

个叫杰德的人有感于蕾莉和马杰农的痴情，便为他们编写爱情故事。杰德经常梦到这般情景，在天国的花园里，一条小溪的岸边，两位天使在华美的宝座上饮酒谈天，情意款款。宝座边站立着一位老人，杰德向他询问两位天使的名字，老人说那是两个忠贞于爱情的人，他们在凡间被称作蕾莉和马杰农。或许，冰箱贴的画面所呈现的，正是世人对两位恋人在彼岸世界的善良想象，"天堂中的花园"本就是当时波斯人心向往之的灵魂归所。我突然想起梁祝故事里的那句"彩虹万里百花开，花间蝴蝶成双对，千年万代不分开，梁山伯与祝英台"。世界各地的人们总能使用特定的想象方式，为爱情觅得永恒的栖所。

波斯诗人萨迪曾吟唱过："谁若是亲眼看到蕾莉的面庞，他就会懂得马杰农为何忧伤。"内扎米笔下的蕾莉那红宝石般的双唇喷玉吐珠，羚羊般的眼睛秋波漫转，两弯黛眉不劳人工描画，她是美的化身，美的使者，而马杰农则扮演了美的追求者与殉道者。他们的爱情如同一道光，穿越了中西亚文学的历史与将来。在内扎米之后，《蕾莉与马杰农》经历了多次改写，这对恋人的故事在阿塞拜疆及周边国家代代相传，如颗颗珍珠，串成一条文学的项链，留存下来的波斯语、突厥语、阿拉伯语版本已不下50种。在文学博物馆中，我便发现了用阿塞拜疆文书写的《蕾莉与马杰农》，还有很多与故事相关的周边，大都是反映主要情节的波斯细密画，比如马杰农向蕾莉倾诉情歌、马杰农搭救受伤的小鹿、蕾莉穿着新娘的艳服告别人间逆旅等等。就连一些伊斯法罕风格的金属花瓶，或是作家使用过的怀表壳、钢笔帽、手杖头等小物件，都雕琢着故事的情节场景，足见蕾

"他的头垂到了坟顶，双手张开把　在盖斯眼中，蕾莉就是学堂中那
坟头抱在怀中紧紧"　　　　　　颗"未钻孔的珍珠"

（以上两图翻拍自博物馆自印宣传册《穆罕默德·富祖里》）

莉与马杰农在这片土地扎根之深。

　　博物馆内不允许摄影，我只能凭借记忆，努力留存下那些有趣的收藏。比如从内扎米墓中找到的陶罐，诗人富祖里的手稿，大仲马送给女诗人娜塔万的国际象棋（我曾在巴黎的大仲马博物馆看到过娜塔万手工刺绣的串珠烟袋，原来这俩人喜欢互送礼物），阿洪多夫家的大不里士地毯，从巴黎地摊淘来的某位作家的墓碑石，还有文学大师们使用过的钟表、圆珠笔、眼镜布……我甚至还看到一位诗人去世前抽过的烟头，也被庄重地陈列在一个精致的展示柜中，随时保持着将要燃烧的姿态。

　　即将离开博物馆时，我才注意到一楼大厅立有一块内扎米

博物馆为每位著名诗人单列展厅，富祖里的展厅主题正是《蕾莉与马杰农》（本图翻拍自博物馆自印宣传册《穆罕默德·富祖里》）

的纪念碑。按照馆内对诗人的介绍，内扎米生活的12世纪是阿塞拜疆文学的黄金时代，而内扎米则是那个时代诗歌的太阳，阳光从他的灵感中升起，在人间反射出耀眼的光辉。纪念碑上镌刻着诗人的名言：

> 如果一百年后你问：
> "可是他在哪儿呢？"
> 他的每一个句子都会呼喊着：
> "他在这儿，就在这儿！"

不远处，内扎米的雕像始终如一地望着他的这句话，如同马杰农深情望着蕾莉一样。

为纪伯伦读一首诗

    纪伯伦的故居和他的墓地，都在黎巴嫩北部小镇卜舍里（Bsharri），从首都贝鲁特包车到此，大约需要三个半小时。彼时正值极端组织"伊斯兰国"肆虐中东，黎叙边境频发战火，因而司机多不愿出行，我特意增加了车费，一位司机才答应搭我前往。

    1883年，纪伯伦出生在穆塔拉里法特山的卜舍里，这座小镇以生长黎巴嫩雪松而闻名，位置偏远却景色宜人，尤其是到了冬天，白雪覆盖在绵延不绝的山脉与蜿蜒不尽的丘陵上，美不胜收。山区风景正如作家在名篇《你们有你们的黎巴嫩，我有我的黎巴嫩》中所写："你们有你们的黎巴嫩及其难题，我有我的黎巴嫩及其瑰丽。……你们的黎巴嫩是时日企图解开的政治死结，我的黎巴嫩则是巍峨高耸、直插蓝天的山岳。……你们的黎巴嫩是形形色色的教派和政党，我的黎巴嫩则是攀登岩石、追逐溪流、在广场上玩球的少年。"诗人在大自然的怀抱中成长起来，雪松、峡谷、蓝天、清泉……众多流转灵性的自然元素，滋养着他的童年世界。

    12岁时，纪伯伦离开卜舍里，随家人移居美国，在彼岸的大陆开始了文学创作生涯。

    1923年，诗人出版了《先知》，正如它的中文译者冰心所评价的，《先知》像"一个饱经沧桑的老人，对年轻人讲些处世为人的哲理，在平静中却流露出淡淡的悲凉"。那富有神秘格调的天启预言式语句，蕴含着东方智慧的爱与美的轻歌，迅速在西方掀起一股阅读纪伯伦的热潮。不过，酗酒的恶习摧毁了这位天才，他的身体状况不断恶化。1931年，纪伯伦在纽约病逝，遵从他的遗愿，诗人葬在自己的家乡卜舍里。

1926年，当纪伯伦依然健康的时候，他便向亲友们表达了葬在故乡的愿望，甚至选好了自己的安息之所，那是卜舍里镇东卡迪沙大峡谷上端的马尔·萨基斯修道院，毗邻诗人幼时经常穿梭的雪松林。修道院的小礼拜堂和各个房间都是几百年来僧侣们不断从石灰岩山体中凿出的山洞，最早可以追溯到7世纪，遭受宗教迫害的托钵僧人便在这些山洞中避难。今天，诗人的身体和灵魂，也与那些宗教先贤们一道，在洞中的回廊里静默安息。

我站立在修道院门前，现在这里是纪伯伦的墓地博物馆。一百年前，诗人曾立于和我相同的位置，俯瞰眼前的卜舍里——那座记载他童年生活的小镇。我看到一片梯田向下倾斜至陡峭的峡谷，听到风儿把温暖亲切的气息吹到远方，带至绿色的橡树和葡萄藤的顶端。纪伯伦说，即使在天堂也很难找到一个比这儿更宁静、更神圣、更美丽的独处之地，岩石穿起绿色的衣服，风要赐福给我们，太阳要向我们微笑。

诗人去世后不久，他的妹妹便买下这片土地，诗人的遗体被安置在修道院深处的岩洞里。随着纪伯伦使用过的家具，他的手稿、绘画等物品不断转运至此，人们逐渐扩大了原有的建

在诗人曾停留过的位置遥看卜舍里

筑规模，将它改造成一座博物馆。博物馆为三层砂岩建筑，与山体融合贯穿，一共有16个展厅，展出的大都是纪伯伦的画作。有意思的是，纪伯伦的绘画基本都没有名称，也很少标注日期和签名，且多为裸体的人物与蓝色的自然风景。他还尝试表现不同人物的面孔，甚至把自己的两张面孔绘制在一起，让已知的自我和未知的自我交锋对话，就像他的诗："我是烈火，我也是枯枝，一部分的我消耗了另一部分的我。"在哲学的天空下，纪伯伦的诗与画融为一体。纪伯伦的画中还多次出现了岩石，这与他如今的"托体同山阿"形成高度的精神契合。

　　参观完16个展厅后，我沿着陡峭狭窄的七级石阶一路下行，来到纪伯伦的安息之所，拜谒这位在岩间休息的诗人。千年之前，这座洞穴就是隐士们的埋骨之所，今天，坟茔依然保持着

与山石融为一体的博物馆建筑　　博物馆的大门

原始而奇异的姿态。墓室给人的感觉较为空旷，西侧陈列着诗人生前最钟爱的画架、储物盒与一张短床，床脚立着一尊诗人购于1924年的耶稣受难像；他在纽约工作室使用过的圆桌，也静静地待在这里，桌面上堆满诗篇。除了缺少纪伯伦本人，这里呈现的纪伯伦元素简直是完美的。

　　纪伯伦的金属棺位于墓室中间，棺木右上方有一块雪松木板，上面雕刻着诗人为自己写下的墓志铭：

　　　　我想在自己坟墓上写下这些话：我就站在你的身边，像你一样地活着。把眼睛闭上环顾你的内心，你会看到我来到你的面前。

　　我俯下身来，单膝跪地，闭上眼睛，克服了最初的不安，轻轻把三根手指搭在棺木上，触碰到金属的锈迹，它如泉水般冰冷，仿佛对我充满了戒备。然后，我像拜谒此前的每一位诗

小镇上的纪伯伦故居

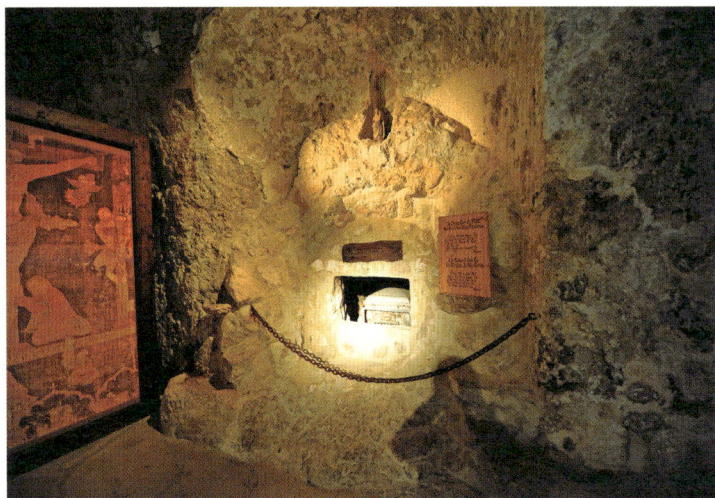

"托体同山阿"的纪伯伦，就静静地躺在金属棺材中

从展厅到达
墓室需要经
过这些石阶

墓室全景

纪伯伦生前
使用过的物
品

人那样，把五根手指全都放在棺木上，如同抚摸着一本打开的书，这可能是我一生中唯一一次离纪伯伦如此之近。每次墓地旅行，我都想无限地接近那些先贤，但真的抚摸到他们的棺木，与他们达成最近的距离时，又往往会感受到横亘在我们之间的那道鸿沟，于是一种圆满的失败感油然而生。

我睁开双眼，掏出手机，打开屏幕，找到早已备好的一段文字，那是经我整合后的诗人的词句，还有一点自己的心迹。在诗人的墓地上为他读诗，已成为我多年形成的仪式般的习惯。墓室中仅我一人，我悄悄放开一些声音，轻声念起：

> 我不远万里来看你，为你念起你的诗。你让爱成为人们灵魂海岸之间流动的海洋，你甚至爱慕死亡，还用各种甜美的名称呼唤它。死亡激发了你的爱与柔情，它是你生命的一个季节，也是一扇大门。在大门的后面，是你来生的宽阔居所，在那里你将会得到未写出的诗篇和未画出的画。你说灵魂是火焰，其灰烬是肉体，你说害怕地狱就是地狱，向往天堂就是天堂，你就是那一株从骷髅中长出的百合花，只有与孤独为伴时，才会感到幸福。也许我懂得你，因为我的心里也有和你一样的秘密。也许我的言辞中的一半都没有意义，但我说出它，就是为了跟你接近。

我的声音低沉而悠扬，山洞中仿佛充满着管笛的回声，如果还有另外一名听众的话，他一定会称赞我音色的美妙。那最后一句话出自《沙与沫》，约翰·列侬的专辑《披头士》中有一首歌叫《茉莉亚》，开篇唱的也是这一句，它的确代表着我的内心。

即将走出博物馆的时候，看门的老人再次礼貌地向我问好。他问我从哪里来，我说我来自中国，在我的国家，很多人都能够背诵纪伯伦写下的那些箴言。老人顺着我的话题说道，他知道纪伯伦的诗很早就传到了中国，还了解冰心和茅盾都翻译过纪伯伦，而冰心还特地把《沙与沫》的译本捐赠给了博物馆，成为这里珍贵的馆藏。我惊讶于看门老人对纪伯伦和中国的了解，猜想这位顺便在此看门售票的"扫地僧"或许就是馆长。老人继续说，他上个月刚去过深圳，参加了一个纪念纪伯伦译作出版的活动。我想没错了，这一定是馆长！

于是我问老人他最喜欢纪伯伦的哪一句话，老人不假思索地告诉我："在美之外没有宗教，也没有科学。"出自《沙与沫》。

知道冰心与茅盾的神秘看门老人

哈菲兹的夜莺

哈菲兹

哈菲兹在伊朗国内的地位，相当于中国的诗仙李白或是诗圣杜甫。在伊朗人的精神世界中，哈菲兹的诗歌已经成为宗教之外，铸造灵魂的重要元素。波斯人崇尚个性自由，表达情感的方式也极其浪漫，而哈菲兹的诗歌，正是以优美的文字将这一民族的精神世界精当呈现。伊朗人钟情于哈菲兹，也就是钟情于本民族的文化习俗和精神品格。

哈菲兹（1320~1389）生活在14世纪的波斯，这个年代，正值中国的元末明初。"哈菲兹"是个笔名，意为"能够熟诵《古兰经》者"，这位诗人的真实姓名叫沙姆斯·丁·穆罕默德。他用诗歌的形式歌颂人世间的所有美好，歌唱美酒与自由，赞美人与人之间的真挚情感。诗人一生都没有离开家乡设拉子，在他笔下，设拉子是"一颗璀璨的明珠"，他号召人们到这里来，因为这里"有天使带来的清泉"，并有"和田的麝香，华夏的香料"。优美的自然与繁华的城市，让诗人感受到生命的甘甜。今天，在设拉子的街道上，经常能够看到建筑物的墙壁上喷涂着玫瑰与夜莺，这正是哈菲兹认为最值得颂赞的两样事物。

深入哈菲兹的诗句便会发现，诗人不遗余力地歌颂着玫瑰与夜莺，如"红玫瑰含笑绽开，夜莺如醉如狂；崇酒的苏菲啊，欢呼这纵饮的时光"，"只有被蔷薇刺伤的心，才能懂得蔷薇的甜蜜"。[*]醉过才知酒浓，爱过才知情重，玫瑰和夜莺，就是在哈菲兹流转人世，经历悲苦喜乐之后，从他心中飞出的信使，向世人传达着诗人对自由精神的追求。这种自由精神，与波斯民族的文化心理和宗教精神完美交融，各阶层的伊朗人由此将哈菲兹的诗句奉若经典，甚至那些边远山区未尝识字的农人，也能用经典的哈氏诗句教导他们的孩子。

伊朗五千面额纸币采用的图案，正是夜莺与玫瑰

---

[*] 国际上对玫瑰和蔷薇并没有明确界定，二者词源相同，故在翻译中出现了不同的译法。作者在引用时，尊重了不同的译法，未做统一处理。

哈菲兹墓园全景

　　每年的冬至夜（伊朗人称之为"雅塔之夜"）和新年（纳吾肉孜节），劳作了一年的人们常常在家中围坐，长者会随意翻开哈菲兹《诗颂集》的一页，以当页的诗篇预测未来。哈菲兹的诗句往往触及美好的主题，因此用他的诗句来占卜生活，显然得到的都是伊朗人期待的答案。这种以诗占卜的形式，也被称为"哈菲兹占卜"（Fal-e Hafez），或简称"法尔"。在哈菲兹的墓前，云集着诸多来此举行"法尔"的人群，他们围坐在诗人的墓石周围，大声诵念他的作品。听说，每到夏天，这里每天晚上都会用灯光音响做出特效，让人们在哈菲兹的唱诗旋律中聚会。

　　哈菲兹的墓园位于城西北的哈菲兹大街上，雪花石膏砌成的墓基包含五级台阶，上有一座亭子式的建筑，由七根石柱支撑，墓顶用釉砖堆砌而成，内饰镶嵌阿拉伯花纹的彩陶图案。这个弯曲如半圆形的穹顶，有人说像是苦行僧的帽子，而哈菲兹确实曾有过托钵僧的经历。虽然是陵墓，但诗人的坟茔不像我们想象的那样阴森而寂寥，相反地，如同哈菲兹鼓励人们去做的那样，后世的追随者们从伊朗的各地来到这里，他们在拜谒诗人陵寝的同时，更像是在参加一场盛大的聚会，享受着现世相聚带给他们的欢乐。"法尔"仪式之后，大家会围坐在墓石

周围，每个人都要亲自抚摸雕刻在墓石上的文字，那是哈菲兹的两首"伽扎尔"（Ghazal），这种抒情诗朗诵起来韵律优美，高亢明亮，婉转悠长，如同夜莺的鸣叫一样。一些女孩子干脆从包里拿出零食，分发给一起来的朋友。或者是有备而来的一家多口，母亲在陵墓旁边的小水池边摊开花布，把果干、开心果和糖果一一放上去，供玩耍之余的孩子们食用。

墓园的各个角落，均可见潜心读书的青年人，其间不乏包裹着头巾的女孩，应当还是读书之龄。顿时，我想起《倚天屠龙记》中那位清纯多情的小昭。小昭的母亲黛绮丝，也就是明教的紫衫龙王，本是波斯明教的圣女，小昭便也有了几分波斯神韵。金庸这样描写她的面容："肤色奇白，鼻子较常女为高，眼睛中却隐隐有海水之蓝意。"这眉眼容姿，换任何一个中国女演员来扮演，恐怕都难以尽现原著风采。因为小昭本就是波斯女子，在张无忌眼中，"比之中原女子，另外有一份好看"。来到小昭的家乡，这才发现查老先生用"高鼻雪肤，秋波连慧"八字形容她真是贴切极了。雅利安人种的女性普遍鼻梁高耸，皮肤光滑，明眸灿如宝石，美目盼兮，以此传情。对于波斯女子的美貌，哈菲兹曾有诗句写道："她神态如女皇，面如明月，额如维纳斯，

在墓园中自习的大学生

神啊，她是谁的稀世珍珠、无价宝玉？"面如明月，唇如红玉，发卷垂鬓，这正是哈菲兹诗歌中波斯"小昭"的典型形象。

传统的伊朗女性穿着普遍比较符合宗教规定，用宽大的黑袍将自己包裹在信条里，让人难窥真容。不过，青年人和一些中年女性则"开放"了许多，在宗教律法允许的范围内，女孩们找到了一条有伊朗特色的美女速成攻略：头发向高处烫出一个造型，颜色鲜艳的头巾尽可能向后扎，以使前额露出大绺的秀发，勾着黑色的眼线，施以淡红色的唇彩，衣着则是紧身束腰大衣，长不过膝，修身长裤（牛仔裤居多）。

墓园茶屋外有一座小花园，我便遇到了两位正在闲聊的"小昭"，她们开心地聊着天，笑语盈盈，与我们传统印象中那种安静内敛的伊朗女子完全不同。看到我经过，她们主动叫住我，

两位伊朗女孩

问我是不是来自"秦"(波斯语对中国的称呼)。知晓我的答案后，她们互相惊叹地看着对方，笑出声来，让我一定要给她们拍张照片留作我的纪念。她们的黑色头巾与栗色头发，与塑身风衣搭配出高贵而典雅的韵味，彰显出伊朗女性的时尚面影。

　　说句题外话，如果离开哈菲兹墓园，一路往设拉子更为现代的商业区走，那么经常能看到鼻子上贴着白色胶布的女孩。起初，我以为这是那种具有提神作用或是纯粹为去黑头用的鼻贴，后来特意去问了酒店的服务生阿里，才知道那是做完"塌鼻手术"留下的胶布。阿里颇为无奈地告诉我，他的女朋友也刚做完这手术，他存了一年半的小金库全花掉了。我一听，觉得很有意思，回酒店上网一查资料才知道，原来时尚的伊朗女孩认为鼻子小巧些才显得可爱，所以伊朗特别流行塌鼻手术，这倒跟咱们这边的"隆鼻"热潮完全相反。伊朗的女孩子们做完手术后，往往希望能够把那块胶布多保留一段时间，以此显示骄傲。令人唏嘘的是，哈菲兹诗歌中对高鼻梁女子美貌的歌颂，在今天恐怕已经略显过时了。我们羡慕"小昭"们高耸的鼻梁，而"小昭"们却目之为难言的烦恼，文化的差异与碰撞，略见于此。

言归正传，当我离开墓园时，发现墓园之外一位留着络腮胡子的老者手托一堆卡片，卡片上面站着一只小黄鸟（我一直希望它是一只夜莺）。老者招呼我过去，说是可以让小鸟替我占卜。我觉得很神秘也很有趣，便给了他一点钱。占卜的过程很简单，老者冲小鸟吹了声口哨，小鸟就迅速从卡片中叼出一张，老者捏着卡片，把它轻轻传递到我的手上。我一看上面是几句波斯文，完全无法理解。老者显然知道我看不懂，便用简单的英语

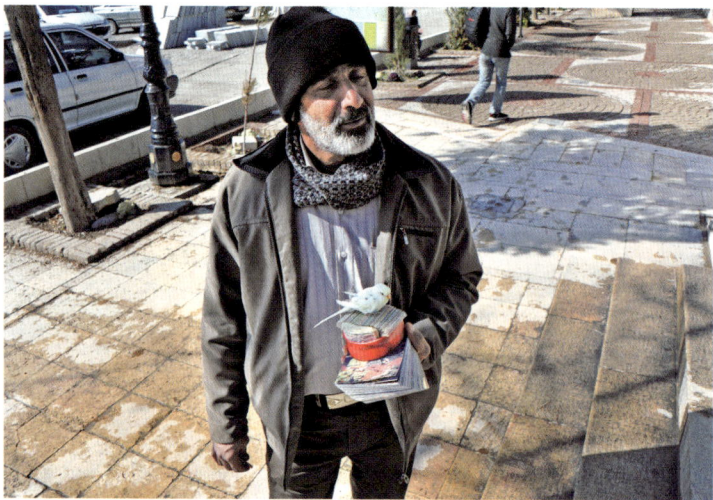

用小鸟和诗句占卜的大爷

小鸟为我
抽出来的
占卜诗条

介绍给我听，他让鸟儿随机抽取的，竟然都是一张张写有哈菲兹诗句的卡片，每张卡片或者每行诗，都预示着你未来的人生运势。那么我这几句诗是什么意思呢？老者继续用简单的单词说道："你将拥有天堂的美酒和美人，这就是诗句的意思。"我有点失望，那占卜者所选取的，必然都是能够让人欢欣的句子，而我倒宁愿是那四句诗——那唱出哈菲兹全部喜悦与幸福的诗句：

大地上又充满生机，
果园里又荡漾着春意；
歌声美妙的夜莺呵，
又得到了蔷薇的信息。

居鲁士大帝的头颅

居鲁士大帝

从古埃及到巴比伦，从幼发拉底河到尼罗河，无不回荡着这样的声音："我是居鲁士，是宇宙之王，伟大之王，合法之王，巴比伦之王，苏美尔和阿卡德之王，地球之王……"这是居鲁士大帝（约公元前559~前530年在位）的言语。

作为古波斯帝国的缔造者，他打下了一个疆域广阔、纵横欧亚非的大帝国。公元前539年，居鲁士征服了巴比伦，这一伟业被人用阿卡德语的楔形文字雕刻在一个黏土圆柱上。圆柱上除了记载大帝傲娇的言语外，还叙述了一条历史信息，他颁布政令将俘虏尽数遣回家乡，并把土地归还给了他们。《圣经·旧约》里对此有多处记载，说居鲁士大帝是上帝的使徒。如今，这个"居鲁士圆柱"已经被伊朗人认作他们的国家瑰宝，可惜，自从它于1879年在美索不达米亚遗迹中被发掘出来，就一直收藏在大英博物馆的波斯展厅，再没有回到伊朗。

历史学家对居鲁士的了解，大都来源于希腊人希罗多德的记述。这位生活在公元前5世纪的历史学家用希腊人富有想象力

大英博物馆中的居鲁士圆柱

的讲故事方式叙述（或者说是脑补）了居鲁士的身世。

当时，波斯这块地方属于米底王国，米底国王阿斯杜阿该斯做了一个怪梦。他梦见女儿芒达妮正在撒尿，尿泛滥成灾，淹没了整个亚细亚。国王心里不安，忙问大祭司，祭司便说这预示着女儿生育的婴孩会推翻他的统治。后来，这位爱做梦的国王又梦见女儿的阴部长出了葡萄，藤蔓覆盖了整个亚洲。国王咨询祭司，祭司又这么说。于是国王打算等女儿一朝分娩，就下手除掉那个孩童——也就是居鲁士。故事的转折当然是孩童被好心人秘密救助，甚至有说法是被母狗养大。等他十二岁时，国王知道这个外孙还活着，忙问祭司怎么办。祭司说，预言只管到他十岁，现在他超过十岁了，预言已经失效了。于是国王把外孙送到了波斯，最后居鲁士还是带领波斯人打败了外公，灭掉了米底王国。

看到这里，你一定会觉得那位祭司很能忽悠人吧。其实，就连叙述故事的希罗多德本人也很可能是个大忽悠，一些伊朗历史学家指出，希罗多德对居鲁士的叙述很多都借用了希腊的民间传说，只是主角改换了而已。

不管希腊人的记载是否是忽悠，反正我们能够从中知晓历史的一种可能性。当居鲁士攻克巴比伦时，他来到巴比伦王尼布甲尼撒着力整修的巴别塔前，为其宏大的气势所折服。出现在居鲁士视野中的巴别塔，高度应该达到了96米，这在当时是极其了不起的。这位征服者当即嘱告近臣，在他死后，一定要按照巴别塔的样子，在墓地上建造一座小型的埃特门南基（巴别塔的另一个称呼，意为"天地的基本住所"）。于是，在居鲁士还活着的时候，其墓地的营造工程便已有条不紊地展开了。公元前530年，居鲁士的军队击败了位于里海的马萨格泰人，俘虏了女王之子。王子羞愤自杀之后，已经气疯了的女王向他们的太阳神发出誓言："无论居鲁士多么嗜血如渴，马萨格泰人都会让你把血饮饱。"仇恨催生出战斗的意志，居鲁士战败阵亡，女王把他的头颅割下来，扔进盛满鲜血的皮囊中，兑现了自己的誓言。一个陶醉于开疆拓土的帝王，最终战死在追求荣誉的角斗场，甚至连头颅都要与鲜血为伴，不禁让人唏嘘。

后来，居鲁士的遗体被波斯帝国的继任者寻回，安葬在帝都帕萨尔加德附近。许多波斯人和古希腊人都谈到过他们拜谒居鲁士墓地的见闻，谈及墓碑上的铭文，原文是："世人啊，我是居鲁士，是我创建了波斯人帝国，我是亚洲的王。如果你有怨恨，请向我抒发，而不是毁坏我的陵墓。"岁月的侵蚀，已磨

今天看到的石柱

灭了墓碑上的这些文字，但在陵墓远方的宫殿东南角，人们可以看到一根石柱，柱身用波斯语、埃兰语及巴比伦语铭刻着："是我，居鲁士国王，阿契美尼德人（笔者注：波斯人的一支）建造了此处。"想想那圆柱，想想墓志铭，再看看这石柱上的文字，这是波斯人记载先王事迹的标准口吻——狂傲，大气，目空一切。

居鲁士大帝的陵墓位于古城帕萨尔加德，现在这里被一个房子稀稀拉拉的小村庄环绕着，村庄本身就很荒凉。我雇了一辆车，从设拉子出发，断断续续开了一个多小时才到达墓地。

路上还有件趣事，一辆巡逻警车一直尾随着我们的车，甚至把我们逼停在路边。令人哭笑不得的是，原来这里的警察很少见到中国人，所以特意让我们停车与他们合影——好任性的警察！随后，警察们开着那辆打着双闪的破旧警车，在雾气阴沉的设拉子公路上为我们的车堂而皇之地开道。第一次遇到这种事，连出生在设拉子的司机小哥穆萨也是一脸惊愕。

到达陵墓所在的小村庄后，领路的警车停了下来，司机穆萨给警察们敬了烟，烟雾很快飘散在夹杂着雪花的风中。一位领导模样、肚子肥圆的警察认真地说着简单的英文："我要欢迎你来到伊朗，中国和波斯都是人类文明的发源地，伊朗经历了太多的战争，但它依然是一个文化大国，你要多拍点东西给你的爸爸看。"从他的嘴里蹦出的都是简单得不能再简单的英语单词，但语气充满了领导般的庄严感，我顿时产生一种被伊朗总统接见的感觉。

他又问我："伊朗是个文学大国，你知道吗?"

这是我的专业，也是我和伊朗人"套磁"的法宝。我如数

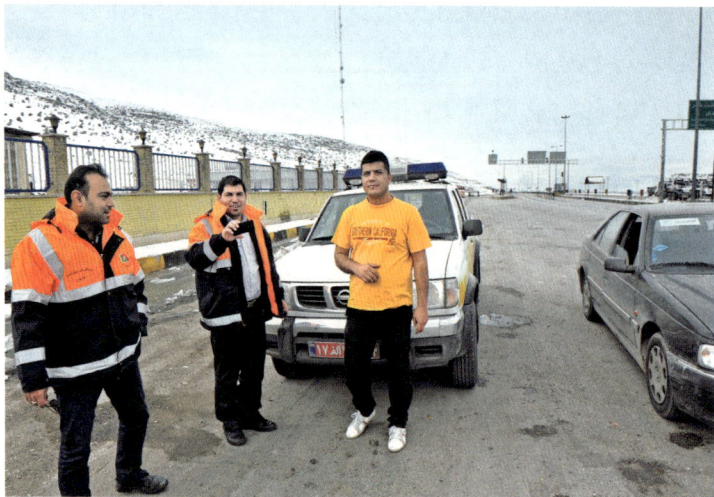

两位警察与我的司机穆萨

家珍地谈到了哈菲兹和萨迪，说我知道他们都葬在设拉子，而我也刚刚去了他们的墓地。

"领导"却微笑着摇了摇头，仿佛知道我肯定会答错似的。他用导师般的语气教导我说："哈菲兹确实很有名，不过对我们伊朗人来说，菲尔多西才是波斯文学之父。"

在边陲省份工作的警察，却能够用轻描淡写的语气谈到菲尔多西，即使他是伊朗人，也足够让我感到惊讶了。因为你无法想象在中国的高速路上，一名警察拦下你，然后和你讨论一会儿李白或是徐志摩。当然，如果是在规则刻板的欧美，警察也不会如此"亲民"，更不可能在上班时间陪我来到这么偏僻的山村。

告别几位警官之后，我独自进入村庄。在村庄的外围，空旷的穆尔加布平原上，我来到了居鲁士大帝孤独的陵前。整个墓都是由史前的巨石砌成，高11米。在七层渐次缩短的石阶上，有一座简朴的建筑物，像用石头搭建的一个帐篷。曾几何时，居鲁士就静静地仰卧在纯金打造的棺材里，石棺下面是金榻，旁边有金桌，金桌上是各种金器，包括黄金制成的水果——除了居鲁士的遗体外，一切都是金的。灭亡波斯帝国的亚历山大大帝曾多次拜谒过居鲁士的陵墓，他遵从了这位"敌人"的要求，没有毁坏他的墓地，反而派人加以维护。但当亚历山大大帝远征印度的时候，居鲁士的陵墓却被人洗劫一空，连他的遗体也荡然无存。

此刻，我宁愿相信居鲁士就静静地躺在石墓里，凝望着后辈建立的都城帕萨尔加德和远方的波斯波利斯，以及如今那被

大雪覆盖的白茫茫的群山、平原、宫殿的基座，还有那些一个
又一个端着照相机，在抒写他丰功伟绩的墓碑前按动快门的游
客。某些时候，他那孤寂的灵魂便会在荒野废墟间徐徐穿梭，
听人们讲述着那些属于他或不属于他的传说。

宫殿的遗址

孤单的坟茔

"乔治·奥威尔号"列车

一百年前的一天，仰光火车站，一名高大但看上去有些憔悴的英国男人走下天桥前往站台。他穿着精心裁剪的灰色西装，手持一根手杖，等待列车的到达。这时，一个缅甸小孩在车站里嬉笑乱跑，不小心撞倒了这位英国男人，于是他暴跳如雷，扬起手杖要敲打男孩的头，但最后却打在男孩的后背上。

这段故事出自美国记者艾玛·拉金的记述。英国男人叫埃里克·阿瑟·布莱尔，当时在缅甸做殖民警察。他后来写下一部反思极权主义的书，并给自己起了一个笔名，书的名字是《缅甸岁月》，这个英国男人的名字变成了乔治·奥威尔。

20世纪20年代，五年的缅甸工作经历触发了乔治·奥威尔的写作灵感。几十年后，艾玛·拉金追随他的足迹，写下一本《在缅甸寻找乔治·奥威尔》。

计划缅甸旅行的人往往会同时参考这两本书，期待与奥威尔或是拉金相遇。他们相信自己一定可以找到奥威尔曾在这里生活过的蛛丝马迹，因为拉金有一句经典的话，他说："从某种意义上说，在那些地方仍然有可能感受到奥威尔曾经感受过的——半个世纪的军事独裁使得这个国家的时间停止了。"当然，连拉金自己也已经意识到，结束独裁之后的缅甸正在一天天变好。对此我深有体会。比如我被允许在昂山素季的家门口任意地拍照，也了解到一些西方的网站在缅甸正逐步获得解禁。然而，缅甸的时间依然会在某些特定的时刻"停止"，那是每一天的午后，缅甸人称为"脚步无声"的时段。炎热化为一种权力，强光渗入人的骨头，几乎任何生物都不再动弹。《缅甸岁月》叙述了午间的城市里，一动不动的花儿让人看着难受，蓝色刺眼的天空向亚热带无限延伸，令人体验到非当地人无法理解的绝望。对此，拉金幽默地补充说，在正午的仰光街头，连苍蝇都减缓了盘旋的速度。

我本以为只有自己会想到藏进火车站躲避炎热，这座宏伟的建筑混搭了欧式巴洛克和缅式帕亚特建筑风格，像是安装了四个塔銮的国会大楼。虽然它已破败了半个多世纪，但绿色铁片衔接而成的站台坡顶依然牢固。在站台的石头圈椅上，横七

复建于1954年的仰光车站，连接站房与站台的天桥保留着奥威尔时代的原貌

竖八躺着十几名瘦弱的当地男人；还有几只流浪狗，它们早就经受不住热浪的袭击，像人一样一动不动地倒在站台上乘凉。

反复登上几次天桥之后，按照拉金的描述，我基本锁定了奥威尔被男孩撞倒的位置。一个不断反思殖民与极权的人，一个为缅甸说话的作家，竟然会在这样一个炎热的午后向孩童扬起帝国警察的手杖，人的复杂性尽现于此。而我也和奥威尔经历了相似的情况，几名在此戏耍的小童把我团团围住，不断地用他们的身体撞向我的肚子。我准备不足，一下子被撞倒在天桥边，样子非常狼狈，却又觉得收获了一些不寻常的经历，很有意思。有两位小女孩脸上画满特纳卡的金色花纹，这是用当地一种植物磨成的防晒粉。我跟他们追逐打闹了一会儿，想起小时候自己家门前也有一条铁路，那时我可没有胆量与陌生人而且还是外国人这样闹着玩。

仰光车站的外国人的确不少，他们告诉我这里有一列专为城郊市民通勤开设的慢车，环城一圈需要3个小时，车速并不比电动车快，但游客可以借这个机会深入观察缅甸人的生活，在仰光寻找奥威尔的眼光。我称其为"乔治·奥威尔号"特慢列车。事实上，除了在千佛之城蒲甘乘坐的热气球，我认为缅甸最值得参与的活动便是这趟列车之旅了。

"乔治·奥威尔号"环城列车一天约有10班，如果要购买车票，可以径直穿过空旷的售票大厅，到站台上一个专门的办公室去办理。为了逃避热浪，我选择了早晨8点20分发车的班次，面相和善的中年售票员收走我的护照，抄写了几条信息，又找我要了一美元，便递出一张"外国人特价车票"。在军政府统治的时代，外国人只准进入专门的头等车厢，以此和本地人隔开，票价也要贵上几十倍。而今这种专门车厢早已被取消，可票价却没有大的改变，比如我这张一美元的票，折合人民币6块多，虽然不贵，但当地人只需要花4毛钱，便可乘坐同样的一圈。

车站所有的车次信息牌都是手写的，连环形列车的站点图竟然都是由那位售票大叔手绘而成，密密麻麻的站点组成一个围绕仰光的环形。大叔的食指放在线路图的圆点上，那是一个叫 Danyingon 的车站（朋友们开玩笑说它的发音像"大淫棍"）。大叔略微移开了手指，让我看清那站名，说："Half！ Half？"我点点头表示听懂了，这一站应该就是环形铁路走到一半的标志。大叔会意一笑，颇为自豪地收起那张手绘地图，悠闲地听起收音机来，里面放着缅语版的一些老掉牙的中国歌曲，比如《伤心太平洋》《爱如潮水》之类。

售票员手绘的站点图

我在站台等待，看到一辆陈旧的内燃机车牵引着十节车厢缓缓进站，仿佛从奥威尔的时代穿越而来。令我感到惊奇的是，除了车窗是一块黑铁铸成的金属板外，列车的车厢本体，加上早已被踩成土色的地板，连同宽可容人盘腿打坐的通体长椅，竟然都是由木头制成的。车厢内的乘客除我之外，大都是身着笼基的当地人。或许他们见惯了我这种相貌的东亚人，因此除了目光偶尔碰到一起就互相微笑一下，几乎没有人特意理会我的存在，这令我非常舒心。

笼基类似于筒裙，其实就是把一块长方形的布系于腰间，这便是当地男女的普遍穿着了。男人的笼基多为淡蓝色粗布，在腹部打结，女子则在腰部打结，相当于裤子。据说笼基还是诸葛亮发明的，当然证据并不充足。据我的观察，连这列火车的司机都穿着笼基在开车，并没有什么制服。列车每隔三四分钟就会停靠一个小站，不待列车停稳，甚至还没进站，一个个身着笼基的男人便跳下了车。他们步履轻盈，如同排队跳伞的运动员。

仰光的公共汽车每逢进站，往往只减速而不停车，如果想要上车，就要小跑几步看好时机找准空当果断跃起，保持短暂的滞空时间，然后乘务员或是乘客一拽你，你就飞到了车里。也许是一种错觉，我笃定地认为这列火车的司机或许曾跑过公交车，在一些连站牌和月台都没有的小站，列车就保持着怠速滑行的状态，一旦它感觉该走了，就毫无预兆地提速离开。当然，即使达到了15公里的最高时速，也并不影响男人们随时跳车。时不时还会从雾蒙蒙乱糟糟的荒野中蹿出一个背书包的人影，像一条野狗一样跟着列车奔跑，然后抓住时机一跃而上，这时车厢内便会响起稀稀拉拉的喝彩声。一些胆大的人甚至就坐在车门口的阶梯上，每逢与反向的列车会车，他们就探出身去，与对面列车阶梯上的乘客击掌，仿佛他们真的认识一样。

与躁动的男人相比，列车上的女人们则安静得多。她们要么肩膀瘦削，胸部平坦，要么胖得像某种容易膨胀的热带水果。

身着笼基的女乘客
大都盘腿而坐

回眸一笑少年心

笼基覆盖着她们的身体，多是一块鲜艳的缎子，有时遮住了双脚，看上去像是低垂的鸡蛋花。她们会按照次序静悄悄地上车，然后在木头长椅上铺一张报纸，坐下后恬然扫视着窗外，即使偶尔关心起男人们的聊天，也从不插嘴或是点头。这时，男人们被槟榔染红的牙就闪起了光，奥威尔说它像红色的锡纸，我倒觉得它就是血，每个缅甸男人都含着一口这样的血在奔波。

　　车行一小时，我们到达 Insein 车站，当年那些犯了"思想罪"的人，就集中被关押在这座小镇的国家监狱里。1925年，奥威尔在此待了6个月，他写下了这座小镇的压抑与恐怖，而今天，恐怖感已然消弭在耀眼的白色日光中了。列车仿佛也不想让我这样的外国人了解过多的秘密，车速陡然加快，映入眼帘的景物渐渐丰富起来。于是我静默观瞧着路边的小镇景致，那是些由大小不一的木片拼成的简易房屋，顶层堆满了棕榈叶，以此作为屋顶。连绵的屋舍不断飘出干鱼味、大蒜味和发酵过度的乳制品味，还有一些味道来自路边的垃圾堆和腐烂在泥路上的瓜果，它们与甘美的鸡蛋花香气搅杂在一起，形成一种甜腻而微臭的土味儿。此时，列车向东北方向拐了一个急弯儿，人们纷纷探出脑袋，犹如渴望放风的犯人，外国乘客则纷纷掏出相机，定格这些凝望空气的面孔。

从 Insein 再行 10 分钟，列车到达"大淫棍"（Danyingon）车站，这意味着行程刚好过半。站台的围栏像是牲口棚，一旦有了缺口，就如决堤一样倾泻出成百上千的人，将本来空旷的车厢瞬间填满。我闻到混合着槟榔、劣质烟土、咖啡、法棍等味道，还有狐臭味和又干又咸的汗味的空气，不觉为之一振。仰光从这一刻起开始苏醒，而"乔治·奥威尔号"列车此时才开始展现它真正的风貌。

这座中间站临近仰光最大的果蔬批发市场，小贩们大都在此进货，然后用蔬菜把车厢塞得满满当当，我甚至看见他们直

铁路边的市集

接在车上择菜。还有一些小贩专门在列车上售卖小吃，他们拥有神奇的能力，可以在成堆的蔬菜和乘客中间从容穿梭，不断地在我们看来无处下脚的车厢间跳上跳下，叫卖声像歌声一样此起彼伏。男人们端着烤制的棕榈芽和油炸的面糊蔬菜，或是些黏米糖果、罂粟籽糕、香蕉布丁、剥好的山竹，以及放了大量冰块的炼乳，这些大概是他们的早餐小食。女人们则保持了这个国家的独特风俗，她们把一切物品都顶在头上，比如一大盘切好的西瓜，或是盛放在圆形竹篓中的甜玉米；离远了看，她们头上如同开了一朵巨大的花。

我仔细观察了一阵，发现这些小贩们似乎都有自己所承包的路段，他们只在车上待上三四站，就举着食物跳下车，迎候另一列反向开来的列车。有趣的是，列车就像一个流动的超市，你可以在每个路段看到售卖不同食物的小贩。他们也许是达成了某种默契，彼此间没有恶性竞争，一种心照不宣的行业规则，牢固地维系着环形铁路的经济秩序。

车厢内燥热而拥挤，盛放蔬菜的大筐几乎遮住了所有的光，

Danyingon 车站

贩卖蔬菜的商贩们

上学的孩子们

在铁轨上嬉戏的孩子们

于是人们把视线移至窗外，等待着仰光的到来。我看到穿着欧洲球会队服的孩子们在垃圾堆中踢球，赤脚的僧侣们打着血红色的雨伞匆匆前行，女人们头顶着硕大的菜篮子甚至是餐桌赶路，男人们嚼着槟榔玩着藤球。当你和他们的目光相遇，回报你的往往是一个微笑，或是冲你轻说一声"鸣个喇叭"（缅甸语"你好"）。

奥威尔天生对肮脏和不友善的环境敏感，因此才会对缅甸久久不忘。作为浮光掠影的游览者，我并没有感受到多元文化之间的抵牾以及任何的"不友善"，反而迷醉在当地人的微笑中，像很多人描述的那样，享受火车带来的慢时光，沉入仰光人的真生活，然后发出这样的感叹——缅甸虽然穷苦，但是单纯；虽然杂乱无章，但是生气蓬勃。这种简单，给人温暖。

低速的发展与贫穷的生活，成为我们缅想拙朴之美的素材，当我们消费着眼前的风景，甚至希望"乔治·奥威尔号"列车永不提速的时候，便已不自觉地陷入文化殖民者的优越感中。那一刻，奥威尔的手杖，就在我们自己的手中高高举起。

慢下来，慢下来，琅勃拉邦

回溯过往的旅行记忆，每当离开一个国家或是结束一段行程的时候，多少存有对当地的不舍与留恋，但依然心怀希望，祈祷自己能够涉足更远，期盼着下一次旅行快点到来。然而，抵达老挝，停在琅勃拉邦方才知道，尽管停留时间非常有限，但我会劝每个来到这里的人晚些离开。琅勃拉邦古城——老挝的世界文化遗产，澜沧王国的首都，从中国的云南出境，不需多时，来了，便不愿走。

19世纪末叶，法国人控制了印度支那地区，并将老挝实际殖民化。长期的封闭与贫穷，使这个被湄公河穿过的国家无法提供给殖民者更多的资源，也使它难以跟上商业资本的节奏。于是，法国人迷惑起来。实际上，当他们占领了琅勃拉邦这个满城飘着糯米香气、鸡蛋花瓣遍洒街道、佛寺钟声响彻黄昏的古老城市时，并没有遇到激烈的反抗或是暴动。面对着淳朴友善的当地百姓和神秘莫测的佛教符号，殖民者陷入对未来手足无措的境地。他们干脆选择无所事事，每日在琅勃拉邦过着度假一般的生活，要么商量着在哪里建一座和故乡一样的房子，要么计划培养当地人成为地道的法餐厨师。今天，你走在琅勃拉邦最著名的"洋人街"上，还能找到法国人百年前兴建的洋房。满世界都是"lao-style"（老挝风格）的法棍面包，再配合一

遍布餐厅、旅店的洋人街

杯地道的老挝咖啡，用"小时"而不是分或秒来计量时间——
这就是当地人的日常生活。老挝人会告诉你："慢下来，享受它，
这就是一切。"

　　在琅勃拉邦，要学会与"慢"和谐相处，一切涉及"快"
的元素，似乎都不适用。这里见证着老挝历史和文化最为辉煌
的一段时光，也曾是老挝的故都与佛教中心。小城不过五万人
口，却星罗密布着几十座金碧辉煌的佛寺。如果你住在洋人街
上，那么每天早上五点钟大概都会被万佛寺敲锣打鼓的鸣奏声
唤醒。所有寺庙的僧人都会走上街头，排队徐行，接受当地百
姓虔诚的布施。人们会把糯米饭放置在和尚手中的龛内，以此
求得心境的平和，而僧人也坚持食用布施来的食物。这种传统
由古至今，从未改变。

布施的少女

清晨布施

　　佛教文化的熏染，使琅勃拉邦的观光景点大都以寺庙为主，如果仅仅是以打卡者的姿态一带而过，那么一上午走完几座主要的寺庙并非难事。但是，老挝人"不允许"你这样做，他们会提供很多的建议，目的都是让你慢下来。我住在洋人街上一家古老的法式旅店，老板出生在马多姆赛，三岁时和父亲来到琅勃拉邦，已在此生活了40年。我问老板如何规划寺庙旅行线路最为合适，他却从柜台下面抱起他的猫——它身上基本都是白色的毛，绿色的眼睛一副睁不开的样子，显得极为慵懒——

他说："你跟着猫走，它停在哪儿，你今天就去哪儿。"

琅勃拉邦的寺庙太密集了，猫咪随便过条马路，就会带领我到达一个寺庙。当地的僧人非常喜欢和游客主动攀谈，借此练习外语口语。一位叫悉通的小和尚便缠着我说话，告诉我每个寺庙最值得看的，就是那些绘制在墙壁上的故事。我问他，是不是《罗摩衍那》的故事呢？悉通肯定地点着头，说他们幼时就是通过罗摩的故事来识字的，不过墙壁上那些朝拜或是战争画面的具体内容，即使他在寺庙待了两年，也还是不太懂。所以，他建议我可以静静地看看壁画，那些涂成金色的人物，像是一个个皇族王子，他们戴着火焰般的金冠，在乌黑的墙壁上演绎着神话的篇章。此刻，带我来的猫正在地上舔饭粒儿，悉通就蹲下来抚摸猫儿肥胖的身体，一时间大家都很安静。

寺庙墙壁上的《罗摩衍那》壁画

　　悉通说我跟着猫来旅行是对的，他建议我多花些时间留在他的寺庙中，可以看一本关于《罗摩衍那》的很厚重的画册，度过一个下午，因为当年无所事事的法国人就是这样做的。或者，我可以像其他游客一样，去探访不远处的另一座寺庙——香通寺。那里有琅勃拉邦最迷人的风景——"生命之树"——各种彩色玻璃镶嵌在寺庙红色的墙壁上，大树在佛光中灿烂盛开，极尽繁华地向世人诉说着生命的奇迹和万物的和谐。悉通说，你静观这棵树，即使不懂得背后的玄机，仅仅凝视每一片玻璃，揣摩它的颜色，你也会感到快乐。

　　我和悉通聊了很久，我告诉他，《罗摩衍那》中的猴子到了中国就变成了孙悟空，悉通点点头，表示听到过这种说法。"你去过吴哥窟对吧? 柬埔寨的吴哥窟。"他问我。我回答："是的，

香通寺墙壁上的"生命之树"

我就是在吴哥的罗摩衍那壁画里找到了猴王哈奴曼，那是只很能打架的猴子，力气很大，好像头也很大。"悉通对猴子的话题不太感兴趣，他告诉我，那个发现吴哥窟的人叫亨利·穆奥，是个法国人，找到吴哥窟后不久，他就在老挝染病死去了，而他的墓地，就在琅勃拉邦的郊野。悉通说着掏出自己的苹果手机，用英语打出了这位博物学家兼旅行作家的名字，我默默把那个名字记在了头脑中。然后悉通问我感觉他的手机怎么样，我说棒极了。悉通再次点头，说他一直在用这个手机学外语，我便夸赞他已经讲得很流畅了。悉通摇起头来，低声说他一直想给手机配个蓝牙键盘，那样打字便会更快，但他还没存够钱。我立刻会意，拿出50美元给他，原以为他会很高兴，但他除了连说几句谢谢之外，并没有表现出形于色的快乐。临走时，他再次嘱咐我，如果有胆量的话，真的可以去找一找亨利·穆奥的墓地，就在琅勃拉邦城东8公里，南康河南岸边的密林深处。

亨利·穆奥一生钟情于在东南亚探险，作为博物学家，他喜欢收藏不同种类的蝴蝶；作为探险家，他寻到了吴哥窟的遗迹；作为文人，他出版了《高棉诸王国旅行记》，这本书将柬埔寨文明第一次完整地呈现在法国读者面前，向西方

M. Henri Mouhot. — Dessin de H. Rousseau d'après une photographie.

法国画家 H·卢梭（1844~1910）为穆奥绘制的半身像

世界打开了吴哥窟神秘而华丽的大门。1861年冬天，在发现吴哥窟大半年后，亨利·穆奥在琅勃拉邦附近的丛林中身染热带恶疾，不治身亡，随从们把他葬在了悉通跟我提及的那个位置。

第二天清晨，我特意吃了一碗分量超大的猪肉汤粉，又花10美元在旅店老板那里租了辆山地车。老板听闻我要去寻墓，还特意告诉我说老挝人为了纪念穆奥，便以他的名字命名了当地的一种乌龟和毒蛇，我听后觉得比较诡异，就这样一边琢磨一边骑着车出发了。东行约莫五公里，水泥路不知何时变成了土路，天空时而砸下一阵暴雨，道路泥泞松软，车轮行进愈发困难，两旁的景物除了野草，便是木板搭成的简陋房屋，人烟稀少。更让人心中忐忑的是，南康河怎么不见了？在六七年前那个还没有普遍使用 GPS 和导航软件的年代，找不到南康河，就意味着我正式迷了路。

我不时停车，向能够遇到的每一位"珍贵"的村民一遍遍重复"亨利·穆奥"的名字，但也许是法国人的名字用英语拼读发音迥异，或者村民们根本就不认识这个人，总之无论是背孩子遛弯的妇女，还是去田里劳作的农人，都只能对我报以礼貌的微笑。这时天彻底阴下来，我感觉异常失望，太阳隐匿在云后，也就是说，我没有办法靠它确定方向了。

我硬着头皮，继续向心中认为的东方骑行了三公里左右，一个不经意的转弯，南康河又出现了。河边有三三两两嬉闹的小孩，围着一辆卡车上蹿下跳，旁边大概是他们的父母，正在河边淘沙，原来这是一家沙厂。本着"病急乱投医"的心态，我也冲孩子们喊起了穆奥的名字，他们大概觉得我长得奇怪极了，就叫喊着叽叽喳喳围着我笑，一边笑一边跳。我跟他们玩了一会儿，拍了一些照片，突然发现远方河的北岸有一片白色，像极了穆奥的白色石棺。这当然令我异常欣喜，也不管这里到底是南岸还是北岸，就把山地车随意扔在淘沙者的卡车旁边，徒步向远方攀登，那白色的物体就在河岸北边的山坡上。

河边遇到的孩子们

我在泥土中爬行了一公里，离近观瞧，发现那一团白色的东西，竟然是一户人家的露天马桶，马桶下面中空，能够看到南康河浑浊的水。我不甘心，还有些气恼，心想在这荒郊野外放个马桶有什么意义，一时间突然萌生出要去兴师问罪的荒唐想法。于是我敲开了那个马桶主人的家门，开门的是一位孕妇，我的气顿时消散了，便继续问她穆奥的墓地在哪儿。孕妇表示听不懂，就唤她公公来接待我，这是位看起来有才学的老人。他说："你走反了，现在你是在向西走，你得回到东边去！"

下山再次转到沙厂，我又遇到那些孩子，他们看我返回，一个个都异常兴奋，拉着手绕着我转了会儿圈，我无心与他们玩闹，便主动与他们告别，骑车朝与来路相反的方向行进。途中屡次回头，那些光脚的孩子始终向我招着手，直到瞻望弗及，一股热流持久地在我心中沸腾。更让我愉悦的，是这回大概选对了路，一个路牌提示我，前面的村子叫"B. PHANOMH"。根据出发前我能找到的记载，穆奥就死在这个村子的范围内，我离穆奥不远了。

果然，村道旁一个极其不起眼的位置竖立着一块锈迹斑斑的铁牌，上面写着穆奥的名字，还给出一个箭头作为指示。我大喜过望，沿着箭头一路狂踩，渐渐骑出了村落，又是三公里，却发现眼前没有路了，只有一堆工程机械轰鸣作响，看来这里正在维修。四头牛缓慢走过，它们静静望着我，我们互相注视。过了好一会儿，天空毫无征兆地又落下了大雨，我的心头火彻底被浇灭，待雨势转弱，便悻悻向来路骑去。

大约骑了五公里路，未见一人，于是我特意返回写有穆奥名字的那个路牌，沿着箭头提示的反方向继续向村子深处进发，

工地上遇到的四头牛

试图找人问路。我穿行了两个村落，终于找到几位正在露天木床上吃午饭的村民。可我用各种发音喊了半天穆奥的名字，那些村民始终都表现出非常想知道我说的是什么却真的听不懂的表情，他们互相询问对方，还看了看我相机里刚刚拍摄的穆奥路牌以及四头牛的照片。一位胖小伙似乎听懂了穆奥这个名字，他和同伴低语讨论了一番，用老挝语夹杂着英语跟我哇里哇啦说了一堆，我猜想他想表达的意思是：你走反了，你应该沿着那个路牌走！

可路牌尽头明明是一条断头路啊，难道还能继续前行吗？我有些犹豫。胖小伙和他的朋友们招呼我，让我与他们一起吃饭，我想这是个难得的深入当地生活的机会，便脱鞋上床与他们边吃边聊，我们各自说的话对方基本都听不懂，但大家还是"聊"得很开心。不过，这里总共七八个人，享用的饭食却是单调得不能再单调了。一个小媳妇从竹篓里抓出一大块煮熟晒干的糯米饭，给我示范食用的方法，她先用手使劲攥捏那团饭，然后蘸着黑乎乎的酱料吃，有点像手抓饭。这干饭口感极硬，必须要细嚼慢咽，才能在感受米香的同时，让自己的胃安心。而那些调料，我始终没敢碰，当地人喜食发酵之后的牛肠或是臭鱼酱，我生怕真的遇到它们，那时候，吃与不吃，换来的都是尴尬。

简单吃了两碗米饭，喝了一瓶老挝啤酒，我与热情的村民们告别，继续返回之前走过的路。抵达断头路的位置，我硬着头皮踩着泥绕过工地，拖着山地车往前走了大约二百米，才发现原来路并没有断，只是因为施工和下雨的缘故不那么明显而已。虽然路就在前方，南康河也一直没有离开我的视野，但我

热情招待我的村民

依然觉得这样走下去不太靠谱，速度便逐渐放慢下来。此刻，身边的车辆突然多了不少，一些长途巴士上的本地乘客好奇地探出头来，冲着我喊起了"萨巴迪"（老挝语"你好"），我一边忙不迭地回应着"萨巴迪"，一边在泥泞中踟蹰行进。

就在我迟疑是否要继续走下去的时候，又有了一个突然而不经意的发现——穆奥墓地的指示牌再次现身于路边的灌木丛中。我急忙把车子锁在路旁，沿着路基下的一条陡峭的山路一路小跑，经过一座破旧的木桥，眼睛接触到似曾熟悉的密林。十分钟后，浓绿色的林木深处透出一抹白——那分明就是穆奥的石棺了。

穆奥的墓地曾被丛林遮盖了一百年，直到1989年才重新被人发现。而今天，当我遇到那抹白色时，心中的癫狂与喜悦不亚穆奥当年与吴哥的初次邂逅。墓地相对比较平整，石棺前面立有两座石头雕塑，分别是穆奥的全身像和一头东南亚常见的大象。穆奥雕像眼神空洞，静静朝向自己的石棺。离此二十米的南康河水哗哗作响，让身处阴霾密林中的我稍感不安。

我想，已然骑行了几十公里，干脆认真祭拜先贤一番。想到此，我登上石棺前的五级台阶，认真用手清扫棺材上的腐叶和灰尘，又把祭祀他的那些花座（当地人祭祀之物）一个个扶正，心中默念："我不远万里来看你，这是旅行家之间的因缘际会，像你这样能为荣誉而献身，这是多么高贵的事情，我也要像你一样去探索未知的领地，希望你能保佑我。"

我能够猜想到，穆奥临死的时候是多么不甘心，彼时他的游记还没有出版，他的探索还远没有结束。也许，这就是那尊雕像传递给我们的信息，他的眼神不是空洞，而是壮志未酬的遗憾吧。我看着石雕，绕着它走了几圈，雕像的后背用金粉写着几行字，是弯弯曲曲的老挝文，我自然不懂，便把它一一拍下来，打算回头问问悉通写的是什么。

结束寻墓之旅，骑回琅勃拉邦市区，时间已近黄昏，一日骑行的路程算来，恐怕得超过40公里了。之后一连几日，我都在休息中度过，真应了老挝人的话，在这里，除了体验慢生活，什么都不用干，时光，就是用来浪费的。在江边听当地人唱一曲民谣，喝一杯发酵方法独特的老挝咖啡或是口感稍苦的当地啤酒，佐以混合着蔬菜丝的琅勃拉邦香肠，慢慢让香气和歌声氤氲在你的四周，看太阳缓缓地掉落在湄公河里。每观于此，我便产生观光客的文化错觉，好像千百年来，这里始终保留着自然淳朴的气息，而法国文化的浸润与熏染，又给琅勃拉邦多

279

穆奥的白色石棺就静静地停在南康河边的密林里

穆奥的石像

穆奥石像背后的金色文字

日落湄公河

琅勃拉邦又见炊烟时

少添加了几重浪漫的蓝调，以及文化错位的奇异感。

当我即将离去，在前台办理退房的时候，老板的眼神和语气一样真诚，他问我："你真的确定要离开吗？"是的，尽管每个景点都已走过十几遍，尽管逛过那条不算很长的洋人街上每一家店铺，但下一次，我还是想回来，去看一看悉通是否真的买了蓝牙键盘，以及拜访老板的那只似乎永远睁不开眼睛的猫；当然，还要再为亨利·穆奥扫一次墓。

至于穆奥雕像后背上的金字，悉通说，它的意思大概就是：破坏我坟墓的人必将被南康河中的毒蛇咬死。我听后很惊惧，但转念一想，那样一次艰难的骑行，那样一次虔诚的扫墓，应该不会破坏穆奥灵魂的宁静吧。

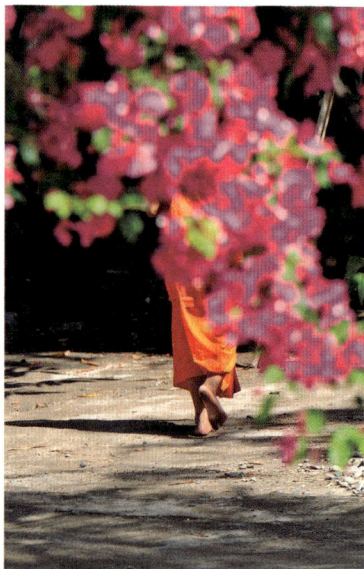

三角梅下，与小和尚悉通告别

谛听撒哈拉

单凭"摩洛哥"这三个字，便足以激发我们无限的遐想。在我心中，摩洛哥是一位踏着野性舞步的女郎，每当她的裙裾扬起，黄色的沙土就沿着她的影子旋转，那也许是撒哈拉沙漠的一粒尘埃，或是有缘人凝视前世的一扇窗户。十天的旅行时间，我像埃利亚斯·卡内蒂似的穿梭在马拉喀什、菲斯、舍夫沙万和瓦尔扎扎特等数座城市，聆听古老城墙内的各类声响，揣摩混乱嘈杂的音调背后，那些多少与文学有所关联的只言片语。

1981年，卡内蒂因其作品拥有"广阔的视野、丰富的思想和艺术力量"而获得诺贝尔文学奖，这位英籍作家曾写下迄今最为出色的摩洛哥旅行札记——《谛听马拉喀什》。尽管乔治·奥威尔也有散文名篇《马拉喀什》，其间蕴含着丰富的隐喻之魅，但卡内蒂笔下的城市更能调动今天旅行者的耳目，毕竟，他记录下的那些新奇的人与物，并不曾在今天褪色，如同马拉喀什的古老建筑，一如既往被涂满了粉红的色彩。

在卡内蒂的旅行中，他走访了古老的骆驼市场，倾听盲人乞丐的呼唤，观察集市上的说书人。他的文字充满了密集的声响，你沿着这些字符步入老城曲折难辨的街巷，或是混杂着香料味道的密闭市场，便能听到从悠远的历史深处传来的声音，即使堵上耳朵，那声音依然像长在心里似的，自然无忌地奔流涌动。

站在卡内蒂的观察点俯瞰德吉玛广场

　　作家的游记多次提到马拉喀什的地标德吉玛广场，他曾与朋友相约走上一家咖啡厅的楼顶，在那里观看广场上形形色色的人群。我很喜欢卡内蒂近乎白描式的表述，他将广场上的说书人、卖艺者、乞丐、小商贩的形象简笔勾出，鲜活如画。今天，广场的咖啡厅与餐厅大都位于同一侧，人们往往集中在三层楼的法国咖啡厅（Hotel Restaurant Café de France）顶层，要上一杯20第纳尔的薄荷茶或是咖啡抑或橙汁，静静地观瞻广场上的点点滴滴。事实上，每到忙时，顶层餐厅基本只提供这三种饮料，而摄影家们根本无心细品薄荷茶的味道，他们早早地支起长枪短炮，在取景器中幸福地观测太阳降落在远方的阿特拉斯山脉。我猜想，这应该就是当年卡内蒂驻足观察的地方了。

从黄昏到夜晚，伴随着日月轮替的轨迹，德吉玛广场展现出一天中最具魅力的姿态。立于卡内蒂的视点，我可以观察到广场上每一个人的表情，他们中间有舞蛇人、说书人、耍猴人、喷火艺人，以及扛着云梯玩杂耍的少年、肩背羊皮囊的红衣卖水人、穿着银色珠片佩戴黑色面纱的摩尔舞女……这些人不像我们常见的小贩那样高声吆喝招揽看客，而是保持了一种目光迷茫的神秘与专注，静静地盯着他们赖以生存的蛇、猴子以及小物件。哪怕是说书的人，也像是在对着空气自说自话，时而口若悬河，时而用长袍遮住眼睛，偷偷窥视围观他的那些眼睛，我猜想他是在寻找观众中的外国客人，计划着一会儿朝他们要钱。而卡内蒂感受到的说书人身上的那种可以支配言语的自豪感，我却始终无从觅得。

广场上的舞蛇人

　　时而有身着杰拉巴（djellaba）的男人穿梭在人群中间，那是摩洛哥的柏柏尔人最具代表性的服饰，由一种厚毡布制成，上有尖顶的斗篷帽，下为齐脚的长袍。在年轻人钟情于牛仔裤、T恤衫的时代，只有老者才会穿着杰拉巴。他们在德吉玛广场缓慢移动着，这时广场就成为一个棋盘，踩着羊皮尖头拖鞋的老人们则是一个个尖头的棋子，他们穿过广场，向麦地那老城的棋盘边缘步行，仿佛探问着生命的局。我静观着广场上的一切，每个人都被压缩成一部微小的剧，他们均匀占据着广场舞台的每个角落，将贫穷以一种安静的姿态，燃烧在广场浩瀚的夜空里。平坦的舞台远端，库图比亚大清真寺仿如一座灯塔，有一种声音居临其上，这是我和卡内蒂共同听到的。

　　身为犹太人，卡内蒂并没有花更多的时间去探索伊斯兰教

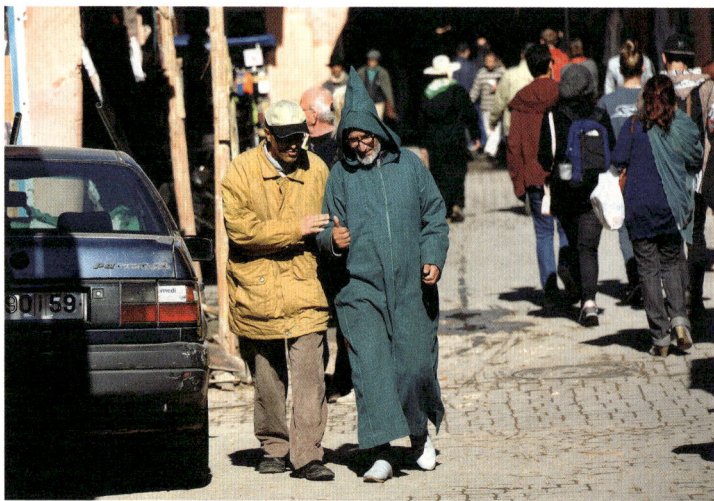

穿着杰拉巴的老人

的奥妙，令他沉迷的是当地的犹太人社区。当作家置身于社区中的一座地标广场时，他感到自己终于找到了旅行的目的地，甚至感觉自己早在几百年前就来过此地。"当我伫立在此，我就是这座广场。我相信，我始终就是这座广场。"也许，每一次旅行都是在幻象中抵达故乡的过程。

无独有偶，如果中国读者对摩洛哥这个遥远的北非国家生出一丝情感的枝蔓，恐怕都是源自中国台湾的作家三毛。她仅仅是偶然看到一张撒哈拉沙漠的照片，便感应到仿如来自前世回忆的乡愁，于是莫名其妙、毫无保留地把自己交给北非的沙漠，与恋人荷西迁居于此。三毛的前世乡愁与卡内蒂的异邦寻根，是大都文学旅行家的共同心态，他们希望在异邦文化中寻找自我的精神片影，与那些本来格格不入的文明缔结情思的联络。

因为三毛，很多的游人把摩洛哥之旅定义为"寻找三毛的旅行"，他们期望抵达撒哈拉沙漠，体验三毛笔下大漠的狂野与温柔。不过，三毛与荷西当年生活的撒哈拉沙漠边陲，一直属于西撒哈拉这一争议地区，她所居住的阿尤恩（阿雍），时至今日也只是一个极端干燥、贫困且处于军事管制之下的乏味小城。如果没有三毛的44号故居，那么这里简直没有一分一毫与旅游沾边的资源了。

尽管知道三毛的撒哈拉与摩洛哥境内的撒哈拉沙漠相隔百里，但文学迷们往往喜欢安慰自己，说撒哈拉的每一粒沙子都是有生命的，无论是北方的还是南方的。它们都和当年从三毛指缝中流过的沙拥有同样的灵性，自由自在的沙，就是三毛与我们所向往的跃动新奇的北非文明。于是，我们告别卡内蒂，

穿行在绿洲与城市之间

离开马拉喀什，向撒哈拉行进。一些人会先绕行卡萨布兰卡，去那家"里克咖啡厅"喝一杯牛奶咖啡；还有一些人知道电影《卡萨布兰卡》全是在好莱坞的影棚里拍摄，根本没有到摩洛哥取景，所谓的里克咖啡厅，也只是后人出于对电影的致敬与商业模仿——因此他们更愿意穿过海拔2260米的阿特拉斯山口，绕行在红土戈壁和黄沙荒漠之间，抵达沙漠边缘的城市瓦尔扎扎特，然后在这座"沙漠之门"前休整，等待与撒哈拉相遇。

从瓦尔扎扎特向沙漠奔袭，途经柏柏尔人世代居住的阿伊特·本·哈杜村，这大概是摩洛哥最为知名的电影文学景点了。一千年前，为了守护从大西洋到撒哈拉沙漠的商路，人们在要道附近选择了这处金黄色的山丘，在上面用红色的泥土手工砌造房屋。屋子之间层层相叠，彼此贯通，完整地覆盖住山丘，

旅行中的文学课

288

山下还设有城墙箭塔，这种兼有防御与居住功能的泥土建筑，在当地被称为 kasbah。从外表看上去，既像外星人的基地，又似一个布局宏大的蜂巢。

如此奇异的风景，自然被那些讲求宏大叙事效果的影片青睐。它是《阿拉伯的劳伦斯》里的沙漠战场，是《角斗士》中的非洲村落，是《木乃伊》中贩卖骆驼的埃及村镇，更是《权力的游戏》中的渊凯城。这座城市的外表过于奇特，奇特到令人很难投入感情去喜欢，但我们依然无法抗拒内心深处对这种神秘风景的迷恋。无论是电影还是现实，沙漠边缘的小城不断给文学家们提供着机会，空无一人的村庄与房宅，恰恰是各种故事发酵的场所。

我们在撒哈拉沙漠的边缘住下来，当地有骑骆驼看日落的旅行团，还有沙漠穿越两日游、捡化石一日游、大漠冲沙等项目。在我看来，这与迪拜、开罗甚至我国西部沙漠地区提供的游乐项目没有太大差异。我选择了骑骆驼观看日落的小团队，一行三人乘坐着越野吉普车，沿着前人的车轮印记行进，在铺满碎石的起伏沙地上一路颠簸，直到观瞧到一队骆驼在远方静静等待着我们。

有几个牵骆驼的男人佩戴着面纱，或许他们就是传说中的图阿雷格人，这个部族保留了男人戴面纱的传统，而且面纱多为蓝色，所以当地人叫他们"蓝色的人"。听说即使是睡觉时，图阿雷格男人也不会摘下他们的面纱。不过，我眼前的这些男人们经常会摘下面纱低声地聊天，仿佛在嘟囔着一些神秘的事情。此时太阳即将落山，沙漠褪去了耀眼的金红色，一时间万

阿伊特·本·哈杜村

Kasbah 风格的酒店房间

撒哈拉的驼影

图阿雷格男人

物静默，这让一些游客感到莫名的不安。男人们重新戴起面纱，指着远方说些我们听不懂的话，但手指的方向却非常明确——那是一片沙漠中的海市蜃楼，远远看去如一面正在向上升腾的蓝色的湖，和这些男人的面纱颜色一样，又如几日前经过的蓝城舍夫沙万，那座城市像极了眼前的景色，都泛着海洋般的光彩。

于是我想起三毛的话："对异族文化的热爱，就是因为我跟他们之间有着极大的差异，以至于在心灵上产生了一种美丽和感动。"种种从文化差异中收获的新奇与震惊，引发我们不断沉迷于远行。这一刻，我看到落日的余晖在沙漠边缘形成一道镀金的弧线，一切关于撒哈拉的故事，以及所有人和风景的邂逅，都在弧线的光辉与微笑间定型。

蓝城舍夫沙万

南美天空

略萨是朵水做的云

每一位旅行者的心中都有两个秘鲁，一个在马丘比丘，一个在首都利马，一个保留着印加的古国遗存，一个演绎着拉美的魔幻季风。关于聂鲁达歌唱过的马丘比丘，我会在另一个独立的篇章里叙写。在利马这里，我将沿着作家略萨，以及他爱过的那位胡利娅姨妈的足迹，寻这座城市的狗，找那些绿色的房子，听大教堂咖啡屋中的谈话，还要去作家与姨妈走过的每一个广场。

1936年3月28日，马里奥·巴尔加斯·略萨出生在秘鲁南部阿雷基帕市的一个中产家庭。马里奥是他的名字，巴尔加斯是父亲的姓，略萨是母亲的姓，分别代表父亲和母亲的家族。青年时期的略萨和外祖父母住在利马的米拉弗洛雷斯区，按照他在小说《胡利娅姨妈与作家》中的描述，奥恰兰大街上一幢白墙壁的别墅就是他的居所。如今这片富人街区依然保留了当年的样貌，两层联排别墅整齐地分布在林荫道旁，门牌号历经多番更改，使人很难确定哪一座房子才是略萨的家。我便采用扫街排除法，按照小说中提到的青年略萨的活动范围，结合白房子的线索寻觅，最终在奥恰兰大街和胡安·范宁大街的交汇口锁定一座双拼别墅——白色的墙壁，四个阳台，涂了绿漆的木窗，怎么看都像是这里。

由别墅南行两三个街区，就是我落脚在利马的旅店，它临近宽阔的格拉乌林荫大道，离作家和胡利娅姨妈经常偷偷接吻的电影院不远。这段路还会经过他们曾约会过的米拉弗洛雷斯中央公园，园内有"略萨曾把这里写进小说"的指示牌。事实上，米拉弗洛雷斯的每一个地标景点都有相对应的"诺贝尔作家略萨文学之旅"的标牌，上面印刻着略萨小说中对各个地点的描述。我注意到公园中央有一块圆形的小舞池，估摸着不到30平方米，看起来使用了很久，到了晚上八点，舞池就聚满跳狐步舞或是弗拉门戈的市民。

身处利马，你会轻易发现根植在当地人血液里的热情基因，只要街道上响起一阵有节奏的音乐，就会有路人随之踩起舞步，任何一次眼神的对视，都可能引发一场轰轰烈烈的爱情。毫无

米拉弗洛雷斯公园的露天舞会

疑问，米拉弗洛雷斯的夜晚属于快乐。

可略萨却不断道出米拉弗洛雷斯区与这个国家的尴尬关系："如果你是一个中产阶级的利马人，那你对秘鲁的概念绝对是不现实的。你认为秘鲁是一个城市化的有教养的人的世界，是西方的、讲西班牙语的和白人的世界。而秘鲁的现实是，安第斯山人、农村人和西班牙人入侵前的那类人，几乎到不了利马，说得具体点，到不了米拉弗洛雷斯那个资产阶级城区。"这也是我选择在米拉弗洛雷斯居住的原因，它集中了这个国家所有靓丽的事物，西班牙酒吧、高耸的商业大楼、摩天轮和游乐场、赌场、银行总部、大学……为了维护这片现代化城区的形象，利马警方甚至在此加派了数倍于老城区的警力。落脚于此，自然不必像住在老城区那样惴惴不安，因为米拉弗洛雷斯的字典里没有强盗与小偷，它是安全富足却又不真实的秘鲁。

为了追寻略萨与胡利娅姨妈，我必须离开安全的米拉弗洛雷斯，到混乱而真实的利马老城去探访一个地方。

南美洲的每座城市都会有一个与圣马丁有关的地标，同时还要搭配一个玻利瓦尔。利马老城区的中心广场就以圣马丁命名，立有纪念解放者圣马丁将军的雕像。略萨当年工作过的泛美广播电台，也在离广场不远的一个街区。广场北端有一座法式的融合新古典主义风格的建筑——玻利瓦尔饭店，这是略萨与胡利娅姨妈的定情之所，也是我游历利马的首要目标。

中国的一位先锋作家曾说，文学新人言必称拉美，开口马尔克斯闭口略萨，很多人都和他一样，喜欢略萨便难忘那位胡利娅姨妈。在自传性小说《胡利娅姨妈与作家》中，略萨化作年少轻狂的19岁大三学生，爱上了比自己大14岁的姨妈胡利娅（现实生活中年龄差距是10岁），她有着尴尬的双重身份：一个离过婚的女人和作者舅妈的妹妹。在略萨笔下，第一次见到姨妈并没有给他惊鸿一瞥的感觉，她"身穿便服，未着鞋袜，带着卷发器"，凭作家所描述的姨妈尊容，恐怕任何人也不会把她看成美女。可是爱情就是这么奇妙，他们只是匆匆见过几面，略萨就在玻利瓦尔饭店用简单直率的方式热吻了姨妈，真是充满热情的青年人。

玻利瓦尔饭店由秘鲁著名建筑师拉斐尔·马奎纳设计，建于1924年，是利马第一家大型现代化酒店。作品中的略萨说："我从未去过玻利瓦尔饭店，我觉得那里是世界上最高尚文雅的地方，我从来也没吃过那样美味可口的饭菜。"的确，酒店内的大

玻利瓦尔饭店

堂拥有宏大的玻璃穹顶，由科林斯大理石柱坚实地支撑着，黝黑发亮的木制家具和各色黄铜雕饰，渲染出这座建筑的华丽美感。不过，酒店餐饮区的空间按照今天的标准来看，实在是有些局促，如果是中国人举行婚宴，断然不会选择这里。我想和服务生询问一下略萨与饭店的相关信息，可来到南美不会西班牙语真是最大的困难，每次交流只能采用最简单的西语单词，才能勉强应对。我拦住一位矮个子男生，指着餐饮区中间的一个舞台问："略萨？胡利娅？"年轻的服务生眉毛上扬了一下又深沉地点头表示确定，他左手托着盘子，用右手一边保持身体的平衡，一边用力指着那块舞台说："是的，就是这里。"

那个六月十六日的夜晚，略萨就在今天我看到的这块六边形小舞台上——当然也可能是在舞台附近——约请姨妈跳了一支狐步舞曲，并两次吻了胡利娅姨妈。当姨妈目瞪口呆、惊讶至极的时候，略萨却温情脉脉地将姨妈的手紧握在自己手中，猜想姨妈比自己大多少岁。为了深入体会小说的情景，我干脆找了个位置坐下，要了一杯酒店最出名的皮斯科酸酒，希望借助酒精的魔力，让略萨与胡利娅姨妈跳出的每一个脚印都倒映在暗黄色的天花板上。清瘦的姨妈舞姿曼妙，色眼蒙眬的绅士们目光随她流转，这位大龄女子对于略萨这样年轻的男孩子充满了诱惑力，而她又怎会拒绝略萨"这样一个翩翩少年的甜言蜜语"（略萨自己的回忆）呢？

一杯葡萄蒸馏出的皮斯科酸酒端了上来，听说这种酒的狂饮纪录是海明威创造的，他曾在这间屋子里连续喝了42杯，我猜想他或许是在美国颁布禁酒令的那段时间来到秘鲁，说不定

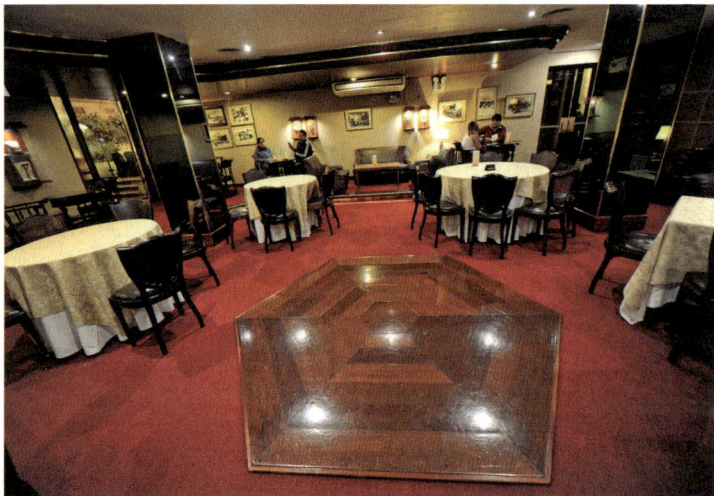

略萨初吻姨妈的舞台

还是专门为过酒瘾而来呢。当然，我不会像海明威或是略萨那般豪饮，而是让每一滴酸酸的液体缓慢流过舌尖，乘着清凉而微醺的感觉，我持续强化着自己的认知，告诉自己这座六边形舞台必然就是略萨与胡利娅姨妈一吻定情的地方了。那真是有趣的两个人，一个13岁时就不再是处男，一个17岁时告别了处女之身，两个人以此互诉衷肠，一个表明自己是大男人，一个提醒对方自己是老女人。

我真想知道胡利娅姨妈到底长相如何，如果不是天生丽质，又如何能够吸引略萨这位激情公子呢？可惜，作家对姨妈的相貌描述极少，写作《胡利娅姨妈与作家》的时候，他已与胡利娅离婚多年，妻子也换成了自己的表妹帕特丽夏。还是和姨妈旅居巴黎的时候，略萨爱上了与他们同住的这位远房表妹，为此选择与姨妈离婚。这场婚变没有给家人造成更大的惊恐，因为作家恋上姨妈的事早就给他们带来了足够的精神刺激，为他们建立起相当的缓冲了。与宽厚的姨妈相比，小表妹的脾气可火爆得多，如果略萨放开手脚去夸赞姨妈的容貌，恐怕小表妹会撕破作家的脸，把盘子砸在他的头上。于是，我们看到可爱的作家躲躲闪闪、仅有的两三次写到姨妈的外貌，也是厚嘴唇、眼角纹之类的词汇，令读者在阅读姨妈故事的同时，还能不断感受到文字背后那位小表妹的存在，甚至遭遇她那虎视眈眈的冷峻目光。

我还想登上玻利瓦尔饭店的楼顶一睹圣马丁广场，可惜这里的五六两层依然封闭着，据说是因为闹鬼。上网搜索可以知道，玻利瓦尔是南美洲最有名的幽灵饭店，在世界超自然现象频发建筑排行榜中稳居前五。可惜，我无缘一探那些奇异的传说了。走出玻利瓦尔饭店，圣马丁广场一如既往闹着示威游行，几乎在南美的每一座城市，我都遇到过各式各样的示威活动。南美人的力比多异常活跃，他们一定要寻到合适的出口，才能释放掉多余的激情。圣马丁广场上的将军雕像，此刻已经被手风琴和小提琴的伴奏声缠绕成一个幽暗的茧，人们拉着手唱起歌，仿佛是吟游诗人们的一场聚会。

绕过精神上冒着热气的人群，我去查看雕像的基座，那是秘鲁的祖国女神像。当时我一直以为帕特丽夏表妹的名字 Patricia 的拼写和这位祖国女神 Madre Patria 一样，后来才发现是个错误。不过，这位女神的头顶为何顶着一只羊驼呢？当晚查了资料才发现，最初修建雕像前，工程委托方要求在女神头顶放一顶火焰皇冠，负责施工的工匠却错把西语委托书上的"火

圣马丁广场

头顶羊驼的祖国女神

焰"看成了拼写相似的"羊驼",加上羊驼是秘鲁特产,于是便有了错位的幽默。这就是秘鲁,没有唯一的对,也没有特别的错,严谨、严格、严肃加上认真细致,骨子里就不是拉美人的性格。如同略萨,他始终跟随着自己的欲望,在多面的自我之间左右逢源,自由如一朵水做的云。

沿着圣马丁广场与武器广场之间的狭窄街道,踩着如掰碎的巧克力似的砖地,我穿过蜂房一样破旧的楼房(略萨称之为"多面的城堡"),行走大约一公里,就看到了一座法式风格的白房子,它是曾经的利马火车站,现在的国家博物馆。馆中设有以略萨命名的图书馆,其实就是一间开放式的阅览室。帕特丽夏与略萨勾肩搭背的那张经典照片,连同《城市与狗》《绿房子》的书影,充当起阅览室围栏上的风景。小表妹的目光居高临下,气场逼人,她就是玻利瓦尔饭店中奏响的《波莱罗舞曲》,不断释放着明亮而自由奔放的声响。

胡利娅姨妈则是一首狐步舞曲,平稳大方而悠闲从容。还是在与作家热恋的时候,她便参透了命运的水晶球,说作家早晚会抛弃自己投奔另一位年轻的小姐,她能与略萨相处五年便心满意足。于是便有了略萨在小说终章写下的第一句话,"我和胡利娅姨妈的婚姻委实是个成功",因为这比亲戚们甚至姨妈自己"担心、希望和预言的时间都要长久得多"。观念的差异和对婚姻认识的不同,很容易让我们得出略萨等于渣男,姨妈是柔弱的受害者这个结论。不过,胡利娅姨妈一直是清醒的,她一点都不后悔,她不拒绝从略萨那里体验激情,也从未对作家抱有过高的期望。

由车站改造而成的秘鲁文学之家

略萨图书馆

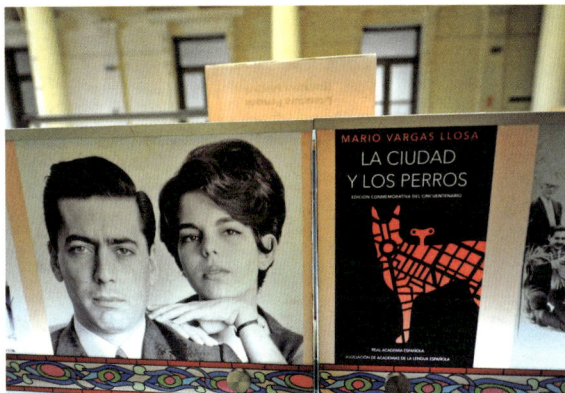

略萨图书馆内的宣传画：作家与帕特丽夏小表妹

　　《胡利娅姨妈与作家》一书出版后，略萨把书寄给了姨妈，扉页上写着："献给胡利娅·乌尔吉蒂·伊利亚内斯，对她，我所欠甚多，此书亦不足以偿还其万一。"胡利娅虽有不快，但还是礼貌地给略萨回了一封信，表达对他的祝贺和对题词的感谢。可让她无法接受的是，略萨在没有征得她同意的情况下，便授权一家影视公司把小说拍成了电视剧，这部剧一时占据了肥皂剧收视榜的首位，在拉美风靡一时。影视公司选择了一个比实际的胡利娅姨妈看起来老很多的女演员，还不断突出熟女姨妈勾引青春学生的庸俗主题，这种夸张让胡利娅感到难堪。

　　于是，姨妈反击了，她写下一本回忆录澄清事实，这本名为《小巴尔加斯没有说的话》的见证小说，在国内被翻译为更具幽默色彩的书名——《作家与胡利娅姨妈》。有些人认为胡利娅姨妈的写作完全是在蹭略萨的热点，但如果你读完了这本精彩的回忆录，一定会惊羡于姨妈晓畅自如的文笔，其阅读的快感正如在炎炎的夏日一连喝下几大杯加了薄荷叶的冰柠檬水。胡利娅承认略萨最初对她的爱是高贵、深沉而真诚的，她记录了两个人恋爱时的诸多趣事。比如他们第一次来到一家叫"内格罗-内格罗"的酒吧（在略萨的回忆录《水中鱼》中，这家店被直译为"黑黑酒吧"，作家在"放荡而高雅"的酒吧中第一次吸食了可卡因），他们请求乐队演奏一支华尔兹舞曲，曲目名字叫"受骗的女人"。后来，他俩只要一来到酒吧，乐队就会应景地演奏起这支曲子，仿佛是对姨妈命运的隐喻。在故事的后半部，姨妈花了大量的篇幅陈述略萨对她无端的猜忌与指责，而略萨在表妹事件中表现出的欺骗和遮掩，使胡利娅感受到巨大的悲痛和失落。从她展示的

云南人民出版社曾将姨妈与作家各自的作品合为一册，堪称神书，我特意在二手书网买了一本

略萨那封热情洋溢而又充满悲情的离婚分手信中，我们可以窥见一位花花公子的伪善面目，同时惊讶于大师言辞的纯熟与华美。那些富有感染力的文字就像西班牙火腿一样，被厚厚的盐包裹着，无论味道如何鲜美，它都是生的。

书的最后一句话如此写道："我于某年五月三十日走进了一个年轻大学生的生活，又于另一个五月三十日从一个作家的生活中永远走了出来。"此后，胡利娅姨妈从未主动驱散对略萨的爱，只是不再把它看作生命的全部。讽刺的是，为了维护秘鲁文学大师的形象，利马几家大书店都拒绝售卖胡利娅姨妈的这本书，而姨妈的母国玻利维亚则宣布：除非略萨向姨妈道歉，不然便不接受这位作家跨进该国的科恰班巴——略萨童年生活过的城市。

1988年，略萨接受采访时表示自己读过姨妈的这本书，但没有读完，因为那里面全是流言蜚语，字里行间充满了对帕特丽夏和自己的怨恨。略萨说："我永远也不想再读它了。"还是在那次采访中，略萨承认自己过去多情，但现在却没有时间搞那些风流韵事了。显然，老帅哥略萨扯了谎，在巴塞罗那居住的时候，他背着帕特丽夏大搞婚外恋，于是小表妹跑到他们的挚友马尔克斯那里告状，热心的马尔克斯劝他俩离婚。可没想到的是，小表妹跟略萨又和好了，还将马尔克斯劝离不劝和的事和盘托出，这便引发了1976年拉美文学的那次风暴——略萨当众把马尔克斯打成了"熊猫眼"，由此打响了两位大师持续30年之久的冷战。

2010年3月10日，胡利娅姨妈以玻利维亚作家的身份在故乡去世，终年83岁。7个月后，略萨获得诺贝尔文学奖，他成为当时唯一挥泪当场的获奖者，他说他的秘鲁就是帕特丽夏，是他那长着朝天鼻的表妹……她是如此的宽仁大度。略萨曾在飞机上指着窗外的云向表妹表白说："我对你的爱就像这云朵，丰盛纯洁，包围你的整个世界。"可流云多变，彩云易逝，2016年5月，略萨与表妹离婚。同年7月，80岁的略萨向65岁的西班牙社交名媛伊莎贝·普瑞斯勒求婚。和读者交流时，略萨曾说："情欲的种种变化和差异完全应该受到尊重和保护，因为这与人性的复杂性有关系，爱情的形式是自由的，了解爱的最好方式是去体验它，而非描述它。"他是这样说的，也真的做到了。

这就是略萨，这就是拉美作家，我们以为的魔幻，正是他们的现实。

博尔赫斯的迷宫

布宜诺斯艾利斯是美丽的空气，也是博尔赫斯的迷宫。

普通读者谈起博尔赫斯，往往会提到他在《关于天赐的诗》中所说的"天堂应该是图书馆的模样"。爱书之人把这句话深深刻在心里，他们努力寻找圣菲大道上的雅典人书店，将这座世界第二美丽的书店视为博尔赫斯言及的"天堂"。书店位于大道1860号，由原先的光明剧院改造而成，店内的灯光一如剧院当年，呈现出复古的鹅黄色，弥漫着绮丽典雅的气息。店内设有

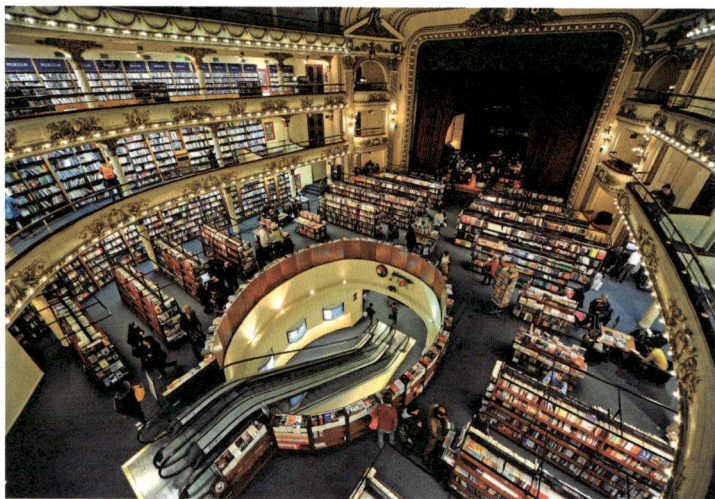

剧院改成的雅典人书店

博尔赫斯专区，他的处女诗集《布宜诺斯艾利斯的激情》被置放在一个显眼的位置上，仿若诗人独自站立在舞台中央。

对博尔赫斯来说，他一生大半时间都生活在"天堂"里，与书相伴，以文为生。他曾担任国家图书馆的馆长，单是印刷品的芳香气味，便已让作家感到沉醉与满足。也许是一种巧合，文学大师们往往都与图书馆有缘，像博尔赫斯这样以之为业者更是不在少数。俄罗斯的蒲宁、帕斯捷尔纳克，意大利的蒙塔莱，中国的莫言，这几位诺奖作家都有在图书馆工作的经历。博尔赫斯虽与诺奖无缘，但他在拉美的影响力正如聂鲁达的评价，他是"影响欧美文学的第一位拉丁美洲作家"。作为旅行与文学的双重爱好者，我愿意深入布宜诺斯艾利斯的城市深处，在棋盘似的迷宫里找寻文学的踪影，希望与这位大师偶遇。

拿出一天的时间，我计划把作家在布市的主要居所寻访一遍。首先锁定他的出生地。1899年，博尔赫斯出生在布市图库曼大街840号的一座平顶小房子里。这条街离我住的地方竟然只隔了两个街区，可到达图库曼大街一看，此处楼宅并不像作家在《自传随笔》中说的那般低矮、朴素。两排充满压抑感的暗色高楼，将图库曼街挤在当中，街道的门牌号从834号直接跳到850多号，号码中断的区域被围栏拦住，正在进行装修施工，连传说中的那个纪念作家出生地的840号黄铜标牌，我也没有找见。询问当地居民才知道，840是过去的门牌号码，今天已经改成了830号，街上的建筑都是拆掉后又新建的，与博尔赫斯幼时那个遍布低矮房屋的阿根廷早已相去甚远。

1901年，博尔赫斯全家迁至北部巴勒莫区塞拉诺大街2135

迈普街994号6B是博尔赫斯在布市居住时间最长的住宅，从这里可以望到圣马丁广场和古老成荫的金合欢树

图库曼大街已经找不到曾经低矮的平房

号一座高大宽敞、带有花园的两层小楼，作家在那里度过了他的童年。今天，巴勒莫区象征着布宜诺斯艾利斯的蓝调和小资、时髦与高贵，可在当时，这座由移民组成的街区却是一派贫穷冷漠的景象。"无花果树遮住了土坯墙，无论阴晴，小阳台都显得无精打采"，这是作家笔下"祖国背后的一些荒凉的湿地"。唯有他的住宅是一片小小的潘帕斯草原，四面都是田野，有一棵高大的棕榈树，有黑葡萄的藤蔓，还有一座红漆的风车，夏日用来汲水，不远处就是作家钟爱的能看见老虎的动物园。如此田园诗般的画面，我却没有遇到，眼前的塞拉诺大街已经改名为"博尔赫斯大街"，博尔赫斯在2135号那座新艺术风格的二层故居，也被改建成火柴盒式的多层住宅楼。对这般景象，诗人早就有过感慨：

塞拉诺大街，

塞拉诺大街2135号的二层小楼已经变成多层住宅楼

博尔赫斯大街路牌

如今，你已经不是世纪初的那副模样：

往昔你拥有广阔的天空，

而今你只是一扇扇门脸。

　　就是在"一扇扇门脸"中，我发现了一座粉红色的房屋，墙面上印刻着1885，显然是一栋老建筑。这里是危地马拉街和过去的塞拉诺大街相接的转角，于是我便激动起来，确定找到了一个文学对应物。这家名为"优选仓库"（Almacén el Preferido）的小酒馆，应当就是作家在《有粉红色店面的街道》一诗中谈到的那家店，同时也是他所厌恶的小混混们的聚集场所，而他诗中描述的那条平平无奇的街道，分明就是眼前这段沾了露水的湿漉漉的大街。

博尔赫斯在《有粉红色店面的街道》一诗中描述的粉红色小酒吧

　　由于遗传的原因，博尔赫斯的家族成员大都会在中年之后失明，博尔赫斯本人也没有幸免。即使在没有失明的时候，他的视力状况也不甚良好，很多时候出行都需要依靠旁人的陪同与协助。唯有在居所附近的街道上，在城市的黄昏里，博尔赫斯才敢于一人缓缓漫步，独自享受街道的静谧。诗集《布宜诺斯艾利斯的激情》的开篇就是一首《街道》，他说"布宜诺斯艾利斯的街道／已经融入了我的心底"。诗人一生钟爱漫步，他乐于踏入城市的每一条血管，吟咏这里的每一段街道。

　　可以想象，当视力有限的诗人独自游历时，他所看到的世界既是真实的，也是变形的。他眼前的街道忽明忽暗，时远时近，让他困惑也让他惊奇。他可以沉浸在自我的"天国"里自由地延展、拉伸视觉印象，将街道作为知音和读者，向它们诉说忧伤与热情。如果说布宜诺斯艾利斯的街巷是一座神秘莫测的迷宫，那么博尔赫斯的文字就是迷宫的破译者。当年的巴勒莫地区常有高乔人和罪犯出没，遍地是玩牌的混混无赖，以及在街角一起跳着探戈舞的地痞流氓，可诗人笔下的街道却如夕阳般灿烂，充溢着和谐、静谧与柔美。他踏着如同细沙的霞光，站在每个街口的夜晚，嗅着雨水的气息，他立于塞拉诺大街的角落，望穿天际辽阔的平原，这远远超出了街道的喧嚣现实。显然，对于巴勒莫的街道，博尔赫斯看到的比常人更多。

　　走在博尔赫斯大街上，我想起米勒在《北回归线》中的词句，那分明点染出博尔赫斯的心境："……我的人类世界消逝了，这世界上只有我自己，路成了我的朋友。"博尔赫斯用主观的想象造就了另一个布宜诺斯艾利斯，他一生能看到的东西太少，于是只能

布宜诺斯艾利斯的天空被无数高楼切割成各种形状

依靠天马行空式的冥想，让孤独的内心和不完美的视觉充当缪斯的眼睛，借街上的灯光推敲生与死的篇章。诗人感叹道："宽阔和逆来顺受的街道啊，你是我生命所了解的唯一音乐。"可以说，巴勒莫区的每一条街道，都曾经陪伴过作家，扮演着他唯一的朋友。

1939年，博尔赫斯随家人迁至巴勒莫的安乔雷纳大街，这所安达卢西亚式住宅的后花园曲径通幽，激发作家创作了富有中国风的小说《小径分叉的花园》。今天，这里连同故居旁边的博尔赫斯国际基金会，也就是安乔雷纳大街1660号建筑，一起被改造成博尔赫斯博物馆。馆内收藏了作家的手稿、书信、照片，二楼还还原了作家曾经的生活场景——简单的单人床、雪白的床单、书桌与四层连体书柜，墙上挂着作家的画作，包括他四岁时用红色铅笔画的老虎。展区禁止拍照，我向管理员再

安乔雷纳大街上的博尔赫斯
博物馆

博物馆内景，博尔赫斯曾摔倒的楼梯

三表明自己对博尔赫斯的崇敬，女管理员才允许我在她的监督下按一次快门，于是我拍下大堂正中的木制楼梯。1957年的某一天，博尔赫斯就是从这座楼梯上摔下来撞破了头，他服用了大量的镇痛药后产生幻觉，便把这些感觉详尽记录下来，由此诞生了《想象的动物》。

　　《纽约时报》主编拉里·罗特曾说："在布宜诺斯艾利斯寻找博尔赫斯的明显痕迹，就像在阅读重写本：你必须穿透第一层的表面意思，感受潜伏在其下的含义。"布宜诺斯艾利斯就是博尔赫斯从未到过的另一条街，他常常抱怨说布市的街道没有幽灵，于是不断在大街小巷中漫无目的地行走，试图为城市制造出迷宫与幽灵。这些地点除了街道之外，还包括墓园和咖啡屋。你在博尔赫斯的迷宫里找寻着幽灵，便是与他的想象力发生着一次次的碰撞。作家多次写到拉雷科莱塔——布宜诺斯艾利斯的墓园：

拉雷科莱塔墓园，鲜花簇拥着的黑色大理石墓属于贝隆夫人，那首《阿根廷别为我哭泣》曾为她奏响

> 我们流连迟疑、敛声屏息，
>
> 徜徉在缓缓展开的排排陵墓之间，
>
> 树影和石碑的絮语
>
> 承诺或显示着
>
> 那令人欣羡的已死的尊严。

　　诗人的家族成员大都葬于拉雷科莱塔，可他却写道："我不会在这里，我将会成为忘却的一部分，忘却是组成宇宙的微弱物质。"在博尔赫斯体内，还有很多个连他自己都不熟识的博尔赫斯，这些神秘的博尔赫斯一起涌入世界的镜像，向人间宣泄着令人战栗的冷峻激情。不过，观光客们大都对博尔赫斯的家

族墓地选择无视，因为作家本人葬在日内瓦，正应和了他诗句中的"我不会在这里"。人们往往对美丽的贝隆夫人和那首《阿根廷别为我哭泣》更感兴趣，尽管博尔赫斯认为她是一具"骗人的玩偶"，但在今天的阿根廷，贝隆夫人和博尔赫斯，加上球王马拉多纳，已成为阿根廷人心目中的三位世纪伟人。

　　位于马约大街的托尔托尼（Tortoni）咖啡馆同样是博尔赫斯迷们追踪的符号，这里的装潢宛如一座迷你凡尔赛宫，意大利的青铜吊灯、锈色斑斓的铜镜子、琥珀色的大理石柱、蒂芙尼台灯点缀的吧台、深色的橡木椅子、镶嵌金边的杯盘……堆砌出一道法兰西的华贵风景。马尔克斯、鲁宾斯坦、爱因斯坦都曾是这里的客人，博尔赫斯也时常落脚于此，他习惯点一杯

托尔托尼咖啡馆一角，探戈歌王卡洛斯·加德尔、诗人博尔赫斯及传奇女作家阿尔芬西娜·斯托尔尼的蜡像

加了奶油的咖啡，在靠近角落的座位上思索写作。在托尔托尼，我也品尝到了作家喜欢喝的那种咖啡，它浓厚的味道算不得新奇，反倒是店内地下剧场上演的夜间探戈秀，让我觉得很有责任推荐给后来者——那阴暗的灯光配合迷情的步伐，快速的旋转与摇摆，面和面的交贴，腿与腿的纠缠，令人不时想起博尔赫斯的名言：探戈是孤独者的三分钟爱情。

托尔托尼是为了旅游业而存在的，时至今日，它早已被充分商业化了。如果不想被排长队买奶咖的游客们同化，建议还是去佛罗里达街468号的雷蒙德咖啡馆。博尔赫斯经常和阿道夫·比奥伊·卡萨雷斯等朋友在此聚会，由于咖啡馆所在的街道名，他们被称作"佛罗里达作家群"。这种以街道命名作家群体的方式，真是小众而又特别。

托尔托尼咖啡馆地下的探戈表演

托尔托尼咖啡馆门口的探戈舞者

　　走出托尔托尼，已近深夜，咖啡馆门口聚满了示威游行的人群，和我在秘鲁和智利看到的一样。唯一有点新意的是，不断有商贩端着盛满食物的盘子穿梭于人群之中，他们售卖烈酒、点心、咖啡，甚至还有流动的平板推车尾随游行队伍现场制作烤肉香肠。阿根廷人的激情显然是烤肉味儿的，瞬间便冲散了博尔赫斯赋予这座城市的理性的感伤基调。混合奶酪味的肉香、跳完探戈的男人身上的古龙水味、咖啡馆内飘来的庸俗的奶油香气……这就是现实而复杂的布宜诺斯艾利斯。你必须保持一种看到它又故意视而不见的姿态，才有可能与作家的幽灵不期而遇。可能是查尔卡斯和马伊普街的交汇口，也可能是巴勒莫区的某个粉红色的街角，博尔赫斯就站在那里，等待着未来的诗句路过，他将这些温柔的句子截获，然后释放到亲切的空气里。"除了布宜诺斯艾利斯以外，我在任何别的地方都无法生活。"——博尔赫斯这样说。而他在《城郊》一诗中的叙述，对任何一位来到布宜诺斯艾利斯的人都适用：

　　　我感觉到了布宜诺斯艾利斯
　　　原以为这座城市是我的过去
　　　其实是我的未来、我的现时

致敬巴勃罗船长

  世界上最热爱海洋的诗人恐怕非巴勃罗·聂鲁达莫属，他的诗歌充盈着一切关于海的意象，尤其是他的祖国智利的大海。

  关于诗人对故乡之海的钟爱，还有一则趣闻，说他旅居意大利的时候，一日与妻子马蒂尔德在维亚雷焦的海滩散步，面对浩瀚的地中海，诗人却感叹道："唉，真想回去看海啊！"这不禁让马蒂尔德暗笑，明明眼前就是海，怎么还说要去看海呢？聂鲁达却像个孩子般摇起头说："你看这海它不翻腾也不咆哮，没有一丁点儿海的气味儿，所以它不算海。"在聂鲁达的世界里，要看真正的海，只有返回祖国，回到他在黑岛的公寓，才能见识到那一片真正有海的韵味的蔚蓝水域。

  1939年，聂鲁达打算创作一部长诗《漫歌》，他想把南美大陆众多的历史事件、族裔文化和人文风俗统合在一起，抒写一部献给南美洲的恢宏大诗。为此，诗人需要找到一个适合写作的地方。一天，他留意到报纸上一则售房的广告，房屋位于太平洋海岸一个名为拉斯加维奥塔斯（Las Gaviotas）的小村庄，那里有一座小石房正在出售。诗人马上前去看房，发现那里虽然只有几户人家，可狂暴的大海与野性的激流却让他的精神为之一振。聂鲁达感到，如果居住在这里，简直就是把太平洋直接放在了眼前，他可以与海天同体，享受灿烂的孤独，满怀激

黑岛最初的样貌［扫描自聂鲁达基金会2016年为游客印制的《黑岛手册》（*Casa Museo Isla Negra*）］

情地投入新诗创作了。房屋的主人曾在西班牙海军担任上校，据说他看到来询价的人竟是大名鼎鼎的聂鲁达，便让他随便开价，自己绝不还价。这个段子的真伪无从考证，不过事实是聂鲁达采用分期付款的方式，终于买下了这座只有70多平方米的两室一厅的海景小屋。

在随后的20年时间里，聂鲁达依靠学过的一点点建筑学知识，不断按自己的喜好和趣味扩建房屋。如同孩子拼装一件复杂的模型一样，他给房子增加了塔楼，用石块搭起新的起居室和书房。到了1965年，房子的几个部分终于连接贯通，面积也从最初的70平方米变成了500平方米，远远看去仿佛是一艘修长的微型舰船，当它升起蓝底白鱼的旗帜时，聂鲁达就是舰船的船长。诗人在智利的大部分时光都在这艘"舰船"上度过，

黑岛的房屋如同一艘舰船，门口种着龙舌兰和智利铁兰

包括生命中最后的那段日子。

买下房子后，聂鲁达把拉斯加维奥塔斯改名为"黑岛（Isla
Negra）"——其实这里到今天也还是个海边小村，根本不是岛
屿。所谓"黑"，大概源于海岸礁石的色彩。1954年，中国诗
人艾青来聂鲁达家做客时，还特意为这些礁石写过一首诗，名
字就叫《礁石》。而"岛"这个词可能来自诗人1931年写给阿
根廷诗人瓦尔特·埃安迪的一封信，他说自己始终想念印尼的苏
门答腊岛。或许源于此种记忆，他才把自己的居所以"岛"命
名。不管怎样，诗人正像自己在《逃亡者》中说的：

> 我跑遍了著名的海洋，
>
> 跑遍每一个岛屿的新婚的花蕊；

我不像个文人更是个水手，

我行走，行走，行走，

……

此时聂鲁达已经不是水手了，他有了自己的黑岛，自己的舰船，他是巴勃罗船长了。吊诡的是，聂鲁达本人非常不喜欢游泳，对于下海沉潜，他更是有着深深的恐惧，而且，他也没有驾驶过任何一艘真船。可他就是喜欢以船长自居，在陆地上表达着对大海的热爱——他诗歌中不断出现的一个主题，正是"陆地上的航海者"。按照加西亚·马尔克斯的话说，黑岛代表了"聂鲁达的精神面貌"，想要了解这位诺奖诗人，就必须走进黑岛。的确，在我走访过的名人故居中，没有一个像聂鲁达的黑岛这样，把海的元素如此热情激烈地融入诗人的生活中。

顶着圣地亚哥的夜色，我搭上最早的一班车，于清晨抵达黑岛。时至今日，这里依然是一个小村庄，唯一的一条公路连接着它与其他的小镇。下车之后，我离开公路，沿着指示牌的方向步行约一公里，就到了聂鲁达的黑岛公寓。一只黄狗自从我下车就始终尾随，根据在国内被狗撵的经验，我站立不动，也没有看它，不一会儿狗就跑了，奔向的正是聂鲁达故居的位置。我尾随着狗，踩在柔软的黄沙地上，穿过一些深绿色的海滨植物，能够看到星星点点的几座房屋。一条黑铁铸成的鱼如旗帜一般浮现在屋顶上，又如一句醒目而有力的诗。看到它，也就意味着找到了诗人的故居。

为了保护建筑，黑岛博物馆每日限制客流，当日我来得早，

大街上的聂鲁达元素

成为进入故居的第一位客人，就连导游都还没上班。好在我提前做足了功课，还把艾青写给聂鲁达的诗歌《在智利的海岬上》提前打印出来，当作导游图备用。艾青的诗详细描述了聂鲁达家的点点滴滴：

巴勃罗的家
在一个海岬上
窗户的外面
是浩森的太平洋

一所出奇的房子
全部用岩石砌成
像小小的碉堡

要把武士囚禁

　　"出奇的房子"，"小小的碉堡"，给遍览世界风景的艾青留下这般印象，恐怕还是因为巴勃罗的家奇异的建筑材料。聂鲁达对于盖房子的理解从来就不是简单地堆砌一砖一瓦，他如写诗一般天马行空，把石头、玻璃、木头，特别是海上失事船只的残骸，或是拆迁房屋剩下的二手木料拿来盖房子，使用从科尔多瓦峡谷捡回的大卵石砌墙和壁炉，用废弃船只的甲板木片和渔网装饰屏风甚至是冰箱门。廉价而粗砺的材料，被诗人用理念聚合在一起，如果为这座房屋寻找一个风格的话，那它毫无疑问是聂鲁达主义的，充满着戏剧感和亲密感。它本身就是一件伟大的作品，需要我们来解读。

看到花园里的这辆曾经咆哮怒吼的火车头，聂鲁达就会想起惠特曼

　　我走进院子，地面不再如沙般柔软，感觉它是黏土质的，坚硬且多石粒。起居室的大门便是公寓的正门，入口悬挂着一个木牌，上面是诗人亲自写的"远航归来，乐在其中"。我像艾青写的那样"走进了 / 航海者之家"，看到的竟然和60年前诗人看到的是相同的风景："地上铺满了海螺 / 也许昨晚有海潮 // 已经残缺了的 / 木雕的女神 / 站在客厅的门边 / 像女仆似的虔诚 // 阁楼是甲板 / 栏杆用麻绳穿连 / 在扶梯的边上 / 有一个大转盘 //"用一位中国诗人的作品当地图，对一位智利诗人的家按图索骥，跨越半个世纪的时间，这"地图"依然能够发挥强大的导向力，而我仿佛成为两位诗人的信息传递者，享受着文学旅行的神奇乐趣。

　　沿着艾青诗歌中的观察路线，我踩上镶嵌海螺的玄关地面，找到了那位"木雕的女神"，其实就是船头的女性人物雕饰。粗略观察，聂鲁达的起居室内收藏了不下八座这类雕像。他认为船头雕刻的人像也有内在的生命，她们是海的雕像，是迷途的海洋的化身。而艾青看到的那位拥有女仆般虔诚眼神的、栎木雕刻的女人像，名字是玛利亚·塞莱斯特，原属于一艘法国船。由于旅行多年，雕像由最初的黄褐色变成了黑褐色，立于诗人起居室的门口，宛如飞舞的小妇人。她身着法兰西第二帝国时期的华丽衣装，高耸胸脯，裙摆起舞，仿佛连风都被雕刻在塑像里。艾青大概不知道，这是聂鲁达最为珍爱的一尊船头雕像，她拥有神奇的魔力。每到冬天，雕像双颊的酒窝上方，瓷珠镶成的眼睛里便会流出珍贵的眼泪。这种现象连诗人都无法解释，只能归结于褐色木头上的微孔会吸收潮气，冬日的寒冷又将这

海轮风格的客厅 [扫描自聂鲁达基金会 2016 年为游客印制的《黑岛手册》(*Casa Museo Isla Negra*)]

踏着海螺进入诗人的家，图右就是"木雕的女神"玛利亚·塞莱斯特

我收藏的微缩版玛利亚·塞莱斯特

些潮气凝结成了泪珠。

聂鲁达写过一首《致船首雕像》，我不知是否就是写给玛利亚·塞莱斯特的，但我愿意相信她就是诗人言及的那位"妩媚胸脯的双峰曾傲然迎击过""风暴的袭击"的女神。诗人以凝滞的深情向女神表白："我捡起你，你就伴我航行吧，直到我的一切全都化作泡沫的那一天。"最初，这尊雕像放在花园里，正对着太平洋，恰好充当起这艘舰船的船头雕像。可是很好笑，某一天公寓来了几位翻墙而入的不速之客，是村子里的几位女教徒，她们到这尊雕像前下跪膜拜，口中念念有词。无论诗人如何解释这就是个普通的船头雕像，她们都固执地认为眼前这位就是圣母本尊。或者按照聂鲁达幽默的猜想，她们也可能把雕像当成了加夫列拉·米斯特拉尔（智利女诗人，拉美获得诺贝尔文学奖第一人）。经历此事之后，诗人才把雕像搬到起居室的壁炉边。所以女教徒的膜拜肯定是艾青来访之前发生的事。

与艾青看到的景象不同，起居室内扶梯旁边的大转盘，也就是航海舵盘已经挪至书房，一些小物件的摆放位置也与诗歌中描述的稍有差异，不过房屋的格局始终如一。这座房屋并不高，但挑空的起居室设计，以及甲板、船舷、围栏、飞翔的天使木雕，这些元素让聂鲁达的家充满了海洋的气息，诚如艾青所感，聂鲁达把地球建在了房子里。诗人还把所有朝海的窗户都设计成巨幅落地窗的样式。在他的卧室里，床就朝向大海，宽大的玻璃窗铺满两面墙壁，可以保证诗人每天睁眼看到的第一个景物便是海。

每个清早，诗人都会拉开窗帘看一会儿海，这时的大海会进入奇异的上涨状态，按照诗人的说法，那浪花仿佛经过寒冷的酵母发酵，白得如同面粉，他可以根据海上的天气调整心情。某一天，聂鲁达看到海上漂来一块很大的木板，便兴奋地对妻子说："看，我的书桌来了。"如今，由这块木板改造成的写字台，就静静安放在他的卧室里。屋子里的家具基本都是聂鲁达自己设计制作的，这倒和雨果的爱好颇为相似。诗人觉得，作家必须生活在手工制品中，手工可以唤起作家与诗歌的亲密感；后来他坚持用笔写作，可能也是这种理念的延续。

在艾青诗篇的中段，他记载了聂鲁达独特的爱好——收集各种工艺品，比如古代帆船的模型、褐色的大铁锚、中国的大罗盘、大的地球仪，还有各式各样的烟斗、钢刀与手杖……我想艾青肯定是想把聂鲁达塑造成一位将军或是船长，于是特意关注那些能够凸显这类身份的藏品。其实，艾青深知聂鲁达的本真一面，他在回忆与聂鲁达的交往时曾说："巴勃罗是一个高大的儿童，用真朴的眼睛看着世界。"艾青看懂了聂鲁达，他就是一个有着一颗童心的智利老男孩。

与智利平民的爱好一致，聂鲁达善于把淘来的物件变废为

作家的床正对着太平洋

作家在这张由海上浮木改造的写字台上写下了《漫歌》

诗人收藏的船与钟，这也是当年艾青写下《礁石》的地方

宝，让它们与家居融为一体。他在墨西哥、古巴、西欧和东南亚疯狂地收集海螺，甚至在自传里还承认一些珍贵的海螺竟是从别人那里"偷"来的。他喜欢与海螺对视，仿佛可以听到它们的回响与吼叫，甚至还从美学角度认真辨析哪个是哥特式的，哪个又是实用主义风格的，这着实是个神奇的学术爱好。今天，黑岛专门开辟了一间现代化的海螺展示屋，庄重有序地安置了诗人这些神秘的朋友。

除了海螺，我发现聂鲁达还有一些更可爱有趣的藏品，比如玻璃瓶子里的船模、船只失事地点图、独角鲸的角，甚至包括机器零件、布娃娃的衣服、罐头瓶子、昆虫标本、圣餐饼模具、手摇风琴、色情海报……"我家里收集了大大小小许多玩具，没有这些玩具我就没法活。……我也像造玩具那样建造我的房子，并且在这所房子里从早玩到晚。"聂鲁达的自白，给予我极大的激励，因为我也像他一样，至今保持着定期购买一些童年小玩具的习惯。如果有人嘲笑我幼稚，我便会用聂鲁达的话反击他说："不玩的孩子不是孩子，不玩的大人则永远失去了活在他心中的孩子。"

用玩具重现童年的梦

挂着非洲面具和手杖的门廊

马蒂尔德的梳妆间

青铜的马蒂尔德手部雕像

聂鲁达从一个马匹用品商店里买来这匹模型马，当年还为它召开了一个盛大的欢迎仪式，现在模型马就放在洗手间旁

想，能够丰富作家对纯真世界的想象。聂鲁达正是这样，他本想以收藏小物件的方式寻找激发创作的元素，"不经意中却丰富了全人类的想象力"（《聂鲁达传：闪烁的记忆》作者维吉尼亚·维达尔这样说）。很多拜访聂鲁达的朋友，给他带的礼物都是各种各样的复古玩具，于是，连同那些海洋元素的收藏品在内，公寓内的小物件竟达到3500个。不过，因为聂鲁达生前喜欢组织沙龙招待客人，一些收藏品便经常被客人顺走。比如，他喜欢的一枚捷克火柴盒，就像他当年顺走别人的海螺一样不翼而飞了。

聂鲁达不爱下海，却以船长自居，就像他不擅饮酒，却在智利的每一处住所都设计出一间酒吧房。他迷恋聚会，喜欢倾听不同的声音，借此寻找诗歌的灵感。黑岛的酒吧房被他命名为"诗歌角落"，当年艾青就是在这里与聂鲁达一道，围着烧旺了的壁炉，吃着海鳗汤、虾子拌鱼块和猪肉丸子，喝着皮斯科葡萄酒，谈着航海与文学的故事。这间酒吧现在并不对外开放，我只能透过通透的玻璃窗向内观瞧。地板上摆放着一个维多利亚时期的洗脚盆和一些蓝色的宽口玻璃瓶，墙壁上装着航海灯。天花板的每一道木梁都雕刻着聂鲁达亲自题写的名字，那是洛尔卡、艾吕雅……是他逝去的朋友，大概有17个。如果聂鲁达比艾青的生命长久，我想他也会把艾青的名字加上去。

聂鲁达的第三任太太，也是最后陪伴在诗人身边的马蒂尔德说，聂鲁达的一生是不同寻常的航海者的一生，他在精神上是航海者，永远向着欢乐，扬帆远航。作为海的儿子，他在《后事》一诗中表达了自己的愿望：

伙伴们，把我埋葬在黑岛上，

面对着我熟悉的大海，面对着

粗砺的礁石和汹涌的波浪，

……

海边土地上所有的湿润的钥匙，

都了解我的欢乐的每一个阶段，

都知道我愿意在这里，

在大海和陆地的眼皮之间长眠……

1992年冬天，聂鲁达和马蒂尔德的遗体由圣地亚哥迁葬黑岛，诗人的遗愿就此达成。25年后的冬天，我来到聂鲁达的黑岛，他的坟茔就在他的"舰船"船头的位置，在"大海和陆地的眼皮之间"，诗人亲自扮演着那尊船头的雕塑，静静守望着他的大海。我看到海水猛烈地击打在礁石上，在粗糙、发亮，满是玛瑙光芒的沙子上融化成泡沫，一种强烈的盐和碘的气味从海面上升起，然后是一个浪与另一个浪不断地衔接。如诗人的《秋》所倾诉的，他终于"返回被天空包裹的大海"，他可以接受盐的亲吻，像浪的消逝与再生一样，静默观瞧着死亡与复苏。按照惯例，我立于诗人墓前为他读起了诗。一首《我要回来的》读罢，我想我完成了聂鲁达的嘱托，诗人也践行了他对世界的承诺：

不论怎样，男人或女人，旅行者啊，

将来，当我已不复存在的时候，

聂鲁达的墓地

寻找我吧，就到这里来寻找，

在岩石和海洋的中间，

在不安静的浪花的闪光里。

……

我将在这里迷失，我也将在这里被找到；

在这里我也许将变成沉默和岩石。

每一粒玉米都是马丘比丘

　　1943年，聂鲁达骑马参观了马丘比丘，两年后创作了长诗
《马丘比丘之巅》（也译作《马楚·比楚高峰》）。这是诗人最有影
响力的作品之一，其中那句"跟我一起爬上去吧，亚美利加的
爱"吸引着来自世界各地的人奔向这里，亲自体验天空之城的
神秘魅力。

　　长达500行的《马丘比丘之巅》一共十二章，恰与"马丘
比丘"（Macchu Picchu）的十二个字母、一天的十二小时和一年

马丘比丘古城与高耸的华纳比丘

的十二个月吻合。诗人在字句的流转中回顾秘鲁的历史，讴歌印加的文明，反思死亡的意义。受到马丘比丘壮美风景的激发，聂鲁达完成了一次从空虚个体到澎湃歌者的精神提升。当然，今人读这首诗，更多的还是把它当作旅行指南，特别是那些描述风景细节的文字，早如星芒般闪烁在所有马丘比丘的游记里。

关于马丘比丘，任何百科都有详尽的介绍。简要言之，马丘比丘在当地克丘亚语中的意思是"年老的山"，与这座山遥相辉映的是"华纳比丘"，意思是"年轻的山"。两座"比丘"之间的平谷上，坐落着我们称之为"马丘比丘"的古城遗址。古城建于15世纪中叶，位于印加古都库斯科城西北。关于它的用途，始终说法不一，有人说它是印加人的城堡或是贵族的夏宫，还有祭祀中心、宗教神庙、贵族学校等多种解释。1911年，马丘比丘遗址被英国探险家宾汉姆重新发现。当聂鲁达慕名探访这里时，通向景区的公路尚未修建，他沿着印加古道骑马上山，写下后辈游记作家最爱引用的三句诗：

> 于是我攀登大地的阶梯，
>
> 在茫茫无边的林海中间，
>
> 来到你，马丘比丘高峰的面前。

今天，人们不必再像聂鲁达一样骑马登山，一条蜿蜒而平坦的公路沿山而建，游客可以从山脚下的热水镇直接乘车抵达海拔2400米的山顶，然后便会见到图片上的那幅经典画面：流云穿过华纳比丘的山峰，阳光在马丘比丘古城上端扫射，把它照射成神圣的金黄色，苍翠的梯田和陡峭的山峰遥相呼应，十数只羊驼悠闲地在梯田间漫步，秃鹰滑翔着飞过湛蓝已千年的天空，这就是马丘比丘的全部。游客们除了喊一声"哇"之外，大都会被这幅宏大的画面击中，静寂地呆立数秒，时间仿佛真的停滞一般，而无处不在的神秘感，就像瀑布那样泼洒在安第斯的山峦上。当年聂鲁达就是从这座天空之城的完美轮廓里，窥见了整个瑰丽的美洲。

马丘比丘的确拥有一种神奇的魔力，当景区中的上千名游客分散在石头筑成的宫殿、作坊、庙宇、堡垒、墓地遗址中时，我明明看见他们的身体像小时候玩的电子游戏"吃豆人"一样在版图上穿梭，却听不到任何声音，除了山谷中蓝色而柔软的疾风。甚至后来，我觉得那风声也是臆想出来的，这里的安静，

羊驼与神迹

让人抵达一种极限的人生体验，此生唯此一次，不可多得。

我买了多次进入马丘比丘的门票，却只愿停留在葬礼石守护棚，这里是俯瞰古城风景的最佳位置。向前遥望，华纳比丘如同一道屏障，守护着古城的安宁，也锁定着这里的时间；向后览视，会忽然发现自己原来身处险峻的悬崖，凭栏下观，安第斯山的急流飞泻而下，落在山脚的乌鲁班巴河面，一道白银般的雾气升起，这是聂鲁达曾经看到的景象，今天依然如是。能够和先贤站在同一个视点观看风景，正是完全打破时间壁垒的跨时空交流，它带来的惊喜不可言喻。此刻，一只兀鹫在天空中盘旋，它鸣叫了一声，仿佛能把天空划破。奇异的是，天空真如破开裂口般降起了小雨，我便躲进一间尚有茅草屋顶的神庙废墟，打开手机翻看关于印加人的创世神话。

印加古国流行太阳崇拜，在印加神话中，创世神维拉科查（Wiracocha）生下太阳神，也就是秘鲁的守护神印蒂（Inti），以及印蒂的两个妹妹，月亮女神基利亚玛玛（Mama Quilla）和大地女神帕查玛玛（Mama Pacha）。后来西班牙人为了在秘鲁传播天主教，竟然成功地说服了当地人，让他们相信帕查玛玛和圣母玛利亚就是一个人，由此确立了这个国家的天主教信仰。回到神话主线，太阳神印蒂和妹妹基利亚玛玛结婚，繁衍出一代代秘鲁人。因此，印加帝国的十二位皇帝，都依照这个传说与自己的亲姐妹结婚。当然，这个话题扯远了，我想要强调秘鲁人的太阳崇拜，因为马丘比丘的核心建筑正与此相关。在古城的中心，有一座神圣的祭祀场所，当中立有一块被称为"揽日石"的巨石，据说是为了表达对太阳神的崇拜，意在让太阳这

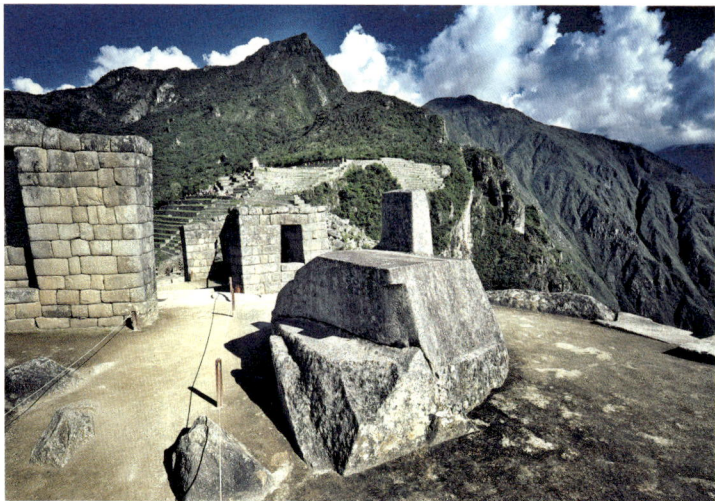

揽日石

只"燃烧的火鹰"永不沉沦。聂鲁达把这块神石描述为一个荒无人烟的、倨傲和突兀的"世界的肚脐",他化用了当地人对库斯科城的美誉,因为"库斯科"在克丘亚语中就是"肚脐"的意思。神石位于马丘比丘的关键点,也就是世界肚脐的最中心了。

揽日石象征着美洲的传奇历史与厚重文化,在它的面前,诗人感受到自己的渺小,从而陷入精神的空虚之境。但当他触摸到这里的土地和石块,又仿佛听到了玉米拔节的声音,那一粒粒饱满的玉米粒"升起又落下,仿佛红色的雹子",他突然感到每一颗玉米粒都是一个生灵,都是一位面容清晰的、具体的马丘比丘建造者,也许他们的名字就叫胡安。他们在狭窄的梯田与纵横交错的石阶间奔忙,仿佛"飞在山间峡谷的静寂上";他们削开了一座座山尖,用削下的石头堆砌成这座伟大的城市。

聂鲁达说，他觉得在某个遥远的年代，他的双手曾在那些梯田里劳作过，开垄沟或是磨光岩石。一瞬间，诗人在那难以到达的山顶，在那光辉、分散的遗址之间坚定了继续写诗的信念。

读着聂鲁达的诗，我也进入冥想的境界，眼前的马丘比丘——这座高耸而精密的建筑不再静默，千万颗玉米粒从那些秘密的石块中涌出，每一颗微小而古老的玉米粒，都记载着秘鲁的历史与生命。"秘鲁"这个词，在印加语中的意思不就是"玉米之仓"吗？聂鲁达把马丘比丘看作充盈着生命静寂的最高的容器，只有跟随他读完这曲诗篇，才能让那些绵延的生命在你的眼前复活。

我坐在马丘比丘的山巅，突然想起几年前在缅甸蒲甘一座高高的佛塔上，也是这样一个至高的位置，仅我一人，眺望着大地上的千重塔影。那时耳边响起的是伊洛瓦底江的歌声，我的视线逐渐穿越了现实，望到了从一个个佛塔走出来的古老的缅甸人，他们膜拜、耕作、嬉戏，这与聂鲁达看到的马丘比丘和乌鲁班巴江多么相似。攀登带给我们启发式的视野，每一次对古迹的游览，都是对过去的死与生的见证和还原，它依靠我们的想象力来唤醒。马丘比丘的神奇是由千万颗玉米（生灵）的死亡铸成的，只有攀登到生命之巅，才能看到这些过去的死亡，而未来那不可避免的强大而神圣的死亡，则化为我们活下去的精神力量——这是聂鲁达带给我们的启示。他在火焰上播撒盐粒，用特别的光焰照亮生命的幽暗之地。

聂鲁达让世界嗅到马丘比丘的气息，他是秘鲁人心中的英雄。因为他的诗歌，马丘比丘被世界熟知了，盘山公路开始修

从马丘比丘俯瞰，"宾汉姆号"列车和乌鲁班巴江仿若平行线

失去了茅草顶盖的石头房屋向着天空敞开自己

库斯科古城

建了，从库斯科始发的列车也开来了。我乘坐着"宾汉姆号"列车，离开了马丘比丘。列车沿着乌鲁班巴江徐行，车厢内奏响排笛的轻盈乐音，身着西装的列车员不断送来藜麦蛋糕，搭配着本地产的红茶，让人体验到头等舱的服务。可列车的速度也许并不比电动车快，我们不断遭遇着断路维修，一路上走走停停。每修完一段铁路，筑路工人们便像得胜将军似的与乘客挥手，我们也发自内心地为他们鼓掌喝彩。

从行程的中段开始，列车员们频繁换上各类服装，穿梭在各个车厢间进行模特表演。刚才还一本正经的列车长，瞬间就变成了型男大叔。紧接着，又有两个检票员扮演成印加巫师，戴着五颜六色的面具吓唬乘客，他们尽职尽责，不遗漏任何一个人。如此热闹一番之后，他们换回工作服，列车长用西班牙

列车沿着乌鲁班巴河前行

装扮成巫师表演的列车员

语抑扬顿挫地发表了一番演讲，意思大概是感谢大家搭乘本次列车。他的最后一句话换成了英语："如果你们是第一次来马丘比丘，那么以后也不必再来，今天你们的所有回忆，足以充实未来的一生。"

列车长讲完这句听起来颇有诗意的话，列车也正好到达欧雁台——库斯科远郊的终点站。列车员们又换回巫师的服装，在车厢门口敲锣打鼓欢迎乘客回到凡间。我看着这恍如隔世的一切才意识到，马丘比丘之于自己的意义，只有在离开时才会慢慢显现。

抵达，只有抵达（代后记）

　　10年间，我走过了80个国家，300多座城市，这是个不错的成绩。每到一个地方，我都会去探访那些与文学相关的景点。它们也许是作家的故居、文人的墓地，还可能是文学事件的发生地或是文学博物馆。如果为我的这种旅行方式寻找定义的话，那么"文学旅行"应当是恰切的。

　　文学旅行并非新生事物，18世纪中叶，莎士比亚的家乡斯特拉福德成为文学迷钟情的热门地标，围绕莎翁故居的一系列游览路线开始运营，标志着近代文学旅行的兴起。直到今天，英国依然是世界上文学旅行开发最为成熟的国家，全球十大文学旅行目的地中，英国的伦敦、斯特拉福德、爱丁堡位列前三。由英伦兴起的这股热潮也影响了欧美，并遍及全球。

　　关于"文学旅行"的概念，已有颇多学者进行研究。我的理解，文学旅行就是从文学本位出发，以文学朝圣为动机，围绕作家生活地或文学发生地开展的游览活动。以文学的方式设计旅行，通过旅行检视我们的阅读，正是我们标榜自身的一张名片。

　　很多人都在追寻旅行的意义，英国作家阿兰·德波顿写过一本《旅行的艺术》，他说如果生活的目的在于追求幸福，那么除却旅行，很少有别的行为能够呈现这一追求过程中的热情和矛盾。按照他的理解，旅行可以带我们发现紧张学习和辛苦工作之外的另一重生活意义。我想对这句话作一番延伸，或许生活的另一重意义，就凝聚在"抵达"这一行为本身。

几年前，一位长辈开车载我入山，他说已找到一处堪比瑞士的风景，起伏的连山葱翠一片，山下的湖水纯净透明。抵达目的地，长辈问我此处比瑞士如何，我说风景很美，除了这里不是瑞士。有的时候，抵达现场就是旅行的全部意义。只有抵达，才能在亲手抚摸文人墓碑的"再没有更近的接近"中，听到内心深藏的声音，享受灵魂与先贤的对话；只有抵达，方可满足文学青年的朝圣之心。

抵达是一种仪式，抵达的目的是召唤既往的阅读体验，鞭策我们在精神腾跃之后探秘新的王国。在对景点的一次次穿越中，景色逐渐化为日常生活的背景。我们走到哪里，哪里就成为我们的一部分，从一个家乡到另一个家乡，我们对美的感悟愈发敏感，我们的视野向光明和开阔延伸。每一个热爱文学旅行的人都拥有孤独而美好的灵魂，孤独是上天赐予我们的厚礼，它让我们成为没有王冠的王子，以漫游者的身份体验大千世界的多重光影。

始于风景，止于诗心，文学旅行崇尚创造力的发挥。理解了这一点，旅行的记忆就不再是你与著名景点的合影，而是火车站停摆的钟表，菜市场里争吵的商贩，弗拉蒙戈女郎的舞步，小巷里跑调的歌声……细节经验越独特，你自己的精神地理就越丰富，你离文学作品的真实就越近。所以，文学旅行可以激发我们重新在现实中审视经典文学，甚至产生一种亲历经典诞生过程的鲜活感受。

两年前，我在伦敦访学，每日从居所到学院图书馆自习，需要步行五公里横贯伦敦东西，一路所经之处颇为有趣——开膛手杰克故事的发生地白教堂，《哈利·波特》中"对角巷"的拍摄地勒顿豪市场，艾略特工作过的银行大楼，弥尔顿的故居原址，济慈和华兹华斯曾描写过的大树，罗素住过的老房子……穿越在丰富的文学景观之中，仿若温习了一遍生动的英国文学简史。于是我萌生了一个念头，想把在英国以及此前的游历中涉及文学旅行的感悟记录下来。幸运的是，这个想法得到广西师范大学出版社金晓燕老师的认可与支持，感谢她为此书出版付出的辛苦，她让我的愿望化梦为真。

每一次远行，最惦记自己的是父母，也只有在异国他乡，才能真正有独处的机会，去思考父母施予自己伟大而平实的爱。感谢他们为我创造的一切，身为人子，能够在父母尚在时与之相互理解，并能让父母感受到你对他们的爱，才是旅行之外人生最为重要的事。

最终，我们都要从远方抵达自己的家庭。

2019年6月于天津